AF539751

10 महान् व्यक्तियों के 100 महान् विचार

10 महान् व्यक्तियों के 100 महान् विचार

स्वाति गौतम

नमस्कार
बुक्स

प्रकाशक : **नमस्कार बुक्स**

भवन संख्या 2/42 (दूसरी मंजिल), अंसारी रोड, दरियागंज, नई दिल्ली–110002
 / संस्करण : 2023 / मूल्य : चार सौ रुपए

मुद्रक : नरुला प्रिंटर्स, दिल्ली ISBN 978-93-90600-04-5

10 MAHAN VYAKTIYON KE 100 MAHAN VICHAR

by Smt. Swati **Gautam** ₹ 400.00

Published by **NAMASKAR BOOKS**

Building No. 2/42 (Second Floor), Ansari Road, Daryaganj, New Delhi-2

भूमिका

महान् व्यक्ति; एक ऐसा व्यक्ति, जिसने समाज के निर्माण में अपना विशेष योगदान दिया हो। कितना छोटा और आसान शब्द है महान्; लेकिन अपने नाम के आगे लगाना उतना ही मुश्किल। हम चाहे कितना भी कहते रहें कि हम स्वार्थी नहीं हैं, लेकिन हममें से अधिकतर लोग जीवन भर केवल अपने लिए जीते हैं, अपने लाभ के बारे में सोचते हैं। लेकिन उसी समाज में कुछ लोग ऐसे भी होते हैं, जो केवल दूसरों के लिए जीते हैं और उन्हीं के बारे में सोचते हैं, फिर आगे चलकर उनकी शिक्षाएँ पूरे विश्व का मार्गदर्शन करती हैं। चाहे गांधीजी हों, शास्त्रीजी हों, अब्दुल कलामजी हों या अंबेडकरजी, सभी के विचार हमारी विरासत है। जिनकी जड़ें हमसे गहराई तक जुड़ी हुई हैं। उन्होंने मानव कल्याण को अपने जीवन में सबसे ऊपर रखा और उसके उत्थान के लिए जीवन भर कार्य करते रहे। जीवन भर कार्य करते हुए वे अपने लिए कोई विशेष संपदा नहीं छोड़कर गए, लेकिन उनका न छोड़कर जाना, इतना कुछ छोड़ गया है। जिसे पीढ़ियों तक याद किया जाएगा और दोहराया जाएगा। उनका उदाहरण मानव जाति के लिए एक सीख है कि समाज में रहकर उसके उत्थान के लिए कैसे काम किया जाए।

—स्वाति गौतम

अनुक्रम

अल्बर्ट आइंस्टीन

अल्बर्ट आइंस्टीन जर्मनी के एक विश्व-प्रसिद्ध सैद्धांतिक भौतिकवादी थे, जो सापेक्षता के सिद्धांत और द्रव्यमान ऊर्जा समीकरण $E = mc2$ के लिए जाने जाते हैं। उन्हें सैद्धांतिक भौतिकी, खासकर प्रकाश-विद्युत् उत्सर्जन की खोज के लिए सन् 1921 में नोबल पुरस्कार प्रदान किया गया था।

1. सापेक्षता का सिद्धांत

उन्नीसवीं शताब्दी के अंत तक भौतिकी का विकास न्यूटन प्रणीत सिद्धांतों के अनुसार हो रहा था। प्रत्येक नए आविष्कार या प्रायोगिक फल को इन सिद्धांतों के दृष्टिकोण से देखा जाता था और आवश्यक नई परिकल्पनाएँ बनाई जाती थीं। न्यूटन की शास्त्रीय भौतिकी में यह कहा जाता था कि ब्रह्मांड में हर जगह समय (काल) की गति एक ही है। अगर आप एक जगह टिककर बैठे हैं और आपका कोई मित्र प्रकाश से आधी गति की रफ्तार पर दस साल का सफर तय करे तो उस सफर के बाद आपके भी दस साल गुजर चुके होंगे और आपके दोस्त के भी, लेकिन आइंस्टीन ने इस पर कहा कि यह विश्वास गलत है। जब कोई चीज गति से चलती है, उसके लिए समय धीमा हो जाता है और वह जितना तेज चलती है, समय उतना ही धीमा हो जाता है। आपका मित्र अगर अपने हिसाब से दस वर्ष तक रोशनी से आधी गति पर यात्रा करके लौट आए तो उसके तो दस साल गुजरेंगे, लेकिन आपके साढ़े ग्यारह साल गुजर चुके होंगे।

इस विषय में आइंस्टीन की विचारधारा क्रांतिकारी थी और प्रयोगों के फलों को समझाने में अधिक सफल रही। आइंस्टीन ने गति, त्वरण, दिक्, काल इत्यादि मौलिक शब्दों का और उनसे संयुक्त प्रचलित धारणाओं का विशेष विश्लेषण किया। इस विश्लेषण से यह स्पष्ट हुआ कि न्यूटन के सिद्धांतों पर आधारित तथा प्रतिष्ठित भौतिकी में त्रुटियाँ हैं।

सामान्य आपेक्षिकता सिद्धांत या सामान्य सापेक्षता सिद्धांत, जिसे अंग्रेजी में 'जनरल थिओरी ऑफ रॅलॅटिविटी' कहते हैं, एक वैज्ञानिक सिद्धांत है, जो कहता है कि ब्रह्मांड में किसी भी वस्तु की तरफ गुरुत्वाकर्षण का जो खिंचाव देखा जाता है, उसका असली कारण है कि हर वस्तु अपने मान और आकार के अनुसार अपने इर्द-गिर्द के अंतरिक्ष-समय में मरोड़ पैदा कर देती है। वर्षों के अध्ययन के बाद जब सन् 1916 में अल्बर्ट आइंस्टीन ने इस सिद्धांत की घोषणा की तो विज्ञान की दुनिया में तहलका मच गया और ढाई सौ साल से कायम आइजक न्यूटन द्वारा घोषित ब्रह्मांड का नजरिया हमेशा के लिए उलट दिया गया। भौतिक शास्त्र पर इसका इतना गहरा प्रभाव पड़ा कि लोग आधुनिक भौतिकी (मॉडर्न फिजिक्स) को शास्त्रीय भौतिकी (क्लासिकल फिजिक्स) से अलग विषय बताने लगे और अल्बर्ट आइंस्टीन को 'आधुनिक भौतिकी का पिता' माना जाने लगा।

2. यदि आप सफल होना चाहते हैं तो याद रखें

जिस व्यक्ति ने कभी कोई गलती नहीं की, उस व्यक्ति ने कुछ नया करने की कोशिश नहीं की। ईश्वर के सामने हम सब एक समान हैं, एक समान बुद्धिमान और एक समान मूर्ख भी। एक प्रश्न, जो कभी-कभी मुझे कन्फ्यूज कर देता है या तो मैं पागल हूँ या अन्य लोग। ऐसा नहीं है कि मैं बहुत जीनियस हूँ, बस, मैं समस्याओं के साथ ज्यादा देर तक रहता हूँ।

"यदि A जीवन में सफल है तो A = X + Y + Z

X = काम

Y = खेल

Z = अपना मुँह बंद करके रहना है।"

अपने ज्ञान का इस्तेमाल करिए और ज्ञान से भी अधिक अपनी कल्पना का इस्तेमाल करिए, क्योंकि कल्पना-शक्ति ज्ञान से ज्यादा महत्त्वपूर्ण है। तर्क आपको A से B तक ले जा सकता है, लेकिन कल्पना-शक्ति आपको हर जगह ले जा सकती है। सफल व्यक्ति बनने का प्रयास मत कीजिए, बल्कि सिद्धांतों वाला बनने का प्रयत्न कीजिए। अगर आप सिद्धांतों पर चलते हैं तो आगे चलकर यही सिद्धांत आपको प्रगति की ओर ले जाएँगे। सिद्धांतों से व्यक्ति महान् बनता है; क्योंकि तब आप कभी समझौता नहीं करेंगे। हर व्यक्ति में योग्यता होती है, परंतु आप मछली को पेड़ पर चढ़ने के लिए कहेंगे तो वह पूरी उम्र यह सोचकर जिएगी कि वह मूर्ख है।

एक जहाज सबसे अधिक सुरक्षित समुद्र के किनारे पर होता है, परंतु वह इसलिए नहीं बना होता। अपनी क्षमताओं का इस्तेमाल कीजिए। महत्त्वपूर्ण बात यह है कि प्रश्न करना न छोड़ें, जिज्ञासा के मौजूद होने का आप खुद कारण होते हैं। अगर मेरे पास किसी समस्या को सुलझाने के लिए 1 घंटा हो तो मैं 55 मिनट समस्या के बारे में सोचने और 5 मिनट हल करने में लगाऊँगा। जिंदगी साइकिल चलाने के समान है। संतुलन बनाने के लिए आपको चलते रहना होता है। जैसे ही आप सीखना बंद करते हैं, आप मरना शुरू कर देते हैं। आप कभी असफल नहीं होते, जब तक आप प्रयास करना नहीं छोड़ देते। बिना रुके बस, चलते रहिए। मैं कभी भविष्य के बारे में नहीं सोचता। यह जल्द ही आ जाता है। व्यक्ति अपने प्रयासों से महान् बनता है। जीनियस, 1 प्रतिशत टैलेंट है और 99 प्रतिशत प्रतिशत हार्ड वर्क। जीनियस और स्टूपिड में सिर्फ इतना ही फर्क है कि जीनियस की सीमाएँ नहीं हैं। अगर जीनियस बनना है तो काबिल बनिए। भेड़ों का सदस्य बनने के लिए सबसे पहले आपको एक भेड़ होना चाहिए। यदि मानव जाति को जीवित रखना है तो हमें बिल्कुल नई सोच की आवश्यक्ता होगी। पहले आपको खेल के सभी नियम अच्छी तरह से जानने होंगे, तभी आप दूसरों की अपेक्षा अच्छा खेल पाएँगे। कठिनाइयों के बीच ही बहुत से अवसर छुपे हुए होते हैं। बस, उन्हें पहचानने की देर है। यदि आप एक सफल जीवन जीना चाहते हैं तो जीवन को लक्ष्य से बाँधो, न

कि लोगों और चीजों से। एक बार जब हम अपनी सीमा स्वीकार करते हैं तो हम उनके आगे जाते हैं। ज्ञान का एकमात्र स्रोत अनुभव है।

3. सवाल करते रहिए

अल्बर्ट आइंस्टीन ने शुरुआत में पाँच वर्षों तक एक कैथोलिक स्कूल में शिक्षा प्राप्त की। उन्होंने अन्य बच्चों की अपेक्षा बहुत देर से बोलना सीखा था। लगभग नौ वर्ष की आयु तक वे शब्दों को ठीक से नहीं बोल पाते थे। जब डॉक्टरों द्वारा इसकी जाँच करवाई गई तो पता चला कि अल्बर्ट डिस्लेक्सिया (Dyslexia) नामक रोग से पीड़ित थे। अपनी मंद बुद्धि के कारण उन्हें शब्दों को धारा-प्रवाह बोलने में कठिनाई होती थी और इस तरह वे बहुत समय बाद बोलना सीख पाए। इस बीमारी के कारण उन्हें नए शब्द सीखने और पढ़ने में भी काफी समय लगता। इस कारण उनकी स्मरण-शक्ति भी कमजोर होती गई। कहा जाता है कि वे अपने जूते भी ठीक से नहीं पहन पाते थे। उन्हें अपने घर का पता याद रखने में भी परेशानी होती थी। उन्होंने अपने जीवन में लगभग 330 पुस्तकें लिखीं, लेकिन उनकी पुस्तकों को प्रकाशित होने में दस साल लग गए, क्योंकि वह बहुत गलतियाँ करते थे।

लेकिन कभी भी उन्होंने अपनी इस शारीरिक कमी को अपने ऊपर हावी नहीं होने दिया। एक दिन स्कूल के प्रिंसिपल ने भी उन्हें बुलाकर कहा, "देखो अल्बर्ट, यहाँ का मौसम तुम्हारे लिए सही नहीं है। अतः तुम्हें एक लंबी छुट्टी की जरूरत है। तुम कल से स्कूल मत आना और तबीयत ठीक हो जाने पर किसी दूसरे स्कूल में दाखिला ले लेना।"

यह सुनकर अल्बर्ट ने उनसे केवल एक ही प्रश्न किया। उन्होंने प्रिंसिपल से पूछा, "सर, मैं अपनी बुद्धि का विकास कैसे कर सकता हूँ?"

प्रिंसिपल ने जवाब दिया, "देखो अल्बर्ट, अभ्यास ही सफलता का मूल मंत्र होता है। जितना अधिक अभ्यास करोगे, उतना ही आगे बढ़ते जाओगे।" और उसके बाद उन्होंने सवाल करना बंद नहीं किया। वह सवाल करते रहे और उनके जवाब ढूँढ़ते रहे। कभी-कभी वह इतने सवाल करते कि लोग उनसे पीछा छुड़ाना चाहते थे।

4. सोच बदलो, जिंदगी बदल जाएगी

यह दुनिया, जिसे हमने जैसा बनाया है, हमारी सोच का परिणाम है। बिना हमारी सोच बदले इसे बदला नहीं जा सकता। अपने आपको खुश करने का तरीका किसी और को खुश करना है। एक निराशावादी और बुद्धिमान होने के बजाय मैं आशावादी और मूर्ख होना पसंद करूँगा। क्रोध मूर्खों की छाती में बसता है। दो चीजें असीमित हैं—ब्रह्मांड और व्यक्ति की मूर्खता, परंतु मैं ब्रह्मांड के बारे में नहीं कह सकता। खुशी पाना चाहते हैं तो वह आपके अंदर है। एक मेज, एक कुरसी, एक कटोरा फल और एक वायलन। भला खुश रहने के लिए और क्या चाहिए!

अतीत से सीखो, वर्तमान में जियो, कल के लिए आशा करो, यह सबसे महत्त्वपूर्ण बात है। मेरे अंदर कोई विशेष प्रतिभा नहीं है, बस, चीजों को जानने के लिए मैं काफी उत्सुक रहता हूँ। यदि आप किसी तथ्य को आसानी से नहीं समझा पाते हैं तो आप उस तथ्य को स्वयं ही नहीं समझ पाए हैं। विश्व को नुकसान पहुँचानेवालों से खतरा नहीं है, बल्कि उनसे है, जो नुकसान पहुँचानेवाले लोगों को देखकर भी उन्हें अनदेखा करते हैं और कुछ नहीं करते। कोई भी समस्या चेतना के उसी स्तर पर रहकर हल नहीं की जा सकती, जिस पर वह उत्पन्न हुई है। जिंदगी जीने के केवल दो ही तरीके हैं—पहला कि मानो कोई भी चमत्कार न हो, दूसरा कि मानो सबकुछ एक चमत्कार जैसा हो। सत्ता के प्रति विचारहीन सम्मान होना सत्य का सबसे बड़ा शत्रु है। महान् सोचवाले लोगों ने हमेशा मामूली सोचवाले लोगों के हिंसक विरोध का सामना किया है। वह प्रत्येक चीज, जिसको गिना जा सके, मायने नहीं रखती और वह चीज, जो मायने रखती है, गिनी नहीं जा सकती। अगर आपको कोई चीज गहराई से समझनी है तो प्रकृति में गहराई से देखना होगा। सभी धर्म, विज्ञान, कला एक ही वृक्ष की शाखाएँ हैं। विपरीत परिस्थिति में जाने के लिए थोड़ी सी प्रतिभा और बहुत सारे साहस की जरूरत होती है। जो छोटी-छोटी बातों में सच को गंभीरता से नहीं लेता है, उस पर बड़े मामलों पर भी भरोसा नहीं किया जा सकता है।

5. व्यक्तिगत कारण सफलता में बाधा नहीं होते

जनवरी 1903 में अल्बर्ट आइंस्टीन का विवाह मिलेवा मेरिक नाम की युवती से हो गया। वह एक किसान की बेटी थीं। ऐसा भी कहा जाता है कि आइंस्टीन के घर वाले मिलेवा से शादी के खिलाफ थे, लेकिन अपने पिता की मृत्यु के कुछ महीने बाद ही उन्होंने मिलेवा से शादी कर ली। मिलेवा ठीक-ठाक नक्श की थी। उसमें कोई खास बात नहीं थी, लेकिन उसकी आवाज अच्छी थी। अकसर लोग अल्बर्ट के पीठ पीछे कहते थे कि उन्होंने क्या देखकर मिलेवा से शादी की? उनकी अपनी पत्नी से काफी खटपट भी होती थी, लेकिन आइंस्टीन ने ऐसा कभी भी कहीं कोई जिक्र नहीं किया। विवाह की वर्षगाँठ आती रही और जाती रही, लेकिन पिछले वर्षों के मुकाबले उनका संबंध हर साल खराब होता चला गया। विवाह के बाद आइंस्टीन और उनकी पत्नी एक छोटे से अपार्टमेंट में रहने लगे थे। भुलक्कड़ प्रोफेसर कभी चाबियाँ भूल जाते तो कभी मोजे पहनना भूल जाते थे। उनकी शादी 6 जनवरी, 1903 को हुई थी।

उनके घर जानेवाले छात्र उनके पीठ पीछे बातें करते कि प्रोफेसर की दाढ़ी बढ़ी हुई थी। उनके मोजे गंदे थे, लेकिन उन्होंने अपने व्यक्तिगत जीवन को हमेशा दूर रखा। एक बार न्यूटन पर व्याख्यान देते हुए उन्होंने कहा था कि निजी जीवन 300 साल बाद भी निजी व गोपनीय ही होना चाहिए। समय-समय पर उन्होंने अपनी पत्नी के बारे पर टिप्पणियाँ भी की थीं। उन्होंने एक बार कहा था, "वह हमेशा धूल गंदगी व मकड़ी के जाले साफ करने में जुटी रहती थी।" और शायद यही वजह थी आइंस्टीन पूरी तरह से सैद्धांतिक भौतिकी में डूब गए और परिवार से उनका नाता औपचारिक ही रहा। पर शायद उन्हीं के चलते उनकी पत्नी दो बच्चों को साथ लेकर सन् 1914 में आइंस्टीन को छोड़कर चली गईं और यहीं इस रिश्ते का अंत हो गया।

विवाह के आसपास दो साल के अंदर उनके जीवन में बहुत उथल-

पुथल रही; लेकिन यही वह समय था, जिस समय में उन्होंने सापेक्षता के सिद्धांत को अंतिम रूप दिया था।

6. द वार इज वन, बट पीस इज नॉट

अल्बर्ट आइंस्टीन को जब जापान पर परमाणु बम हमले के बारे में पता चला तो उन्हें गहरा धक्का लगा। वह दुःख से भरे थे और वह सिर्फ दो शब्द कह पाए, "भयानक बहुत ही भयानक!" कुछ न कह पाने के पीछे बहुत बड़ी वजह थी। अल्बर्ट का जन्म जर्मनी के एक यहूदी परिवार में हुआ था; लेकिन वह स्विट्जरलैंड और ऑस्ट्रेलिया में भी वहाँ के नागरिक बनकर रहे थे। वर्ष 1914 से 1932 तक बर्लिन में रहने के दौरान यहूदियों के प्रति हिटलर की घृणा बढ़ती जा रही थी। इसी बीच जर्मनी में आइंस्टीन की लिखी तमाम पुस्तकों की होली जलाई गई। जर्मन राष्ट्रीय शत्रुओं की सूची बनवाते हुए आइंस्टीन को मारनेवाले के नाम पर इनाम भी रखा गया।

दूसरे विश्वयुद्ध के शुरू होने से कुछ दिन पहले आइंस्टीन अमेरिका में रह रहे थे। एक वैज्ञानिक के कहने में आकर उन्होंने एक पत्र पर दस्तखत कर दिए थे। वह पत्र अमेरिकी राष्ट्रपति फ्रेंकलिन रूजवेल्ट के नाम लिखा गया था। उसमें रूजवेल्ट से कहा गया था कि नाजी जर्मनी बहुत विनाशकारी एक प्रकार का बम बना रहा है। संभव है, बना चुका हो। इसमें उन्होंने रूजवेल्ट को परमाणु बम विकसित करने की सलाह दी थी और साथ ही उनसे आग्रह किया था कि शायद जर्मनी अणु बम विकसित कर रहा है। इसी बीच अमेरिका के गुप्तचर भी उन्हें इसी तरह की सूचना लगातार पहुँचा रहे थे। इस तरह रूजवेल्ट ने अपनी 'मैनहट्टन परियोजना' को हरी झंडी दिखा दी और उसके छह साल बाद अमेरिका ने हिरोशिमा व नागासाकी पर अणु बम गिराया।

इस बात का अफसोस आइंस्टीन को हमेशा रहा और इस पत्र ने परमाणु बम की होड़ में दुनिया को शामिल कर दिया। उन्होंने इस घटना का जिक्र करते हुए अपने मित्र को एक पत्र लिखा था और अपनी पूरी जिम्मेदारी स्वीकार करते हुए इसे उन्होंने अपने जीवन की सबसे बड़ी गलती माना

था। उन्होंने एक पत्र में खेद प्रकट करते हुए लिखा था—'मैं अपने जीवन में सबसे बड़ी गलती कर बैठा, जब मैंने राष्ट्रपति रूजवेल्ट को परमाणु बम बनाने की सलाह देनेवाले पत्र पर अपने हस्ताक्षर कर दिए, हालाँकि इसके पीछे यह भी औचित्य था कि जर्मनी एक-न-एक दिन उसे बनाता।"

आइंस्टीन इतने दु:खी हुए कि हमले के बाद उन्होंने बहुत दिनों तक इस पर कोई टिप्पणी नहीं की, लेकिन अंत में उन्होंने स्वीकारा, "अगर मैं जानता कि जर्मन परमाणु बम कभी नहीं बना सकेंगे तो मैं इस मुद्दे पर अपनी स्वीकृति देने से तो दूर, अपनी उँगली भी नहीं हिलाता।"

उन्होंने अपने व्याख्यान में कहा, "इस नए अस्त्र को विकसित करने में हमने मदद की, क्योंकि हम नहीं चाहते थे कि इनसानियत के दुश्मन इसे हमसे पहले हासिल कर लें। कल्पना से परे तबाही और बरबादी मचाना और शेष विश्व को अपना गुलाम बनाना ही हमेशा से नाजियों की मानसिकता रही है। हमने यह नया हथियार अमेरिकी और ब्रिटिश जनता के हाथों में उन्हें संपूर्ण मानव जाति का प्रतिनिधि और शांति तथा स्वाधीनता का संरक्षक मानते हुए सौंपा है, लेकिन शांति तथा स्वाधीनता की वह गारंटी, जिसका वादा अटलांटिक चार्टर के देशों से किया गया था, हमें अब तक देखने को नहीं मिली है। युद्ध जरूर जीत लिया गया है, लेकिन शांति नहीं। दुनिया को भय से मुक्ति दिलाने का वादा किया गया था, लेकिन असलियत में जब से युद्ध खत्म हुआ है, डर कई गुना और बढ़ गया है। दुनिया से वादा किया गया था कि रोजमर्रा की चीजों की तमाम किल्लतें व तमाम दिक्कतें सब खत्म हो जाएँगी, लेकिन दुनिया का ज्यादातर हिस्सा भुखमरी का शिकार है, जबकि दूसरे जरूरत से ज्यादा चीजों का लुत्फ उठा रहे हैं।"

अपने जीवन के अंतिम दिनों में उन्होंने अपने ही साथ के प्रसिद्ध वैज्ञानिकों के साथ मिलकर सन् 1955 में 'रसेल-आइंस्टीन मेनिफेस्टो' पर हस्ताक्षर किए, जिस पत्र में मानव जाति को निरस्त्रीकरण के प्रति संवेदनशील बनाने का आग्रह किया गया था।

वे बचपन से ही मानवता के पक्षधर थे। जवान होते हुए जरूर

उन्होंने अपने कमरे की दीवार पर दो वैज्ञानिकों की तसवीरें टाँगी हुई थीं, जिन्हें वे अपना आदर्श मानते थे, लेकिन जैसे-जैसे उनकी उम्र बढ़ती गई, मानवता उनके अंदर बैठती गई और उन्होंने यह समझ लिया कि मानवता ही सबसे बड़ा धर्म है और वह अहिंसा से प्रेम करने लगे थे। उसका जीता-जागता उदाहरण है कि उनके कमरे में ढलती उम्र के साथ गांधीजी की फोटो टँगी थी।

बचपन में उन्होंने अपने दोस्त यूरी से कहा था कि वह सभ्य लोगों के साथ रहना चाहते हैं, जो झगड़ते नहीं हैं। जहाँ वह बचपन में रहते थे, वह एक स्लम एरिया था। वह जिस कमरे में रहते थे, वहाँ बहुत ज्यादा शोर होता था और शोर उन्हें पसंद नहीं था। उनकी जो मकान मालकिन थीं, वह हमेशा अपने बच्चों को मारती रहती थी और जब भी उनके पति शनिवार को वापस आते थे, वह ड्रंक होते थे और वह आकर उन्हें मारते थे। उन्होंने अपने एकमात्र दोस्त यूरी से कहा था, "तुम कम-से-कम सभ्य लोगों के साथ तो रहते हो, जो लड़ते-झगड़ते नहीं हैं, चाहे भले ही वे गरीब छात्र ही क्यों न हों।"

उन्हें नहीं पता था कि उनकी एक चिट्ठी का यह परिणाम होगा। सन् 1929 उन्होंने कहा था कि अगर युद्ध छिड़ा तो वह वॉर सर्विस नहीं करेंगे, न ही प्रत्यक्ष, न ही अप्रत्यक्ष। भले ही लोग कहें कि युद्ध करने की वजह बहुत महान् है। मैं तब भी युद्ध में शामिल नहीं होऊँगा। उनके शब्द थे—'द वॉर इज वन, बट पीस इज नॉट।'

7. प्रकृति-प्रेमी

आइंस्टीन को प्रकृति से बहुत प्रेम था। जब वे अमेरिका आए तो उन्हें बर्लिन की पुरानी नौका बहुत याद आती थी। उसे भुलाने के लिए वे अपनी सात फीट लंबी नई नौका अमेरिका में चलाया करते थे। कई बार थके होने, तबीयत ठीक न होने के बाद भी वे नाव चलाने का अवसर नहीं छोड़ते थे। उन्होंने कभी कार खुद नहीं चलाई थी। नाव वह बहुत कुशलता से चलाते थे। उन्हें अपनी नाव खेने पर इतना भरोसा था कि वे अपनी नाव में कोई जीवन

जैकेट या बेल्ट नहीं लेकर चलते थे। उन्हें मशीनों से चिढ़ थी। वह मोटर या मशीनों की आवाज से दूर रहना चाहते थे। 50 साल की उम्र पूरी कर लेने के बाद उन्होंने कैमरे को हाथ लगाया, वह भी डरते-डरते। बड़ी मुश्किल से उन्होंने टाइपराइटर चलाना सीखा था। वे कभी किसी रिकॉर्ड को बनाने या रिकॉर्ड तोड़ने की फिराक में नहीं रहते थे। प्रतियोगिताएँ उन्हें पसंद नहीं थीं।

उनकी पसंद बच्चों जैसी थी। जब नाव रुक जाती या चल पड़ती तो वे प्रसन्न हो जाते थे। वह बहुत सुस्त प्रकृति के थे। फुरती उनसे कोसों दूर रहती थी। वह मस्त होकर नाव चलाते थे। नाव खेते-खेते वे दूर तक चले जाते। उन्होंने अपनी नाव पर कभी कंपास नहीं रखा। उन्हें मौसम और तूफान का भी अहसास हो जाता था। तब भी, शायद यही कारण था कि हवा व मौसम आदि शरीर पर दबाव डालते हैं और उनकी क्रियाएँ व प्रतिक्रियाएँ होती हैं। इसके अलावा, अकल्पनीय घटनाओं में उन्हें आनंद आता था। जब नदी या झील में तेज हिलोरें उठती थीं तो उनकी नाव उलटते-उलटते बचती थी और साथ में बैठे लोग घबराकर चिल्लाने लगते थे। पर आइंस्टीन संतुलन नहीं खोते थे और नाव का संतुलन बरकरार रखते थे। इस दौरान वे इस प्रकार हँसते, मानो कोई बच्चा हँस रहा हो। कई बार उनकी नाव अधडूबी चट्टानों के बहुत समीप से निकल जाती थी।

वे कहते, "प्रकृति ने हमें अनेक सुख दिए हैं और उसे नजरअंदाज नहीं करना चाहिए।" वे समय के पाबंद नहीं थे। जब भूख लगती तो खा लेते थे, जब थक जाते तो सो जाते थे। उनके भोजन कक्ष में एक मेज थी, जिस पर दूध, ब्रेड, चीज, फल आदि हमेशा रखे रहते थे। भौतिक सुखों से वे दूर रहते थे। उनके लिए पांडुलिपियाँ, वायलिन, बिस्तर, मेज, कुरसी आदि ही पर्याप्त थे। उन्हें बच्चों का साथ बहुत पसंद था। वे अकसर मित्रों के छोटे-छोटे बच्चों के साथ दूर समुद्र-तट पर चले जाते थे और उन्हें वायलिन बजाकर सुनाते थे। वह बड़े लोगों से औपचारिक भेंट करने से कतराते थे।

वे यूरोप वापस जाना चाहते थे, पर कभी वापसी नहीं कर पाए। मन मारकर उन्होंने अमेरिका में ही बसने का फैसला किया और एक दोमंजिला

मकान 112, मर्सर स्ट्रीट पर खरीदा। वहाँ पर एक सुंदर व हरा-भरा बगीचा भी था। पेड़ों से घिरे इस मकान के चारों ओर झाड़ियों की बाड़ लगी थी। खरीदने के बाद इसमें आइंस्टीन की पसंद के अनुसार परिवर्तन किया गया। दूसरी मंजिल पर उनके लिए अध्ययन कक्ष बनाया गया। एक बड़ी खिड़की खोली गई, ताकि वे बाहर का नजारा देख सकें। पुस्तकों के लिए लंबी-लंबी अलमारियाँ तैयार की गईं। बीच में उनके कागज-पेंसिल-पाइप आदि रखने के लिए बड़ी मेज रखी गई। काम करने की उनकी मेज खिड़की के पास रखी गई और दीवारों पर सजावट हेतु फैराडे, मैक्सवेल एवं बाद में महात्मा गांधी की तसवीरें टाँगी गईं। विशेष बात यह थी कि आइंस्टीन सिर्फ महात्मा गांधी को ही एकमात्र विश्व-स्तर का राजनेता मानते थे और उन्हें श्रद्धा की दृष्टि से देखते थे।

8. धर्म

अकसर लोग आइंस्टीन ने पूछ बैठते थे कि क्या वे ईश्वर में विश्वास करते हैं? आइंस्टीन ने उनका स्पष्ट उत्तर दिया, "मैं उस ईश्वर में विश्वास करता हूँ, जो प्रकृति में मौजूद व्यवस्था के लिए जिम्मेदार है। मैं उस ईश्वर पर विश्वास नहीं करता, जो मनुष्य के भाग्यों व कर्मों का लेखा-जोखा रखता है। मनुष्य की भावनात्मक व मनोवैज्ञानिक मनोवृत्ति है। इसके आधार पर प्रकृति के अस्तित्व पर विश्वास किया जाना चाहिए। इसका आधार तर्क होना चाहिए। धर्म को नशे की वस्तु नहीं बनने दिया जाना चाहिए।"

उन्होंने रवींद्रनाथ टैगोर से कहा था, "सौंदर्य मनुष्य के बिना अर्थहीन है।" बातों-बातों में आइंस्टीन कह बैठे कि मैं आपसे ज्यादा धार्मिक हूँ। उन्होंने यह भी साबित करने की कोशिश की कि वैज्ञानिक सत्य मनुष्य पर निर्भर नहीं हैं। उन्होंने प्रमाण के रूप में पाइथागोरस की प्रमेय के बारे में बताते हुए कहा कि इसके सत्य होने के साथ मनुष्य के अस्तित्व का कोई संबंध नहीं है। जब पृथ्वी पर मनुष्य नहीं था, तब भी इस प्रमेय के आधार पर वैसा ही परिणाम आता था। यही नहीं, हर प्रकार की वास्तविकता मानव के अस्तित्व पर निर्भर नहीं है। पर यह भी सत्य है कि मनुष्य की पहुँच के परे

जो सत्य है, उसे जानना या समझना अत्यंत कठिन है। यही कारण है कि हम सत्य को परामानवीय वस्तु मानते हैं। हमारे अनुभव व विचार ऐसे होते हैं कि कई बार उनका सही या सर्वमान्य अर्थ नहीं निकल पाता है।

आइंस्टीन अपनी मुद्राएँ व भाव इस दौरान बदलते रहते थे। कई बार वे आसमान की ओर मुख करके कहने लगते थे कि हम उसके बारे में कुछ नहीं जानते। हमारा सारा ज्ञान स्कूल के बच्चों जैसा ही है। वे अपने कंधों को उचकाकर कहते कि "यदि हम रहस्यों को जानने की भी कोशिश करें, जैसी कि सुकरात ने की थी, तो भी कुछ खास नहीं निकलेगा।"

> *"धर्म के अभाव में विज्ञान लँगड़े के समान है एवं विज्ञान के बिना धर्म अंधा है। सच्चा धर्म ही सच्ची जिंदगी है। अपनी पूरी आत्मा के साथ जीना, सारी उदारता और सारी अच्छाई ही सच्चा धर्म है।"*

9. आविष्कार और पुरस्कार

मार्च 1905 में आइंस्टीन मात्र छब्बीस वर्ष के थे। अब तक उनके कई शोध-पत्र आ चुके थे, पर उनकी कोई खास पहचान नहीं बन पाई थी। इसी दौरान ज्यूरिख विश्वविद्यालय में एक व्याख्यान में अल्बर्ट आइंस्टीन ने अपने अब तक के काम के बारे में बताया। उन्होंने छह शोध-पत्रों का सार भी प्रस्तुत किया। स्नातक उपाधि ग्रहण करने के पश्चात् जो कुछ भी शोध कार्य उन्होंने किया था, वह इन शोध-पत्रों में समाहित था।

उन्नीसवीं सदी के अंतिम दौर में फ्रैस्नेल एवं मैक्सवेल जैसे वैज्ञानिकों ने प्रकाश पर गहराई से अनुसंधान किया। इसके साथ ही प्रकाश की प्रकृति पर तीव्र बहस आरंभ हो गई। अनेक सिद्धांत सामने आए, लेकिन उन पर आधारित गणितीय समीकरण प्रायोगिक परिणामों पर खरे नहीं उतरे। उस समय तक दिखनेवाले प्रकाश के अलावा अनेक प्रकार के विकिरणों, जैसे— एक्स-रे, गामा किरणों, पराबैंगनी किरणों आदि की जानकारी मिल चुकी थी। जे.जे. थॉमसन इलेक्ट्रॉन की भी पहचान कर चुके थे। ऐसे में आइंस्टीन ने

अपना नया सिद्धांत सामने रखा और कहा कि प्रकाश फोटोनों अर्थात् गुच्छों के रूप में आगे बढ़ता है।

इस सिद्धांत से वैज्ञानिकों में खलबली मच गई। प्लैंक जैसे वरिष्ठ वैज्ञानिकों ने इस नए सिद्धांत को मानने से इनकार कर दिया। आइंस्टीन के अन्य सिद्धांत भी क्रांतिकारी थे। अणुओं की गति संबंधी नई-नई बातें उन्होंने दुनिया के समक्ष रखीं। वैज्ञानिक भौंचक होकर उन पर अपने विचार व्यक्त करने ही वाले थे कि आइंस्टीन ने अपना अनोखा व अभूतपूर्व सिद्धांत अर्थात् 'सापेक्षता का सिद्धांत' दुनिया के समक्ष रख दिया। वर्ष 1905 की गरमियों में उन्होंने इस सिद्धांत की रूपरेखा प्रस्तुत की। इस सिद्धांत को अब तक का सबसे क्रांतिकारी सिद्धांत माना जाता है। इससे पूर्व न्यूटन का गुरुत्वाकर्षण सिद्धांत और चार्ल्स डार्विन का उत्पत्ति सिद्धांत सबसे अधिक क्रांतिकारी माने जाते थे।

अल्बर्ट आइंस्टीन अपने सापेक्षता सिद्धांत (Theory of Relativity) और द्रव्यमान ऊर्जा समीकरण (Mass-energy equivalence) E = mc2 के लिए संपूर्ण विश्व में प्रसिद्ध हैं। उन्हें सैद्धांतिक भौतिकी (Theoretical physics) और विशेषकर 'प्रकाश विद्युत् प्रभाव' (Photoelectric effect) की खोज के लिए सन् 1921 में विश्व के सर्वोच्च सम्मान 'नोबेल पुरस्कार' से सम्मानित किया गया। उन्होंने 50 से अधिक शोध-पत्र तथा अलग-अलग विषयों पर पुस्तकें लिखीं। सन् 1999 में उन्हें विश्व-प्रसिद्ध 'समय' पत्रिका द्वारा 'शताब्दी पुरुष' के अलंकार से सुशोभित किया गया। अल्बर्ट आइंस्टीन को जर्मनी, इटली, यूनाइटेड किंगडम, अमेरिका, बेल्जियम, ऑस्ट्रिया तथा स्विट्जरलैंड जैसे देशों की नागरिकता प्राप्त थी। आइंस्टीन को अपने सिद्धांतों पर ईश्वर से भी अधिक विश्वास था।

आइंस्टीन की मृत्यु के पश्चात् उनका मस्तिष्क अलग निकालकर सुरक्षित रख दिया गया था। वैज्ञानिक उसकी लगातार जाँच करते रहे, पर उन्हें लगता रहा कि यह तो सामान्य व्यक्तियों जैसा ही है। सन् 1996 में जाकर वैज्ञानिक इस निर्णय पर पहुँचे कि इसका एक भाग सामान्य से थोड़ा

बड़ा है। आइंस्टीन के जाने के बाद भी उनका सापेक्षतावाद का सिद्धांत व गुरुत्वाकर्षण सिद्धांत एक पहेली ही बने रहे। वैज्ञानिक ज्यों-ज्यों उनकी प्रायोगिक जाँच करते, उनकी उपलब्धियाँ बढ़ती चली जाती थीं। समय के साथ बेहतर व दक्ष पार्टिकल त्वरित्र (एक्सीलरेटर्स) तैयार हुए और उनकी सहायता से कणों में इतनी ऊर्जा प्रविष्ट कराई जाने लगी कि उनकी गति प्रकाश की गति के समतुल्य होने लगी। आइंस्टीन के सिद्धांतों के आधार पर अंतरिक्ष अभियान चला। तमाम रॉकेट व उपग्रह छोड़े गए तथा जब सन् 1969 में 'अपोलो' चंद्रयान से अमेरिकी अंतरिक्ष यात्री चंद्रमा की धरती पर उतरे तो आइंस्टीन के सिद्धांतों के आधार पर गणना व वास्तविकता में मात्र 20 इंच का अंतर देखने को मिला। इस प्रकार, सापेक्षतावाद का सामान्य सिद्धांत वास्तविकता के कितना करीब है, यह प्रमाणित हो गया।

दुनिया से उनके जाने के बाद उनके नाम पर बहुत से इनाम दिए जाते हैं। उनमें से एक 'अल्बर्ट आइंस्टीन पुरस्कार' है। इस पुरस्कार में 9,000 डॉलर की धनराशि और एक गोल्ड मेडल दिया जाता है। लोग कहते हैं कि इस पुरस्कार का सम्मान 'नोबेल पुरस्कार' के बराबर है। 'द न्यूयॉर्क टाइम्स' ने इसे अमेरिका में अपने समतुल्य सभी पुरस्कारों में सर्वश्रेष्ठ माना है।

10. नेक दिल

लोग उनका ऑटोग्राफ लेने के लिए लालायित रहते थे। प्रारंभिक दौर में वे उससे भी बचते थे। बाद में उन्होंने बर्लिन स्थित गरीबों के लिए एक फंड की स्थापना की और हर सामान्य ऑटोग्राफ के लिए 3 डॉलर और फोटोग्राफ पर ऑटोग्राफ के लिए 5 डॉलर लेने लगे। न्यूयॉर्क की ओर जाता जहाज जब हवाना द्वीप पर रुका तो आइंस्टीन ने देखा कि एक ओर विलासितापूर्ण जीवन से भरे क्लब हैं और दूसरी ओर घोर गरीबी है। आइंस्टीन को वहाँ के अश्वेतों के प्रति बड़ी सहानुभूति पैदा हुई। वह अमेरिका में तेजी से लोकप्रिय होते जा रहे थे। आम अमेरिकियों की भीड़ उनका ऑटोग्राफ पाने के लिए उमड़ पड़ती थी। वह ऑटोग्राफ देते जाते और हँसकर कहते जाते कि यह धंधा अच्छा चल रहा है। शायद बर्लिन में अब कोई गरीब नहीं रहेगा। यहूदी भी

उन्हें सम्मानित करने का मौका ढूँढ़ते थे। यहूदी उन्हें इजराइल का राष्ट्रपति बनाना चाहते थे, लेकिन उन्होंने उसे विनम्रता के साथ अस्वीकार कर दिया।

11. महान् वैज्ञानिक और महान् व्यक्तित्व

लोग उनके गुणों से प्रभावित होते थे। वह इतने साधारण थे कि नाव चलानेवाला व्यक्ति भी उनसे अपनी नाव का डिजाइन बनवाने आ जाता था और वह कागज-पेंसिल देकर उसकी संरचना तैयार कर देते थे। एक छोटी बच्ची भी उनसे गणित के सवाल हल करवाने आती थी। बस के ड्राइवर उन्हें जानते थे, क्योंकि वे पैसे के हिसाब में गलती कर बैठते थे। वह नाई के पास बहुत कम जाते थे। उनके बाल बड़े-बड़े रहते थे और अकसर उड़ते रहते थे। वह मोजों की जरूरत नहीं समझते थे। उनके पास चमड़े का एक जैकेट था, जो उनके लिए कोट का भी काम करता था। वह सिर्फ बाहर जाने पर व्याख्यान देने पर शर्ट, पैंट, जैकेट व जूतों की चिंता करते और कह भी देते कि 'भाई, उनके बगैर काम नहीं चलेगा'। अनेक अवसरों पर आइंस्टीन को अद्‌भुत दावतें मिलीं। ब्रिटिश राजमहल में उनके भोजन के दौरान सिर्फ शाकाहारी व्यंजन थे और कोई नौकर-चाकर नहीं था। इस दौरान मेजबान उनकी पसंद के आलू व मूली की सब्जी परोस रहा था और आइंस्टीन अचानक आए खयाल को कागज पर दर्ज करना चाह रहे थे, पर कागज गिल नहीं रहा था। आइंस्टीन की जेब में तरह-तरह की चीजें भरी रहती थीं। पेन में लगा चाकू, रस्सियों के टुकड़े, बिस्कुट का चूरा, कागज की छोटी-छोटी पर्चियाँ, बस के पुराने टिकट, रेजगारी, पाइप से निकले तंबाकू का जला-अधजला चूरा आदि। कई बार उनकी जेब से अति महत्त्वपूर्ण कागज भी बुरी हालत में निकलते, जिनमें राजपरिवारों द्वारा उनको समर्पित कविताएँ, गूढ़ फॉर्मूले, जटिल गणनाएँ आदि होती थीं। महारानी विक्टोरिया उनकी अत्यधिक मुरीद थीं, पर उनकी दी हुई चीजों को आइंस्टीन सँभाल नहीं पाते थे।

उनकी दिनचर्या बहुत ही साधारण थी। वह सुबह का अखबार पढ़ते और 10.30 बजे उनके संस्थान की गाड़ी उन्हें लेने आती। लौटते समय भी

वे पैदल आते थे। कभी-कभी किसी को लिफ्ट भी दे दिया करते थे। जब वह किसी अजनबी को अपने साथ बिठाते तो रास्ते भर चुटकुले सुनाते जाते, खुद भी हँसते और दूसरों को भी हँसाते। उनके पास कोई सहायक नहीं था। जब भी उनसे किसी सहायक के लिए कहा जाता, वह मना कर देते थे। कहते, 'लोग उनका नहीं, अपना काम करें।' कभी-कभार वे रेडियो सुनते थे और खाली समय में वायलेन बजाते।

जब आई.बी.एम. कंपनी ने अपने कंप्यूटर के उद्घाटन के लिए उन्हें आमंत्रित किया तो उन्होंने जवाब तक नहीं दिया। मेजबान परेशान हो गए, क्योंकि यह उस समय की बड़ी घटना थी। जाँच के बाद पता चला कि आइंस्टीन ने उस निमंत्रण को कूड़ेदान में डाल दिया था। उनके कक्ष में सजावट के रूप में विचित्र वस्तुएँ थीं—धार्मिक चित्र, खूबसूरत माँ-बेटी की मूर्तियाँ, भिखारी जैसे लगनेवाले चीनी दार्शनिक की मूर्ति, इतवारी क्रिश्चियन पेंटिंग।

वे अपने नाम का अनावश्यक उपयोग नहीं चाहते थे। उन्होंने अंतिम समय अपनी कुछ इच्छाएँ व्यक्त कीं। उन्होंने कहा कि उनका मकान संग्रहालय में तब्दील न किया जाए। उन्होंने अपने संस्थान से निवेदन किया कि उनके कार्यालय को किसी अन्य वैज्ञानिक को उपयोग हेतु दे दिया जाए। वे जानते थे कि उनका घर और कार्यालय वैज्ञानिकों के लिए तीर्थ बन जाएगा। उन्होंने यह भी कहा कि उनको भेंट किए गए प्रतीक चिह्न व पत्राचार आदि सुदूर भारत भेज दिए जाएँ। वे नहीं चाहते थे कि उनकी चीजों की नीलामी हो। उन्हें अपने मस्तिष्क के असाधारण होने पर विश्वास था। उन्होंने कहा कि उनके मस्तिष्क को सुरक्षित रखा जाए और उसपर अनुसंधान किया जाए।

□

डॉ. ए.पी.जे. अब्दुल कलाम

अबुल पकीर जैनुलाबदीन अब्दुल कलाम, जिन्हें 'मिसाइल मैन' और 'जनता के राष्ट्रपति' के नाम से भी जाना जाता है, वह भारत के ग्यारहवें राष्ट्रपति थे। इंजीनियर, वैज्ञानिक। उन्होंने हमेशा युवाओं का मार्गदर्शन किया। उन्होंने सिखाया की परिस्थितियाँ कैसी भी क्यों न हों, सपनों को पूरा किया जा सकता है, अगर हम ठान लें तो!

1. भारत में शिक्षा-प्रणाली

आज तेजी से बदलते विश्व में जरूरत है कि सभी देश परस्पर उन्नति के लिए मिलकर कार्य करें। कोई भी देश अलग-थलग नहीं रह सकता। आनेवाले कल के लिए आवश्यक है कि राष्ट्रीय नेटवर्क बनाकर अपने संसाधनों और इनपुट का आदान-प्रदान करें। इससे रोजगार के अवसर, मुक्त व्यापार क्षेत्र, साझा मुद्रा तथा प्रतियोगी बाजार अर्थव्यवस्था को बढ़ावा मिलेगा। भारत महत्त्वपूर्ण जैव विविधता से युक्त प्राकृतिक संसाधनों की प्रचुरता के लिए लोकप्रिय है। भारत में वर्षा वन, हिमालय के शंकु वृक्ष वन, पश्चिमी घाट और पूर्वोत्तर भारत, मध्य दक्षिण में सागौन के शुष्क पर्णपाती, मध्य दक्षिण-पश्चिमी गंगा के मैदान और बबूल के काँटे के वन विविधता समेटे हैं। उस क्षेत्र में अनेक जड़ी-बूटियाँ पाई जाती हैं। थल के अलावा

महासागर में अनेक समुद्री प्रजातियाँ पाई जाती हैं। ये औषधियों में काम आती हैं। भारत सरकार ने 'महासागर से महत्त्वपूर्ण औषधियों का विकास' नामक राष्ट्रीय परियोजना चलाई है।

भारत का सहस्राब्दियों तक का गौरवशाली इतिहास रहा है, जहाँ सभ्यता, संस्कृति, ज्ञान, धर्म फला व फुला। साथ ही यह भूमि अनेक देशों में ज्ञान का प्रकाश फैला रही थी। 2 फरवरी, 1835 को ब्रिटिश संसद् में लॉर्ड मैकाले के उद्धरण में यह तथ्य सिद्ध हो जाता है, जिसमें उन्होंने कहा था कि "भारत समृद्ध देश है। यदि हम भारतीयों को यह सोचने पर मजबूर कर दें कि विदेशी एवं अंग्रेज संस्कृति व सभ्यता श्रेष्ठ है, उनसे बढ़कर है तो वे अपना स्वाभिमान खो देंगे। अपनी मूल संस्कृति को भूलकर वे वैसे ही बन जाएँगे, जैसा हम चाहते हैं।"

राष्ट्र को विशिष्ट स्थिति हासिल करने के लिए नए विचारों की जरूरत है। हमें याद रखना होगा कि राष्ट्र के सामने विभिन्न चुनौतियाँ हैं तथा सभी राष्ट्र झेल रहे हैं। हमें सीमा पार से सहयोग की भी जरूरत है, ज्वलंत मुद्दों के समाधान एवं प्रौद्योगिकी जटिलताओं को सुलझाने के लिए। अनुसंधान विकास और व्यापारिक क्षेत्रों में गहन सहयोग की जरूरत है। हमें भूकंप, चक्रवात, बाढ़, अकाल जैसे प्राकृतिक प्रकोपों को मिलकर समझने तथा उनसे बचने की जरूरत है। आज भारत का युवा वर्ग विकास की प्रक्रिया में योगदान के लिए तत्पर है। आवश्यकता इस बात की है कि हमें उन्हें वैश्विक स्तर पर उच्च शिक्षा का कौशल अर्जित करने योग्य बनाना होगा।

हमें मूल्य-आधारित मानव संसाधन के विकास तथा उद्यमिता पर केंद्रित होने की आवश्यकता है, ताकि प्रबुद्ध नागरिक तैयार हो सकें। हमें मूल्य-आधारित शिक्षा की जरूरत होगी, जहाँ पढ़ाई बीच में छोड़ने की प्रवृत्ति पर रोक लगे। एम.आर. राजू, अजीम प्रेमजी, शिव नादर तथा अन्यों ने मूल्य आधारित शिक्षा का मॉडल विकसित किया है, ताकि स्कूल छोड़नेवाले बच्चों की संख्या में कमी आए। इन मॉडलों से यह जानकारी मिलती है कि तीन वर्ष की उम्र से बच्चे को शिक्षा के लिए तैयार करने की आवश्यकता

है। रचनात्मक प्रौद्योगिकी के जरिए स्कूल में सीखने की प्रक्रिया में तेजी लानी होगी। इससे बच्चे आजीवन कुछ-न-कुछ सीखते रहेंगे। टेली और शिक्षा प्रौद्योगिकी में सुधार से दूरवर्ती गाँव में भी गुणवत्तापूर्ण शिक्षण सुविधा पहुँच रही है। ग्रामीण पंचायत ज्ञान केंद्र के गठन से शिक्षा को बढ़ावा मिलेगा। वैश्वीकरण से प्रत्येक व्यक्ति को अपने कौशल पर केंद्रित होना चाहिए, ताकि वे विश्व के किसी भी कोने में कुशल कार्यबल का हिस्सा बन सकें।

प्रतिस्पर्धा के दौर में राष्ट्र को ज्ञानवान् और कुशल तथा साधन-संपन्न लोगों की जरूरत है। समाज ज्ञान के युग की ओर बढ़ रहा है। अतः युवाओं को मूल्य आधारित उत्कृष्ट शिक्षा-प्रणाली चाहिए। प्राइमरी स्कूल से ही बच्चों में रचनात्मक मन-मस्तिष्क विकसित करना होगा। आज राष्ट्र आधिकारिक परस्पर आश्रित होते जा रहे हैं तथा विभिन्न देशों में भारतीय बच्चों के लिए अवसर मौजूद हैं। हमें अपनी शिक्षा प्रणाली प्राइमरी स्तर से बदलनी होगी, ताकि विश्व स्तर की रचनात्मक मनोवृत्ति विकसित हो सके। मूल्य-आधारित शिक्षा रचनात्मकता से निश्चित रूप से छात्रों के बीच अनुसंधान और विकास का माहौल तथा सांस्कृतिक विकास होगा। वे उच्च अध्ययन की ओर उन्मुख होंगे। अनुसंधान एवं विकास किसी भी उत्पाद के विकास का महत्त्वपूर्ण घटक है। इसी प्रकार से विभिन्न देशों की बहुराष्ट्रीय कंपनियाँ उत्पाद विकसित कर रही हैं। उन्हें ऐसे देशों की भी तलाश रहती है, जहाँ वे न्यूनतम लागत पर अपनी अनुसंधान एवं विकास प्रयोगशाला स्थापित कर सकती हैं। अनुसंधान एवं विकास प्रयोगशाला खोलने के लिए भारत ऐसा ही देश है। भारत 'नॉलेज हब' बन रहा है। अतः ऐसी स्थिति के लायक बनने के लिए छात्रों के बीच रचनात्मकता तथा अनुसंधान एवं विकास कार्य का माहौल सृजित करके इस स्थिति का लाभ उठाने का उपयुक्त समय है। जैव प्रौद्योगिकी, नैनो प्रौद्योगिकी तथा रोबोट विज्ञान एवं कृत्रिम बुद्धि, एयरोनॉटिक्स, नाभिकीय विज्ञान, फोटोनिक्स, सेंसर्स, स्मार्ट संरचनाओं में भारतीय अनुसंधान एवं

विकास संस्था में उच्च प्रौद्योगिकी सिस्टम और उत्पादन के विकास के लिए रचनात्मक मन-मस्तिष्क की आवश्यकता होगी।

आज भारतीय विश्वविद्यालय शिक्षा में प्रतिस्पर्धा का माहौल होना चाहिए, जहाँ अनुसंधान और अध्यापन एकत्र हों। भारत में अनेक आई.आई.टी. व एन.आई.टी. संस्थान हैं, जहाँ कला, वाणिज्य, मानविकी, विज्ञान, इंजीनियरिंग और मेडिकल विषय पढ़ाए जाते हैं। छात्र कितना सीख पाते हैं, यह उनकी अभिवृत्ति तथा नवाचार और कुछ नया करने की मनोवृत्ति पर निर्भर करता है। शैक्षिक संस्थानों में ऐसा परिवेश अनुसंधान-अध्यापन-अनुसंधान से सृजित किया जा सकता है। उत्तम अध्यापन से अनुसंधान सृजित होता है। अध्यापकों में अनुसंधान के प्रति प्रेम और उनका अनुभव संस्थाओं एवं छात्रों की वृद्धि का आधार होता है। अनुसंधान कार्य के स्तर तथा विस्तार क्षेत्र से किसी विश्वविद्यालय के बारे में निर्णय किया जाता है। इसलिए शिक्षा-प्रणाली में सुधार उच्च गुणवत्तापूर्ण मानव संसाधन के लिए अनिवार्य है। जब तक भारत दुनिया के सामने खड़ा नहीं होता, कोई हमारी इज्जत नहीं करेगा। इस दुनिया में डर की कोई जगह नहीं है। केवल शक्ति ही शक्ति का सम्मान करती है।

2. आत्मविश्वास सफलता की कुंजी है

आत्मविश्वास जीवन के हर एक पहलू के लिए जरूरी है। फिर भी, कितने ही लोग इसके लिए जद्दोजहद करते हैं। अफसोस कि यह आपके लिए कुचक्र बन गया है, क्योंकि अपने अंदर आत्मविश्वास की कमी के चलते आपको सफल होने में मुश्किल आ रही है। मुश्किलें ऐसी लगती हैं, जैसे हमेशा के लिए हों और उन्हें हम बरदाश्त नहीं कर पाते। हर वक्त उदासियों एवं निराशा का भाव छाया रहता है। खुद पर यकीन रखो, अपनी काबिलियत पर भरोसा करो। अपनी खुद की ताकतों पर अभिमान-रहित विश्वास नहीं होगा तो आप सफल और खुश नहीं रह सकते। आपको अपना आत्मविश्वास जगाना और बढ़ाना होगा। हम सभी आत्मविश्वास से भरपूर व्यक्तियों को पसंद करते हैं, चाहे वह प्रेरणात्मक भाषण देनेवाला

वक्ता हो या पूरे आत्मविश्वास से मरीजों को देखनेवाला डॉक्टर। जिसके अंदर आत्मविश्वास की कमी होती है, वह इनसान अपनी सफलता को लेकर हमेशा संशय में रहता है और कभी भरोसा नहीं कर सकता कि वह कोई काम कर सकता है। सफलता के पथ पर बिना आत्मविश्वास के नहीं चला जा सकता। अगर खुद पर विश्वास हो तो आप कुछ भी कर सकते हैं। जब चींटी पहाड़ ढो सकती है तो ईश्वर ने हमें चींटी से कई गुना काबिल बनाया है।

"हर उस अनुभव से, जिसमें हम सचमुच डर से आँखें चार करने की हिम्मत करते हैं, उससे हमें शक्ति, साहस और आत्मविश्वास हासिल होता है। हमें वह जरूर करना चाहिए, जो हम सोचते हैं कि हम नहीं कर पाएँगे।"

—एलेनर रूजवेल्ट

3. जिज्ञासु व्यक्ति महान् बनते हैं

सन् 1888 में दक्षिण भारत के तिरुचिरापल्ली में एक बच्चे का जन्म हुआ। आरंभ से ही वह एक बुद्धिमान छात्र था। ऑप्टिकल विज्ञान से प्रभावित होने के अलावा वह ध्वनिकी में भी गहन रुचि रखता था। शायद इसी कारण से उसका मन इस बात की खोज करने के लिए लुभाया कि मृदंग और तबले से उत्पन्न होनेवाली ध्वनि किसी भी अन्य ताल वाद से अधिक कर्णप्रिय क्यों होती है ? वह रंगीन वस्तुओं से भी अत्यंत प्रभावित हुआ, भले ही वह पुष्प हो, तितली हो, रत्न हो। वह अपने चारों तरफ की प्रत्येक वस्तु के विषय में जानकारी प्राप्त करता रहता था।

वह ध्वनि तथा उससे संबंधित भौतिकी में विद्वान् बन गया। एक दिन समुद्री जहाज लंदन के बंदरगाह से कलकत्ता की ओर चला। उसके पटल पर वह युवक भी बैठा था, जिसने लंदन में वॉयलिन की ध्वनियों के बारे में व्याख्यान दिया था। वह जहाज के डेक पर बैठकर समुद्र के गहरे नीले पानी की ओर टकटकी लगाए देख रहा था। जैसे ही उसने नीले आकाश

की ओर ऊपर देखा, उसका मन एकाएक अनेक प्रश्नों से भर गया। समुद्र और आकाश दोनों का रंग नीला क्यों होता है? ऐसा होने के पीछे कौन सा विज्ञान है? जल के अणुओं का प्रकाश छितराने रहने के कारण ऐसा हो सकता है। उसे लगा, यह वैज्ञानिक रूप से सिद्ध करना चाहिए। वह इस उत्सुकता से अशांत हो गया। जब जहाज कलकत्ता पहुँचा तो वह युवक तुरंत इस सिद्धांत को सिद्ध करने के लिए प्रयोग करने चला गया। प्रकाश विज्ञान में उसके अनुसंधान के परिणामस्वरूप ही 'रमन प्रभाव' की खोज हुई। उसने मार्च 1928 में सारे विश्व को इस विषय में बताया। इस खोज से उसने सन् 1930 में भौतिकी में 'नोबेल पुरस्कार' जीता। यह पहला अवसर था, जब किसी एशियाई को यह पुरस्कार प्रदान किया गया। वह युवक और कोई नहीं, सी.वी. रमन थे।

जिज्ञासु का मस्तिष्क प्रश्नों से भरा रहता है और सदैव अशांत रहता है। वह हमेशा पूछता रहता है कि ऐसा क्यों होता है? क्या मैं इसे बेहतर कर सकता हूँ या इससे बेहतर क्या हो सकता है? वह प्रश्नों से लबालब भरा होता है। खुद से प्रश्न करते रहना ही उत्तर मिलने का कारण है। प्रश्न समाप्त हो जाएँगे तो उत्तर मिलने ही बंद हो जाएँगे। हर खोज किसी-न-किसी प्रश्न का उत्तर होती है।

4. हमें सपने देखने चाहिए

आकाश की तरफ देखिए, हम अकेले नहीं हैं, सारा ब्रह्मांड हमारे लिए अनुकूल है और जो सपने देखते हैं, वे मेहनत करते हैं, उन्हें ब्रह्मांड प्रतिफल देने को सहर्ष तैयार रहता है। इनसान को कठिनाइयों की आवश्यकता होती है, क्योंकि सफलता का आनंद उठाने के लिए वे जरूरी हैं। इससे पहले कि सपने सच हों, आपको सपने देखने होंगे। हमें करोड़ों लोगों के देश की तरह सोचना और कार्य करना चाहिए, न कि लाखों लोगों के देश की तरह। सपना, सपना, सपना!

सपने वे नहीं, जो हम सोते हुए देखते हैं; सपने वे हैं, जो हमें सोने नहीं देते। महान् सपने देखनेवालों के महान् सपने हमेशा पूरे होते हैं।

5. दृढ़ निश्चय

माइकल फैराडे को कौन नहीं जानता! विद्युत् में उनके कार्य आज भी 'फैराडे के नियमों' के रूप में अध्ययन का विषय माने जाते हैं, परंतु बहुत कम लोग उनके बारे में जानते हैं कि उनका जीवन साहस की प्रेरणादायक तथा बाधाओं के खिलाफ लड़ाई की कहानी है।

फैराडे का जन्म लंदन के एक गंदे से उपनगर और गरीब परिवार में हुआ। उन्हें बचपन में बोलने में परेशानी होती थी। वह रैबिट को 'वेबिट' बोलते और अपना नाम भी वह 'फैवाडे' बोलते थे। बच्चे उन पर हँसते थे। जब वह बारह वर्ष के थे तो उनकी माँ ने उन्हें स्कूल से निकाल लिया और उनकी औपचारिक शिक्षा खत्म हो गई। तेरह वर्ष की उम्र में वह एक बुक बाइंडर के रूप में काम करते थे। रात को वे उन पुस्तकों को पढ़ते। उन्हें पुस्तकें पढ़ने का बहुत शौक था। एक दिन उन्होंने विद्युत् के बारे में पढ़ा और वह उनके जीवन में आकर्षण का केंद्र बन गया।

वे जब इक्कीस साल के थे, लंदन रॉयल संस्थान में प्रसिद्ध रसायनज्ञ हंफ्री डेवी का एक कार्यक्रम था, जिसका उन्हें फ्री टिकट मिल गया। जब डेवी प्रकाश की चर्चा कर रहे थे, उन्होंने फैराडे को मंत्र-मुग्ध कर दिया। वह विद्युत् द्रव्य की रहस्यात्मक शक्ति के विषय में जानकारी नोट करने लगे। वे व्याख्यान में इतना मंत्र-मुग्ध हो गए कि वहाँ बैठे हुए लोगों के साथ प्रशंसा में ताली बजाना ही भूल गए। उनके द्वारा लिखे गए नोट्स इतने विस्तृत थे कि वापस लौटने पर उन्हें पुस्तक के रूप में बाइंड कर डेवी को उपहार के रूप में दे दिया और निश्चय कि खुद बहुत महान् वैज्ञानिक बनेंगे, केवल पुस्तकें नहीं पढ़ेंगे। डेवी को उन्होंने अपना रोल मॉडल बना लिया। वह डेवी के पास काम करना चाहते थे, लेकिन उन्होंने उसे स्वीकार नहीं किया।

तभी एक चमत्कार हुआ। कुछ वर्षों बाद प्रयोगशाला में एक रासायनिक विस्फोट में डेवी आंशिक रूप से अंधे हो गए। फैराडे के पास आश्चर्यजनक स्मरण शक्ति थी, इसलिए डेवी ने फैराडे को अपनी लैब में

रख लिया। डेवी नहीं चाहते थे कि फैराडे उनके साथ सहायक के रूप में काम करें; लेकिन उनकी मेहनत और लगन से वह उनके सहायक भी बन गए। डेवी को कभी फैराडे से कोई अपेक्षा नहीं थी। एक दिन डेवी ने फैराडे को चिढ़ाते हुए कहा कि प्रयोगशाला में सफाई करने के बाद एक प्रयोग में अपना हाथ दिखाएँ। जिस प्रयोग में डेवी असफल रहे थे, फैराडे ने न केवल उस प्रयोग में सफलता प्राप्त की, बल्कि वह इससे भी आगे निकल गए और प्रथम इंडक्शन मोटर का आविष्कार हुआ। इंडक्शन मोटर ने क्रांति का सूत्रपात किया। पंखे, एयर कंडीशन, सिलाई मशीन, फोनोग्राफ, पावर टूल्स, रेलगाड़ी और हवाई जहाज के इंजन भी इस साधारण से इंडक्शन से विकसित हुए, जो फैराडे का मजाक उड़ाने के बाद बने।

फैराडे एक महान् वैज्ञानिक बन गए। **लेकिन** डेवी इस बात से खुश नहीं थे और डेवी ने फैराडे को एक असंभव **कार्य सौंपा**। उन्हें एक बेरियन काँच का टुकड़ा दिया, जो दूरबीन और सूक्ष्मदर्शी यंत्रों के लेंसों में प्रयोग किया जाता था। उन्होंने फैराडे से कहा कि वह शीशे के प्रतिवर्ती निर्माण करें। डेवी जानते थे कि काम बहुत मुश्किल है और प्रयोगशाला में जो चीजें उपलब्ध हैं, उनकी सहायता से फैराडे कभी इस कार्य को पूरा नहीं कर सकेंगे। चार वर्षों तक उन्होंने कड़ी मेहनत की, पर वह असफल रहे। इस कठिन समय को याद करने के लिए उन्होंने काँच के टुकड़े को प्रतीक चिह्न के रूप में अलमारी में रख दिया था, ताकि वह कठिनाइयों के दिनों की याद दिलाता रहे और परिश्रम के लिए उन्हें सदैव प्रेरित करता रहे।

सन् 1829 में डेवी की मृत्यु हो गई। उसके बाद फैराडे प्रयोगशाला के प्रमुख बन गए और उन्होंने बिजली के उस जेनरेटर को जन्म दिया, जिसका हम प्रतिदिन सभी प्रकार के विद्युत् शक्ति पैदा करने के लिए डायनेमो और अन्य उपकरणों का प्रयोग करते हैं। सन् 1840 में उनकी स्मरण-शक्ति खो चुकी थी। जो काँच का टुकड़ा फैराडे ने प्रतीक चिह्न के रूप में रखा हुआ था कि वह अपने जीवन की पहली असफलता को महान् सफलता में बदलने के लिए दृढ़ प्रतिज्ञ हैं, उन्होंने उस काँच के टुकड़े का प्रयोग यह प्रदर्शित करने

के लिए किया कि चुंबकीय शक्ति और प्रकाश की उपस्थिति को एक तरंग में बदला जा सकता है, बजाय इसके कि उन्हें सभी दिशाओं में बेहतरीन ढंग से फैला दिया जाए। इस अवधारणा को विद्युतीकरण कहते हैं।

फैराडे का जीवन अभाव से प्रारंभ हुआ था, परंतु एक महान् वैज्ञानिक के रूप में उसने प्रत्येक कठिनाई का दृढ़तापूर्वक एवं दृढ़ विश्वास के साथ सामना किया। उसे एक अत्यंत कठिन कार्य दिया गया, जिसे उसने एक चुनौती के रूप में, अपने लिए एक अवसर के रूप में लेते हुए पूरा किया। जब आप तारों को छूने की इच्छा करते हैं तो इस बात का कोई अर्थ नहीं कि आप कौन हैं?

6. राष्ट्र-निर्माण में सहायक लोग

एक घटना मुझे याद आती है, जिसने मेरे मन पर दर्द की गहरी छाप छोड़ी। सन् 1999 की अरक्कोनम दुर्घटना। उस दुर्घटना ने मुझे अपार पीड़ा दी। मेरे अहं को सदा के लिए बदल दिया था। यह अनुभव मुझमें घर कर गया। 11 जनवरी, 1999, दो विमान बेंगलुरु से अरक्कोनम चेन्नई समुद्र-तट पर वैज्ञानिक मिशन, आकाशीय निगरानी प्लेटफॉर्म के लिए भेजे गए, जिनमें एयरक्राफ्ट निगरानी व्यवस्था की गई थी। उसमें मोटोडोम के रूप में सबसे ऊपर वायुयान निगरानी प्रणाली के साथ एवरो था, जिसके विमान के शरीर पर तश्तरी (डिश) जैसा ढाँचा था। वह 10,000 फीट तक उड़ान भर सकता था। उसे रडार के प्रयोग के लिए उतारा गया था। एवरो के उड़ान भरने के 15 मिनट पहले AN-32 ने बेंगलुरु से उड़ान भरी थी। टारगेट विमानों की प्रक्रिया लगभग डेढ़ घंटे तक चली। सबकुछ ठीक-ठाक चल रहा था, लेकिन जब विमान 3,000 से 5,000 फीट की दूरी के बीच पहुँचा, नीचे गिरने से एयरक्राफ्ट दुर्घटनाग्रस्त हो गया। विमान में बैठे हुए सभी 8 लोग मारे गए।

मुझे सूचना मिली। मैं साउथ ब्लॉक में रक्षा अनुसंधान परिषद् में मीटिंग कर रहा था। मैंने मीटिंग बीच में छोड़ दी। मैं दूसरे दिन शहीदों परिवारवालों से मिला था, जिनमें कुछ जवान विधवाएँ थीं, जिनके पति उस दुर्घटना में शहीद हो गए थे। कुछ के पास उनके छोटे बच्चे थे। मुझे समझ

नहीं आ रहा था कि मैं उन सबको कैसे दिलासा दूँ? जिनके प्रिय पति, बेटे इस रक्षा के परीक्षण में अपनी जान दे चुके थे। क्या उन लोगों को धीरज दिया जा सकता था, जिनका भयानक डर सच बनकर सामने आया था? मैं बिल्कुल नि:शब्द हो चुका था तथा मानसिक रूप से खामोश हो गया था। जब एक माँ अपने बच्चे की तरफ इशारा करके कहने लगी, "अब मेरे छोटे बच्चे की देखभाल कौन करेगा?" एक माँ ने कुछ ऐसा ही कहा, जो मेरे दिल को छू गया, "आपने हमारे साथ ऐसा क्यों किया?"

विस्फोट इतना भयानक था कि दुर्घटना के बाद आठों मृतकों का कोई नामो-निशान नहीं मिला था। हमने कुछ ताबूत परिजनों की तसल्ली के लिए बनवाए थे। हमने उनको युवा सेना के मुख्य हॉल में रखा। मैंने उन शहीदों को श्रद्धांजलि देते हुए उनके लिए भाषण दिया, जो उस दोपहर अपना कार्य करते हुए शहीद हो गए और लौटकर अपने घर वापस नहीं आए। मैं जब अपने कमरे में वापस आया तो दु:ख में डूबा हुआ था। मैं खुद को कसूरवार समझ रहा था।

चिराग अलग-अलग हैं
पर नूर तो एक ही है,
लौटा दी सारे संसार को खुशियाँ
मेरी आत्मा में बस तेरी ही टेक है।

इस घटना के कई वर्ष गुजरने के बाद मैं अपने दफ्तर साउथ ब्लॉक से राष्ट्रपति भवन चला आया, लेकिन मेरे साथ उन विधवाओं की चीखें थीं। शहीदों के निराश्रित अभिभावक थे और छोटे बच्चों की किलकारियाँ थीं, जो मेरे मन में तब भी मौजूद थीं। यह सच था कि वे सब अपने चहेतों को दोबारा नहीं देख सकते थे, जो उन सब को इस हाल में छोड़कर जा चुके थे। बस, ताबूत चिह्न बनकर रह गए थे। यह सब सोचने मात्र से मेरा दिल टूट-सा जाता था।

जब वैज्ञानिक एवं रक्षा तकनीकों के नए आविष्कारों की चर्चा होगी, क्या शासन करनेवाले लोग इन्हें याद करेंगे कि प्रयोगशालाओं एवं मैदानों

में इन लोगों ने अपना बलिदान दिया? राजनीति से जुड़े लोग इन बलिदानों, परिश्रम और नैतिक गुणों के बिना इस देश का निर्माण नहीं कर सकते थे। यही वास्तव में राष्ट्र-निर्माण है।

जब हम दूसरे से ज्यादा शक्ति हासिल कर लेते हैं तो सोचते हैं कि हम उन्नति के शिखर पर पहुँच गए हैं। मेरे विचार में, हमें ऐसे समय में ही पीछे मुड़कर देखना चाहिए और हमें पता होना चाहिए कि किन व्यक्तियों के कठिन परिश्रम तथा बलिदान से हमने अपने किले बनाए हैं। अपने को एक मोमबत्ती न समझकर खुद को एक पतंगे की तरह मान लो। सेवा-भाव को छुपी हुई शक्ति समझो। हम सिर्फ राजनीतिक घटनाओं को ही राष्ट्र-निर्माण समझते हैं, परंतु बलिदान, परिश्रम तथा निर्भयता ही सही अर्थों में देश बनाते हैं। दु:ख के समय में वास्तव में आप अकेले होते हैं। इसी समय में आप सही मायनों में खुद से मिलते हैं। आनंद प्रवाहमान है, जबकि वास्तविक आनंद और शांति तीव्र पीड़ा सहने के बाद ही मिलती है, जब हम अपनी आत्मा के दर्पण में खुद का सामना करते हैं और खुद को समझते हैं तथा जान पाते हैं।

7. पुस्तकों से प्रेम

आधुनिक जीवन-शैली से हमारी आदतों में महत्त्वपूर्ण परिवर्तन आया है; परंतु पुस्तकों के प्रति रुचि का अपना स्थान है। अखबारों से लेकर पत्रिकाओं तथा पुस्तकों तक पढ़ने का क्षेत्र फैला हुआ है, जिसकी कोई सीमा नहीं। हमारे देश में विभिन्न विषयों की पुस्तकें मिलती हैं। भारत में शिक्षा के स्तर में वृद्धि होने के कारण बाजार में पुस्तकें की माँग बढ़ती जा रही है। पुस्तकों से हमारा घनिष्ठ संबंध होता है। मेरे लिए पुस्तक मेरी मित्र की तरह हैं। उनके शब्दों ने मुझे तब भी संसार की गतिविधियों से जोड़ दिया, जब मैं एक छोटे से गाँव में रहता था। शिक्षा केवल स्कूल में लिखने-पढ़ने तक सीमित न होकर ज्ञान में वृद्धि तथा अपनी सोच में बदलाव के लिए भी प्राप्त की जाती है। पुस्तकों से जीवन से जुड़ी अनेक मान्यताओं एवं गुणों को बढ़ावा मिलता है। पुस्तकें हमारे सामने एक नया संसार खोलती हैं

और हमें उससे जोड़ देती हैं।

सबसे पहले मैंने रूसी साहित्य पढ़ना शुरू किया। मैंने एक पुस्तक खरीदी और मैं उसे बहुत मन से पढ़ता था। अचानक मुझे अपने शहर जाना था और मेरे पास टिकट के पैसे नहीं थे। बाजार में एक दुकान थी, जहाँ मैं जाता रहता था। दुकान का मालिक मेरा मित्र बन गया था, क्योंकि मैं अब पुस्तकों का शौकीन हो गया था। मुझे उनके द्वारा रोचक ज्ञानवर्धक पुस्तकें पढ़ने को मिल जाती थीं। मैं उस पुस्तक विक्रेता के पास रूसी पुस्तकें बेचने गया, ताकि मैं अपने घर जाने का खर्च निकाल सकूँ। मैं बहुत दु:खी था। मैंने बुझे हुए मन से पुस्तक बेचने को कहा। वह समझ गया कि मैं पुस्तक बेचना नहीं चाहता। उसने कहा कि क्यों न मैं इस पुस्तक को गिरवी रखकर वापस लौटकर ले लूँ? उसने वादा किया कि वह यह पुस्तक किसी को नहीं बेचेगा।

'लाइट फ्रॉम मेनी लैंप्स', 'तिरुकुरल', 'मैन द अननोन' मेरी पसंदीदा पुस्तकों में से हैं। मेरे जीवन में ऐसा कोई मौका नहीं आया, जब पुस्तकों में दी गई नसीहतों ने मुझे कठिनाई के समय सहारा न दिया हो। जब भी मैं जिंदगी में डगमगाया हूँ, उन्होंने मुझे नेक सलाह दी है। मैं जब भी भावनाओं के सागर में भटकता हूँ, ये पुस्तकें मेरी सोच में संतुलन लाई हैं। पुस्तकों ने मुझे बाँधकर रखा और यह बंधन घनिष्ठ होता गया।

हमेशा जीवन में उन्नति के बारे में सोचो। बेशक, वह केवल तुम्हारी सोच ही क्यों न हो! यहाँ तक कि जब तक अपने लक्ष्य की प्राप्ति न हो, आपकी सोच आपका उत्थान करती रहेगी। आपकी सोच के विकास में पुस्तकें महत्त्वपूर्ण भूमिका निभाती हैं। मेरे निजी जीवन में भी पुस्तकों का विशेष प्रभाव रहा है। जीवन के टेढ़े-मेढ़े घुमावदार रास्तों में मुझे इन पुस्तकों ने सहारा दिया है।

8. एक अच्छा शिक्षक हीरे की तरह तराशता है

राष्ट्र के विकास में विज्ञान एवं प्रौद्योगिकी के क्षेत्र ने महत्त्वपूर्ण भूमिका अदा की है। मैंने देश के सर्वोच्च पद पर आसीन होने का सौभाग्य भी पाया।

अगर मैं पीछे मुड़कर देखूँ तो दिखाई देता है कि मुझे जिंदगी में जो भी उपलब्धियाँ मिली हैं, कुछ मेरे प्रयास, उनमें से कुछ मेरी टीम के प्रयास से फलीभूत हुईं। यह मेरा सौभाग्य रहा कि मुझे कार्यक्षेत्र में अत्यंत प्रभावशाली साथियों का सहयोग मिला। फिर भी, मेरा मानना है कि जब तक कोई व्यक्ति असफलता की कड़वी गोली नहीं चखता, तब तक वह सफलता के लिए यथेष्ट रूप में प्रोत्साहित या प्रेरित नहीं हो सकता। मैंने सिक्के के दोनों पहलू देखे हैं। असफलता के साथ-साथ निराशा के गर्त में जाने पर मैंने जीवन के सबसे कठोर पाठ सीखे हैं। ये पाठ जिंदगी में हर मोड़ पर याद आते हैं, क्योंकि इनसे मुझे कठिन परिस्थितियों में अपने ढंग से कार्य करने में मदद मिली है। कुछ बेहतरीन शिक्षकों और मार्गदर्शकों की वजह से मैंने जीवन में बहुत कुछ पाया।

जो शिक्षक अपने विद्यार्थी की प्रगति का ध्यान रखता है, वही हमारा श्रेष्ठ मित्र होता है; क्योंकि शिक्षक जानता है कि आपको आगे बढ़ने के लिए कैसे प्रेरित किया जा सकता है! इस दुनिया में किसी भी बाधा की असंभव समय-सीमा नहीं होती। शिक्षकों को छात्रों के बीच जाँच की भावना, रचनात्मकता, उद्यमशीलता एवं नैतिक नेतृत्व की क्षमता का निर्माण करना चाहिए और उनका रोल मॉडल बनना चाहिए। वास्तविक शिक्षा व्यक्ति की गरिमा को बढ़ाती है और उसके स्वाभिमान में वृद्धि करती है। यदि हर व्यक्ति द्वारा शिक्षा के वास्तविक अर्थ को समझ लिया जाता और उसे मानव गतिविधि के प्रत्येक क्षेत्र में आगे बढ़ाया जाता तो यह दुनिया रहने के लिए कहीं अच्छी जगह होती और यह केवल एक शिक्षक या गुरु ही कर सकता है। शिक्षक मात्र वही व्यक्ति नहीं होता, जो क्लासरूम में आपको पढ़ाता है; एक ऐसा व्यक्ति, जिससे आप कभी भी कहीं भी सीखते हैं, वह भी आपका शिक्षक है। महान् शिक्षक ज्ञान, जुनून और करुणा से निर्मित होते हैं।

आइए, हम अपने आज का बलिदान कर दें, ताकि हमारे बच्चों का कल बेहतर हो सके। शिक्षण एक बहुत ही महान् पेशा है, जो किसी व्यक्ति

के चरित्र, क्षमता और भविष्य को आकार देता है। अगर लोग मुझे एक अच्छे शिक्षक के रूप में याद रखते हैं तो मेरे लिए यह सबसे बड़ा सम्मान होगा। जीवन में हर किसी को एक अच्छे शिक्षक की जरूरत होती है। अगर चाणक्य न होते तो चंद्रगुप्त न होते, बुद्ध न होते तो अंगुलिमाल साधु न होता और प्लेटो न होते तो शायद अरस्तू न होते! महान् शिक्षकों ने महान् शिष्य प्रदान किए हैं और हमेशा उन पर गर्व किया है। शिक्षक वही, जो आपको तराशकर हीरा बना दे।

9. युवाओं के लिए

मेरा यह संदेश विशेष रूप से युवाओं के लिए है। उनमें अलग सोच रखने का साहस, नए रास्तों पर चलने का साहस तथा आविष्कार करने का साहस होना चाहिए। उन्हें समस्याओं से लड़ना और उनसे जीतना आना चाहिए। ये सभी महान् गुण हैं और युवाओं को इन गुणों को अपनाना चाहिए। जिंदगी में लक्ष्य तय करना, ज्ञान को प्राप्त करना, कठिन मेहनत करना, अपने लक्ष्य के प्रति दृढ़ रहना युवाओं के लक्षण होने चाहिए, तभी देश और समाज का भविष्य सुनिश्चित होगा।

सफलता का रहस्य क्या है?

सही निर्णय।

आप सही निर्णय कैसे लेते हैं?

अनुभव से।

आप अनुभव कैसे प्राप्त करते हैं?

गलत निर्णय से।

10. स्वीकार करना सीखिए और आगे बढ़िए

भगवान् ने हमारे मस्तिष्क और व्यक्तित्व में असीमित शक्तियाँ व क्षमताएँ दी हैं। ईश्वर की प्रार्थना हमें इन शक्तियों को विकसित करने में मदद करती है। मैं हमेशा इस बात को स्वीकार करने के लिए तैयार था कि मैं कुछ चीजें नहीं बदल सकता।

जीवन में कठिनाइयाँ हमें बरबाद करने नहीं आती हैं, बल्कि ये हमारी छुपी हुई सामर्थ्य और शक्तियों को बाहर निकालने में हमारी मदद करती हैं। कठिनाइयों को यह जान लेने दो कि आप उससे भी ज्यादा कठिन हैं। आत्मविश्वास और कड़ी मेहनत 'असफलता' नामक बीमारी को मारने के लिए सबसे अच्छी दवाई हैं। ये आपको एक सफल व्यक्ति बनाती हैं। बारिश के दौरान सारे पक्षी आश्रय की तलाश करते हैं, लेकिन बाज बादलों के ऊपर उड़कर बारिश को उपेक्षित कर देते हैं। समस्याएँ सामान्य चीज हैं, लेकिन आपका नजरिया इनमें अंतर पैदा करता है।

11. जीवन का प्रयोजन क्या है?

यह संपूर्ण ब्रह्मांड एक निश्चित व्यवस्था के अंतर्गत निरंतर गतिशील रहता है, परंतु संसार के विषय में ऐसा नहीं है। यहाँ तो बड़ी अफरा-तफरी है। जिस प्रकार सृष्टि के बाहर संसार के संचालन के लिए कुछ निश्चित नियम हैं, जैसे गुरुत्व का नियम और वायु गति का नियम, ठीक उसी प्रकार मन-संसार के संचालन के लिए भी निर्धारित नियम हैं। इन नियमों की समझ से जीवन के अनुभव को बेहतर ढंग से समझा जा सकता है। संयोगवश कुछ भी नहीं है। हम सभी एक-दूसरे से बँधे हुए हैं। यहाँ एक जीव को दूसरे जीव से उसी प्रकार अलग नहीं किया जा सकता, जैसे हवा के झोंके को। जहाँ एक का अंत होता है, वहीं से दूसरा आरंभ होता है। इसका बोध होना कि हम सभी एक भव्य आकृति का हिस्सा हैं, बड़ा जरूरी है। इस ब्रह्मांड में किसी निश्चित प्रयोजन के बिना न तो कुछ बना है, न ही चल रहा है। हम सभी को इस महान् नाटक में एक पात्र की भूमिका में अपना-अपना कार्य करने में विश्वास रखना होगा। यथार्थ के संबंध में, निजी स्वीकृति या अस्वीकृति का कोई महत्त्व नहीं होता। यह विवश मानसिकता के चलते किए गए दंभ प्रदर्शन की तरह निरर्थक है। दुनिया में दुःख-दर्द और कठिनाइयों के साथ-साथ कितना प्रेम, सौंदर्य और आनंद भी तो है! जब हम अपने चारों तरफ व्याप्त सौंदर्य और आनंद की ओर से अपनी आँखें बंद कर लेते हैं तो हम कष्ट ही भोगते हैं। मनुष्य जीवन में एक साहस

भरी अस्मिता है, जिसकी अनुभूति पाने के लिए हमें अपने जीवन के प्रति पारदर्शी बनना होगा। हम सदैव इस उम्मीद में रहते हैं कि दुनिया-समाज में होनेवाले प्रत्येक कार्य हमारे अनुकूल और हमारे लाभ के लिए हों।

मनुष्य जन्म के समय दुनिया में अपने लिए क्या लेकर आता है? हम सभी इस दुनिया में खाली हाथ एवं निर्वस्त्र अवस्था में रोते हुए आते हैं। यही तो मनुष्य के जीवन और मानवता का तत्त्व है। दुनिया में आने पर जल्दी ही हमें एक नाम देकर उम्मीदों व जिम्मेदारियों तथा मोह-माया के जाल में जकड़ दिया जाता है। मेरा विश्वास है कि वास्तविक अस्तित्व मेरा मूल तत्त्व है। मेरी पहचान तो बस, एक नाम पट्टिका है, जिसे मुझ पर लगा दिया गया है। कभी-कभी तो यह मुखौटा भर रह जाता है। मौलाना जलालुद्दीन रूमी ने लिखा है—"भूखे होने की स्थिति में आप कुत्ते की तरह व्यवहार करते हैं। पेट भर भोजन मिल जाने पर आपकी स्थिति अचेत अवस्था में पड़े हुए बेजान अस्थि-पंजर की तरह हो जाती है। कभी कुत्ता तो कभी बेजान अस्थि-पंजर बनकर कैसे कभी शेरों के साथ चल पाओगे? कैसे कभी संतों महात्माओं का अनुसरण कर पाओगे!" जीवन सही दिशा में कुछ नियम और अनुशासन की विषय-वस्तु है।

पृथ्वी पर और संभवतः पूरे ब्रह्मांड में मनुष्य ही एकमात्र ज्ञानी बुद्धिमान प्राणी माना जाता है। ज्ञान प्राप्त करना हमारी प्रतिक्षण की अनुभूति का मूलभूत लक्षण है। हमारी संवेदना हमारी संवेदनशीलता की अनुभूति का ज्ञान है। हमारा मनोभाव हमारी भावात्मक अनुभूति का बोध ज्ञान है। हमारा देखना ही ज्ञान है। हमारा सुनना ही ज्ञान है। अतीत, वर्तमान और भविष्य के संबंध में हमारा चिंतन ही ज्ञान है। हमारा प्रश्न पूछना भी ज्ञान है। कोई बात हम नहीं जानते, यह भाग भी ज्ञान है। हमारी मिथ्या धारणा और अधूरी जानकारी भी ज्ञान है।

किसी सामान्य अवस्था में जैसे ही आप यह सोचते हैं कि उस व्यक्ति का व्यवहार आपके साथ बुरा है, वही सोच बोध चित्त और जागरूकता की सक्रिय अवस्था में आघात और क्रोध की अनुभूति के रूप में बदल जाता

है। आप उन बातों की क्रूरता को कहने से पहले ही जान लेते हैं, जो आप अपने मित्र को प्रतिक्रियावश कहना चाहते हैं।

हमारे विचार हमारे मन द्वारा धारण की हुई वस्तु हैं, जो स्थिति और समय के साथ-साथ सरोवर की लहरों की तरह फैलते हैं और अपने मार्ग में आनेवाली वस्तुओं पर अपना प्रभाव छोड़ जाते हैं। हमारे विचार हमारे अनुभव रूपी भवन का प्रखंड है। संसार का जो स्वरूप हम देखते हैं, वह हमारे विचारों द्वारा निर्मित स्वरूप पर आधारित होता है। वाद-विवाद संकुचित मानसिकता का समापन है। आधारभूत ज्ञान मत, विचारों, कल्पनाओं द्वारा प्रभावित नहीं होता है और न ही पूर्ण व्याख्या के द्वारा निश्चित किया जा सकता है। महत्त्वपूर्ण बात यह है कि जब हम आधारभूत ज्ञान के स्वरूप की खोज कर लेते हैं तो हमारे समक्ष इसकी सत्यता, इसके नित्य प्रतिमान और स्वाभाविक सिद्धांत प्रकट हो जाते हैं।

मनुष्य की रचना करने में ईश्वर को लाखों वर्ष लग गए। मनुष्य के भीतर उसने दिव्य आत्मा की पवित्रता व निर्मलता तथा शैतान की क्रूरता और छल-कपट मिलाकर उसका सृजन किया। उसके बाद उसने मनुष्यों को आदेश दिया कि वह अपनी बुद्धि और विवेक शक्ति का उपयोग करके अपने सही स्वरूप को पहचाने। यही मनुष्य के जीवन का प्रयोजन है। मनुष्य का जीवन नाम-रूप के सिवा क्या है?

□

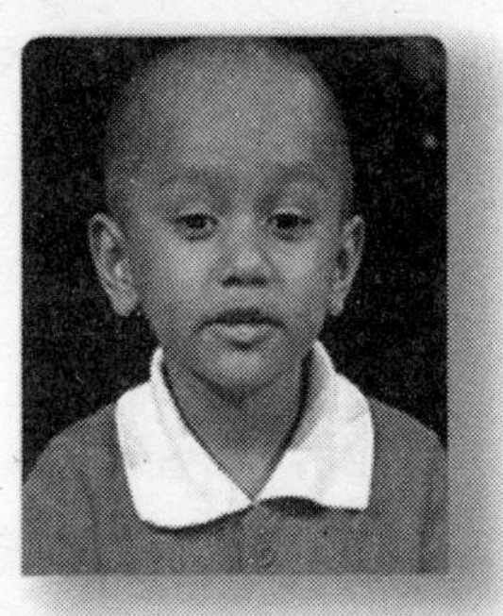

कौटिल्य पंडित (गूगल बॉय)

कौटिल्य पंडित का जन्म 24 दिसंबर, 2007 को भारत के हरियाणा राज्य के करनाल जिले के कोहँड़ गाँव में हुआ। यह एक असाधारण प्रतिभा-संपन्न बालक है, जिन्होंने महज 5 वर्ष 10 महीने की उम्र में ही विश्व भूगोल, प्रति व्यक्ति आय, सकल घरेलू उत्पाद और राजनीति जैसे विभिन्न विषयों से संबंधित प्रश्नों के चुटकी बजाते उत्तर देकर सबको आश्चर्यचकित कर दिया है। जहाँ इस उम्र में बच्चे ए.बी.सी., क.ख.ग. और नर्सरी कविताएँ रटते हैं, वहाँ इस बच्चे ने असाधारण रूप से अपने मानव मस्तिष्क की क्षमता में कंप्यूटर को भी मात दे दी है। कुरुक्षेत्र विश्वविद्यालय के विशेषज्ञ मनोवैज्ञानिक उनकी स्मृति क्षमता का अध्ययन कर रहे हैं।

1. हमें प्रश्न पूछते रहना चाहिए

ज्यादातर लोग कहते हैं कि मैं असाधारण हूँ। मैं कहता हूँ कि हर कोई असाधारण होता है, क्योंकि सबका कौशल अलग-अलग क्षेत्र में अलग-अलग होता है। मुझे अंतरिक्ष पसंद है, किसी को कला पसंद होती है। किसी को संगीत पसंद होता है, किसी को जाँच-पड़ताल पसंद होती है। कोई किसी क्षेत्र में अच्छा है, कोई किसी क्षेत्र में अच्छा है। अलग-अलग क्षेत्र हैं और अलग-अलग इंटेलिजेंस स्तर हैं। जिसमें आपकी रुचि होती है, अगर उसमें आगे बढ़ते हैं तो आप जरूर एक जीनियस बन सकते हैं और

क्षेत्र में सबसे ज्यादा स्मार्ट हो सकते हैं। सफल हो सकते हैं और अपने देश के लिए बेहतर कर सकते हैं। 'अर्थशास्त्र' में चाणक्य नीति सबसे बड़ी पुस्तक है। उसी नीति के आधार पर चंद्रगुप्त ने सबसे बड़ा साम्राज्य खड़ा किया। 'अर्थशास्त्र' के आधार पर कोई राजा इतना मजबूत कैसे बन सकता है, क्योंकि चाणक्य अपने क्षेत्र में सबसे अच्छे थे। मैं यह भी कहना चाहता हूँ कि खेलना-कूदना भी एक क्षेत्र है। अगर हम देखें, बहुत बच्चे, जो खेलने-कूदने में बहुत आगे हैं, वे पढ़ाई में इतना अच्छा नहीं कर पाते। खेलने-कूदने में हमारी पढ़ने से कम ऊर्जा लगती है। जब हम खेलते हैं तो सामान्य ऊर्जा इस्तेमाल करते हैं। जब हम पढ़ते हैं एकेडमी करते हैं, उसमें ज्यादा एनर्जी की जरूरत होती है। हमें खेलते समय इतने दिमाग की जरूरत नहीं होती, जितनी हमें पढ़ते समय होती है। खेलते समय बस, हमें अपनी शारीरिक क्षमता का उपयोग करना होता है और बहुत कम दिमाग का इस्तेमाल करना होता है। सुप्रसिद्ध वैज्ञानिक अल्बर्ट आइंस्टीन और स्टीफन हॉकिंस ने पाँच व नौ प्रतिशत दिमाग का इस्तेमाल किया। हमें अपने दिमाग का 100 प्रतिशत इस्तेमाल करना चाहिए। आप अपने क्षेत्र में ग्रो करते हैं तो जरूर ज्यादा-से-ज्यादा ऊर्जा का इस्तेमाल कर सकते हैं।

सचिन तेंदुलकर अपने क्षेत्र में अच्छे हैं, इसलिए वह बेहतर कर पाते हैं। जहाँ हमारी रुचि होती है, वहाँ हम तेज गति से आगे बढ़ते हैं और सबसे सफल बनते हैं। मैं अंतरिक्ष साइंटिस्ट बनना चाहता हूँ। मैं नई थ्योरी देना चाहता हूँ। मैं नए प्रोजेक्ट पर काम करना चाहता हूँ। मानव जीवन के लिए, दूसरी पीढ़ियों के लिए, अगले सालों के लिए, अच्छे भविष्य के लिए मैं देखना चाहता हूँ कि अंतरिक्ष कैसे काम करता है! मैं समझता हूँ कि अगर हम अंतरिक्ष के रहस्य सुलझाने पर काम करते हैं तो हम और आगे बढ़ सकते हैं। वहाँ बहुत सारी संभावनाएँ हैं। वह बहुत व्यापक क्षेत्र है। ऐसी जगह है जिसके बारे में हम बहुत कम जानते हैं। इसलिए हमें वहाँ जाना चाहिए। वह अंतहीन है। हमें उसके बारे में और ज्यादा जानना है।

बच्चों को सबसे पहले अपना फोकस विकसित करना चाहिए। जब

उनका फ्रीज क्लियर हो जाता है तो उनको अपने जीवन का लक्ष्य चुनने में आसानी होती है। जब मैं बहुत छोटा था, मेरे माता-पिता मेरे दादाजी, मैं प्रश्न करता था तो वह उत्तर करते थे। उन्होंने कभी मेरे प्रश्नों के उत्तर देने से मना नहीं किया। चाहे मैंने जो भी प्रश्न किया, उन्होंने हमेशा उत्तर दिए। इसलिए मैं यहाँ पहुँचा। अगर आपके बच्चे प्रश्न करते हैं, अच्छा प्रश्न करते हैं। वे अलग स्तर पर जाना चाहते हैं। तो वे चाहते हैं कि आपको वे सारी चीजें पता हों, जो वे पूछते हैं, क्योंकि बच्चा बहुत जल्दी सीखता है। उसका ब्रेन बहुत शार्प होता है, क्योंकि उसके दिमाग में कुछ नहीं होता। सफलता क्या है, सफलता वह नहीं है कि अपने सपनों को साकार करें। सफलता है—सीखते रहना। सफलता के रास्ते पर आत्मविश्वास होता है, कठिन परिश्रम होता है। जो पूछता रहता है, वह बहुत जल्दी आगे बढ़ता है।

2. दबाव में चीजें कभी बेहतर नहीं हो सकतीं

मेरा नाम कौटिल्य है, जो चाणक्य का दूसरा नाम है। वह मेरे लिए एक प्रेरणा हैं। वे ग्रेट पर्सनैलिटी थे। उनके नाम में और मेरे नाम में समानता है, पर हमारे व्यक्तित्व में कोई समानता नहीं है। मैं उनका बहुत सम्मान करता हूँ, लेकिन यह नाम मैंने नहीं रखा है। यह नाम मेरे पिताजी ने रखा। अपने परिवार में मैं सबसे ज्यादा अपने दादाजी को पसंद करता हूँ। वह मेरे अच्छा फ्रेंड हैं और सबसे पहले मैंने उन्हीं से सीखा। 'गूगल बॉय' भारतीय मीडिया ने मेरा नाम रखा है, लेकिन मुझे अपना 'कौटिल्य' नाम बहुत पसंद है। मैं हमेशा वही करता हूँ, जो मुझे पसंद होता है। मेरी दिनचर्या एक आम दिनचर्या है, जैसे किसी भी बच्चे की होती है, जो मेरी उम्र का होगा। मैं 9 बजे से 10 बजे के बीच में सो जाता हूँ और 6 बजे से 7 बजे के बीच में उठता हूँ। उठकर स्कूल जाता हूँ। यह बहुत ही सामान्य है। जब मेरा पढ़ने का मन होता है, तब मैं पढ़ता हूँ। जब मेरा खेलने का मन होता है तो मैं खेलता हूँ। मेरे ऊपर कोई दबाव नहीं होता। अगर मेरे ऊपर दबाव होगा तो शायद मैं पढ़ भी नहीं पाऊँगा और बेहतर परिणाम नहीं दे पाऊँगा। अगर बच्चा दबाव के अंदर पढ़े तो वह कभी रचनात्मक नहीं हो सकता। वह कभी अच्छा परिणाम नहीं दे सकता।

उसकी कभी पढ़ने में रुचि नहीं हो सकती। दबाव में चीजें कभी बेहतर नहीं हो सकतीं। अगर हम सोचें कि हम अपने बच्चे पर दबाव डालकर उसे अव्वल बना सकते हैं तो ऐसा संभव नहीं है। अगर बच्चे चीजों से बचना चाहते हैं तो उनके पास हजारों बहाने होते हैं और अगर आप किसी चीज को मन से करना चाहते हैं तो आप निश्चित ही अच्छे परिणाम देते हैं।

3. फसल से पहले खेत तैयार किया जाता है

फसल अच्छी हो, इसके लिए महीनों पहले खेत की जुताई और सिंचाई की जाती है। कौटिल्य जिस गाँव से आते हैं, उस गाँव में हर बच्चा किसी-न-किसी क्षेत्र में आगे है। जैसा हम देखते हैं, जैसा हम सीखते हैं और जो हमें सिखाया जाता है, हम वैसे ही बनते हैं। फसल से मिलनेवाले श्रेष्ठ फल के बीज आगे आनेवाली फसल के लिए सुरक्षित कर दिए जाते हैं, इसलिए दूसरी फसल पहली फसल से बेहतर होती है। कौटिल्य वही फसल है, जिसकी तैयारी पूरा गाँव बहुत पहले से कर रहा था।

"ऐसा पुत्र पाकर मुझे गर्व महसूस होता है। एक बात और कि कौटिल्य ने मुझे जिम्मेदारी दी है कि देश में एक कौटिल्य ही नहीं, और बहुत सारे कौटिल्य हैं। उनको भी ऐसा होना चाहिए। मैं चाहता हूँ कि कौटिल्य की तरह और हमारे जितने भी बच्चे हैं, वे भी इतने ही इंटेलिजेंट बनें, अच्छे बनें, ताकि वे भी देश का नाम रोशन कर सकें। यह तो शुरू से ही दिखाई दे रहा था कि कौटिल्य जीनियस है। कौटिल्य अच्छा बन सकता है। जब वह सवा पाँच साल का था तो उसके पिताजी ने कहा, इसको भी मैप दिया जाए। इसने 20 दिन में ही वर्ल्ड का मैप ऐसे रट लिया, जैसे सामने देख रहा हो। कोई भी पूछता था, यह बता देता था। आजकल कौटिल्य ज्योग्राफी से, उन देशों से, राजधानियों से, जी.डी.पी. से बहुत ऊपर जा चुका है। इसकी सोच कई प्रकार से विकसित हो रही है। उसके दिमाग में हर समय चलता है कि हम क्या नया कर सकते हैं? क्या हमारे देश के लिए अच्छा हो सकता है? हमारा अपना स्कूल है। स्कूल में बहुत सारे बच्चे बहुत इंटेलिजेंट थे। यह कहता था, मैं माइक पर बोलूँगा तो हमने कहा कि नई चीज याद करनी

पड़ेगी। यहाँ तो बहुत बच्चे हैं, जो याद करके आते हैं। कौटिल्य के अंदर लगन थी। उसने इसको ऐसा बना दिया कि आज देश और दुनिया इसको जानती है। जब यह चार या पाँच साल का था, जहाँ पर बच्चा पढ़ना, लिखना, सीखना शुरू करता है। इसके गाँव में जो स्कूल है, बहुत सारे बड़े साथी किसी-न-किसी क्षेत्र में कुछ अलग कर चुके थे। उसी समय ग्रामीण क्षेत्र का छोटूराम, बाद में सेंट स्टीफन कॉलेज, दिल्ली का दूसरा विद्यार्थी हमारे स्कूल का था, जो बिल्कुल गाँव से पढ़कर गया था। छोटूराम ने तो रोहतक से पढ़ाई की थी। हमारे गाँव के बहुत सारे बच्चों ने अलग क्षेत्र में अलग-अलग काम किए हैं और गजब किया।

"कौटिल्य ने मेहनत की, लेकिन उसकी खास बात एक रही। बचपन से ही इसने कभी भी क्रैमिंग नहीं की। इसने चीजों को समझा और जो भी चीज इसकी समझ में नहीं आती थी, पूछता था, उसके ऊपर प्रश्न-चिह्न लगाता था। जब तक समझ में नहीं आती थी, यह पूछता रहता था। यह इसकी बचपन से ही क्वालिटी थी और जो कौटिल्य का पहला रूप लोगों ने टी.वी. पर देखा, वह सारी एक या सवा महीने की मेहनत थी गरमी की छुट्टियों की। वर्ल्ड मैप याद करने में इसने 20 दिन के आसपास समय लिया था और जी.डी.पी., देशों के बारे में सारी जानकारियाँ, यूनिवर्स के बारे में, भारतीय राजनीति के बारे में, सारी चीजें लगभग एक महीने की थी। जितना उसको आता था, टी.वी. पर उसका बहुत थोड़ा दिखाया गया।

"हमारा स्कूल सन् 1997 में आरंभ हुआ था। एक छोटा सा स्कूल है, जहाँ तीन सौ के आसपास बच्चे रहते हैं। वहाँ से ऐसी प्रतिभाएँ निकलीं, भवन विद्यालय पंचकूला, 11 बच्चों को फ्री में एडमिशन मिला। दून पब्लिक स्कूल, पश्चिम विहार, दिल्ली। उन्होंने कहा कि हम इस स्कूल के दो बच्चों को फ्री ऑफ कास्ट पढ़ाएँगे। हमारे स्कूल का मनोज था। हरियाणा गवर्नमेंट ने एक जॉब निकाली थी असिस्टेंट प्रोफेसर की। ज्वॉइनिंग लेटर उसके हाथ में था, लेकिन उसने असिस्टेंट प्रोफेसर की जॉब को ज्वॉइन नहीं किया। वह आजकल मिरांडा हाउस में असिस्टेंट प्रोफेसर है। हमारे गाँव के बच्चे दो-

दो, तीन-तीन गवर्नमेंट जॉब छोड़कर चौथी जॉब कर रहे हैं। ऐसे भी कई स्टूडेंट्स हैं, जो प्राइवेट सेक्टर में हैं। जहाँ कहीं हैं, वे वहाँ अच्छे ओहदे पर हैं। वे जो भी कर रहे हैं, कंपनी में उनकी अलग पहचान है। बड़े स्तर पर हैं। लाखों रुपए वेतन लेते हैं। अभी यह छोटा है। 13 वर्ष के बाद यह सोचने लायक हो जाएगा कि क्या किया जाए? हम इसके ऊपर कुछ भी थोपना नहीं चाहेंगे। खुद करेगा, जैसे ही वह बड़ा होगा। तब उसकी समझ में आ जाएगा कि उसको किस दिशा में आगे बढ़ना है।" (कौटिल्य के पिता)

4. इसरो और कौटिल्य

कौटिल्य पंडित 'अंतरिक्ष ब्वॉय' बनना चाहते हैं। वे इसरो का दौरा भी कर चुके हैं। अपनी असाधारण स्मरण-शक्ति के कारण अंतरिक्ष में होनेवाले सभी परिवर्तनों की उन्हें अच्छी जानकारी है। आकाशगंगाएँ, उनके समूह, बिग बैंग, बिग क्रंच, डार्क मैटर, दूसरे जीवित ग्रहों की संभावनाएँ और तारों के जन्म-मृत्यु आदि के बारे में काफी अध्ययन कर चुके हैं। इसी कारण 'गूगल ब्वॉय' ने भारतीय अंतरिक्ष अनुसंधान संगठन (ISRO) का दौरा भी किया।

इसरो के डायरेक्टर एम. अन्नादुरै जब कौटिल्य से मिले तो उसकी प्रतिभा को देखकर बहुत हैरान थे कि इतनी छोटी सी उम्र में इतने छोटे से बच्चे को इतनी जानकारी कैसे हो सकती है? वह ही नहीं, जितने भी युवा वैज्ञानिक वहाँ थे, सभी उनकी जानकारी पर हैरान और अचंभित थे कि कौटिल्य इतनी छोटी उम्र में इतना सबकुछ कैसे जान सकते हैं। प्रतिभा जन्म से जुड़ी नहीं होती, उसे समय के साथ निखारा जाता है। जब हम सोचते हैं कि बच्चा छोटा है, नहीं समझ पाएगा खगोल को, बड़ी-बड़ी टेक्नोलॉजी को, गूढ़ विज्ञान को, अंतरिक्ष की बातों को, अर्थशास्त्र की बातों को, राजनीति की बातों को, गणित को, तो हम अपरोक्ष रूप से अपने बच्चों को वैसा तैयार कर रहे होते हैं। ज्यादातर हम बच्चों के बड़े प्रश्नों को नजरअंदाज करते हैं और उनका ध्यान छोटी चीजों पर केंद्रित कर देते हैं। आई.क्यू. स्तर को बढ़ाने के लिए कौटिल्य ने और कौटिल्य के माता-पिता

ने लगातार अभ्यास किया है। कौटिल्य के पास असाधारण स्मरण-शक्ति जरूर है, लेकिन उसका बखूबी प्रयोग किया गया है, उसको सही दिशा में लगाया गया है कि कौटिल्य आगे जाकर एक अच्छा भविष्य दे सकें खुद को और अपने समाज में एक अच्छा उदाहरण बन सकें।

इसरो से उपहार के तौर पर कौटिल्य मंगलयान का मॉडल ले आए हैं। हमें अचंभा नहीं होगा, यदि किसी दिन कौटिल्य अंतरिक्ष में नए रहस्य को खोल दें। इतनी छोटी उम्र में अंतरिक्ष के बारे में इतना ज्ञान रखने पर इसरो के सारे वैज्ञानिक हैरान भी थे और हैरान से ज्यादा प्रसन्न थे। कौटिल्य ने उस लाइब्रेरी को देखा, जहाँ वैज्ञानिक नए-नए उपग्रह तैयार करते हैं कि वे कैसे काम करते हैं! चंद्रयान-2 और जाने कितनी ही ऐसी जानकारियाँ, जिन्हें कौटिल्य नहीं जानते थे, उन्होंने बहुत रुचि के साथ सुनी। ब्रह्मांड में होनेवाली लगातार रोचक जानकारियाँ और तथ्य कौटिल्य को अपनी ओर आकर्षित करते हैं। यही कारण है कि वह अंतरिक्ष में जाना चाहते हैं और अपने ज्ञान को थोड़ा और बढ़ाना चाहते हैं। वह सोचते हैं कि वह अपने ज्ञान के बल पर अपने देश को एक बेहतर भविष्य दे सकते हैं। इसलिए देश को निश्चित ही इंतजार रहेगा उस दिन का, जिस दिन कौटिल्य अपने सपने के साथ-साथ देश को एक नई ऊँचाई पर लेकर जाएँगे। सरकार ने कौटिल्य को पूरी छूट दी है कि वह दोबारा भी चाहें तो इसरो आ सकते हैं। देश को ऐसी प्रतिभाओं का इंतजार है, जो हमारे देश को महान् वैज्ञानिक दे सकें।

5. चीजें जितनी नियमित होती हैं, उतनी ही आसान होती हैं

जीवन जितना नियमित होता है, उतना ही आसान होता है। जितना अलग होता है, हम उसे इतना सामान्य बना सकते हैं, जितना आप चाहते हैं। आपके जीवन में दो तरह की चीजें होती हैं—एक को जब आप अपने जीवन को चीजों के अनुसार एडजस्ट करते हैं और दूसरा जब आप चीजों को अपने अनुसार एडजस्ट करते हैं। जब आप चीजों को अपने अनुसार एडजस्ट करते हैं, तब आप सहज होते हैं, तो आप अपना जीवन खुद बनाते हैं। आप अपने कंफर्ट जोन से बाहर नहीं जाते। आप जिंदगी को वैसे जीते

हैं, जैसा जीना चाहते हैं और जैसा आप अपनी जिंदगी को बनाना चाहते हैं, वैसा बनाते हैं। अपने-अपने कंफर्ट जोन में रहकर आप अपनी पसंद की चीजें करते हैं तो चीजें होती हैं। हमें विश्वास के साथ आगे बढ़ना होगा। जीवन को नियमित होना चाहिए। उसे बोझिल नहीं होना चाहिए। बोझिल चीजें रोचक नहीं रहतीं।

6. सफलता के तीन गुण

कौटिल्य का आई.क्यू. 150 से ऊपर माना जाता है। आइंस्टीन का आई.क्यू. 150 से ऊपर था। कौटिल्य के पास विलक्षण प्रतिभा है। बहुत कम ऐसे बच्चे होते हैं, जो इतनी कम उम्र में इतना सारा ज्ञान अर्जित कर सकते हैं। उन्होंने सिर्फ ज्ञान अर्जित नहीं किया है, वो इसे समझ सकते हैं, आगे किस तरीके से जवाब दें, इसकी प्रतिभा उनके पास है। उनकी क्षमता बहुत अद्‍भुत है। अभी तक विज्ञान भी यह नहीं जान पाया है कि किस प्रकार से इतनी कम उम्र के बच्चों के अंदर बुद्धि का विकास होता है? कुछ बातें हैं, जो उनको सबसे अलग बनाती हैं। रीकॉल वैल्यू, बहुत लोगों को बहुत सारे सवाल आते हैं, लेकिन लॉकेट करके उत्तर देना नहीं आता। अगर उनसे आप कुछ पूछते हैं, उस चीज के बारे में वे सबकुछ बताते हैं। उनके आसपास की चीजों के बारे में भी बताते हैं। जिज्ञासा, पूछते रहने की क्षमता उनके अंदर सबसे ज्यादा है। जो कुछ वह नहीं जानते, उसके बारे में सबकुछ जानना चाहते हैं। उनकी इसी प्रतिभा से प्रभावित होकर हरियाणा सरकार ने उन्हें सम्मानित किया।

ज्ञान के साथ-साथ एक और चीज जो बहुत महत्त्वपूर्ण है, वह निर्भीकता है। निडर व्यक्ति अपनी बात को रखने में कभी नहीं झिझकता।

चंडीगढ़ में मुख्यमंत्री आवास में एक छोटा सा समारोह था। भूपेंद्र सिंह हुड्डा और उनके अतिरिक्त 30 लोग समारोह में शामिल थे। उनमें से कुछ आई.ए.एस. ऑफिसर भी थे। भूपेंद्र सिंह हुड्डा ने कौटिल्य को सम्मानित करने के लिए बुलाया था। 10 लाख रुपए की एफ.डी. व एक सम्मान-पत्र के साथ उन्हें सम्मानित किया जाना था। हुड्डाजी ने उन्हें सम्मान-पत्र दिया

तो कौटिल्य ने उसे वहीं पढ़ना शुरू कर दिया, जिसमें उनके माता-पिता का नाम था। पिता के नाम के बाद जब उन्होंने अपनी माता का नाम पढ़ा, सुमिता शर्मा तो वो रुक गए और रुककर कहा कि उनकी माता का नाम गलत लिखा हुआ है। हालाँकि उसकी गलती पकड़ने के बाद समारोह में सबकी हँसी फूट गई। कई लोगों ने मजाक में हुड्डाजी से कहा भी कि यह विरोधी पार्टी नहीं है, लेकिन साढ़े पाँच साल की उम्र में जब दो बच्चे मात्राओं को पहचान भी नहीं पाते, वहाँ एक छोटी सी गलती को कौटिल्य ने झट से पकड़ लिया और वहाँ बैठे सभी को अपना मुरीद बना लिया। फिर हरियाणा की कांग्रेस सरकार ने विधानसभा में कौटिल्य को सम्मानित किया था। बातों-ही-बातों में नेताओं ने कौटिल्य से अच्छी पार्टी के बारे में पूछा तो उनके जवाब ने सबको हैरान कर दिया। पूरी विधानसभा के सदस्यों के बीच कौटिल्य ने कांग्रेस नेताओं के सामने बीजेपी का नाम लिया। सब को आशा थी कि कांग्रेस सरकार से कई बार सम्मानित होनेवाले और तुरंत जवाब देनेवाले कौटिल्य कांग्रेस सरकार का नाम लेंगे, लेकिन बीजेपी का नाम सुनकर वहाँ खड़े विधायक हँसने लगे।

सदन में जाने पर कौटिल्य ने कई सारे नेताओं—राजनाथ सिंह, अनंत कुमार, मोदीजी, सोनिया गांधी और कई बड़े नेताओं को देखा। जब उनसे पूछा गया कि उन्हें कौन से नेता सबसे ज्यादा पसंद हैं तो उन्होंने मोदीजी का नाम लिया।

किसी भी सफल व्यक्ति में तीन गुण निश्चित रूप से पाए जाते हैं—योग्यता, ईश्वर ने कौटिल्य को भरपूर योग्यता दी है। इसमें संदेह नहीं है, लेकिन दो गुण ऐसे हैं, जिनके बिना योग्यता का महत्त्व नहीं है। वे हैं—निर्भीकता और साहस, जिसका परिचय वे निश्चित रूप से दे चुके हैं। इतिहास ऐसी घटनाओं से भरा हुआ है, जहाँ सेना कम थी, लेकिन उसने सामनेवाली बड़ी सेना को हरा दिया, क्योंकि उसका नेतृत्व करनेवाला सेनापति साहसी और निर्भीक था। अतीत, भविष्य और वर्तमान में घटनाएँ निश्चित रूप से बदलती रहेंगी, सफलता के मायने बदलते रहेंगे, सफल

व्यक्ति बदलते रहेंगे; लेकिन सफलता के ये तीन गुण किसी भी सफल व्यक्ति में हमेशा पाए जाएँगे और ये सभी गुण कौटिल्य के अंदर हैं।

7. जब आप एक विद्यार्थी हैं

आप बहुत अच्छा, बहुत बेहतर पा सकते हैं, अगर अपनी प्रतिभा को पहचानें; क्योंकि प्रतिभा की कोई सीमा नहीं है। आपको अपनी प्रतिभा को पोषित करना चाहिए। अगर आप उसे पोषित करेंगे तो संभवत: उस लक्ष्य तक पहुँच सकेंगे, जो आपने अपने लिए बनाया है। यह सबसे बड़ा सत्य है कि अगर आप जीवन में कुछ पाना चाहते हैं तो उसके लिए आपको उस पर केंद्रित होना पड़ेगा और रचनात्मक होना पड़ेगा। अपने लक्ष्य को फोकस करने के लिए यह सबसे सरल तरीका है किसी भी सफलता को पाने का, किसी भी क्षेत्र में सफल होने का, अगर आपके पास एकाग्रता है। आपको अपनी पढ़ाई को खेल की तरह करना चाहिए। अगर आप कुछ अच्छा करना चाहते हैं तो उस पर केंद्रित रहिए। अगर खेल की तरह भी पढ़ाई को लेते हैं, जो हमें बहुत मुश्किल लगता है, वह भी हम आसानी से हल कर सकते हैं। हम आसानी से उसे सीख सकते हैं। 50 प्रतिशत सफलता हमारे कठिन परिश्रम पर निर्भर करती है, लेकिन उसके अलावा, वह हमारे फोकस होने पर निर्भर है। फोकस होना मुश्किल है, लेकिन आप वह बहुत आसानी से कर सकते हैं। आप ध्यान कर सकते हैं। आप पढ़ाई को खेल की तरह कर सकते हैं। ऐसे बहुत अच्छी चीजें होंगी। आप ज्यादा रचनात्मक होंगे और जब आप रचनात्मक होते हैं तो निश्चित ही अपनी प्रतिभा को निखारते हैं। आपको बहुत चमत्कारिक रूप से याद होगा। अपने फोकस को और एकाग्रता को बढ़ाएँ, पढ़ाई को खेल के रूप में लेकर उससे आपको बेहतर परिणाम मिलेंगे।

जब आप किसी चीज को खेल की तरह करते हैं तो जरूरी है कि वह खेल आपके मूड पर निर्भर करता हो। अगर आप मेरी बात करें तो मेरे साथ ऐसा है कि किसी दिन मेरा खेलने का मन होता है तो मैं उस दिन खेलता हूँ। अगर किसी दिन पढ़ने का मन है तो मैं उसमें डूबकर पढ़ता हूँ। बजाय

उन दिनों के, जब मेरा मन नहीं होता पढ़ने का। जब मेरा मन होता है, मुझे ज्यादा अच्छे से याद होता है और जल्दी याद होता है। अगर आप थोड़े समय में बहुत अच्छा और बहुत बेहतर करना चाहते हैं तो अपने मूड के हिसाब से करें; क्योंकि उसी समय आप उसे सबसे कम समय में सबसे बेहतर कर सकते हैं, जब आप उसे करने के मूड में होते हैं।

अगर आप जानना चाहते हैं कि आप किस विषय में सबसे ज्यादा रुचि रखते हैं तो उसका सबसे अच्छा तरीका यह है कि जब आप किसी भी चीज को देखते हैं तो आप उसकी तरफ कितना आकर्षित होते हैं? आप उसे कितना प्यार करते हैं? आप उसके लिए कितने त्याग कर सकते हैं? वह आपके लिए बोरिंग नहीं होता। वह रोचक होता है। बहुत सारी चीजें होती हैं, जो आप करते हैं। जब आप 10 साल के हैं, यह कॅरियर विषय चुनने की सही उम्र नहीं है। हाँ, आपके लिए कोई विषय रोचक हो सकता है। अगर कोई भी चीज आपको रोचक लगती है या कोई भी चीज रचनात्मक लगती है और आप उसे बार-बार करना चाहते हैं तो इसका मतलब यह है कि आपकी उस चीज में रुचि है। अगर कल्पना आपके दिमाग में आती हैं तो आप यह सहजता से तय कर सकते हैं कि आपके लिए अच्छा विषय क्या हो सकता है। कुछ आंतरिक रूप से महसूस होता हैं, जैसे गणित आपको कभी बोरिंग नहीं लगता तो आप कह सकते हैं कि वह आपका प्रिय विषय है। आप उसमें हमेशा अच्छे होंगे। अगर आपको कोई विषय बोरिंग लगता है तो आप उस विषय में कभी भी अच्छे नहीं हो सकते। जब आप किसी विषय में अच्छे हों, आपको उसमें रुचि है, अगर आपको कोई विषय आकर्षित करता है, आप उसे लेकर कल्पना कर सकते हैं और रुचि उत्पन्न कर सकते हैं तो वह आपके लिए बोरिंग नहीं है, बहुत रोचक है। अगर ऐसी बातें दिमाग में आती हैं तो निश्चित रूप से आपको वही विषय चुनना चाहिए। विचार बदलते हैं। दिमाग चेंज होता है। हो सकता है कि आप प्रॉपर विषय न चुन पाएँ, अपनी रुचि के हिसाब से। जब आप ग्यारहवीं-बारहवीं में जाते हैं, तब आप परिपक्व हो चुके होते हैं अपने

ड्रीम्स को लेकर, अपने विषय को लेकर आप संशय में नहीं रहते। छोटी उम्र में आपको विषय रोचक लग सकते हैं तो रोचक चीजों के साथ आगे बढ़िए, लेकिन 11वीं और 12वीं में आप बहुत आसानी से अपने कॅरियर ओरिएंटेड विषय चुन सकते हैं, लेकिन अपनी पसंद को हमेशा अपने पास रखना चाहिए।

8. आधुनिकता और पौराणिकता

कौटिल्य वर्ष 2018 में दीक्षा ले चुके हैं। वह कहते हैं कि जब वह पहली बार अपने गुरु अविमुक्तेश्वरानंद से मिले, गुरु अपने मठ में शंकरजी की आरती कर रहे थे। तब मैं सात साल का था, जब मुझे उनसे दीक्षा प्राप्त हुई थी। उसके बाद स्वामीजी के पास काशी आया और वहाँ मेरा यज्ञोपवीत हुआ। कौटिल्य आधुनिकता और पौराणिकता का मेल हैं। जहाँ वह अंतरिक्ष में जाकर नए सिद्धांत देना चाहते हैं, वहीं वह अपने गुरु के घायल होने पर समाज-कल्याण की बातें करते हैं। जहाँ उनकी अंग्रेजी अंग्रेजों को भी लज्जित करनेवाली है, वहीं उनकी चोटी और उनके माथे पर लगा टीका उन्हें विलक्षण बनाता है। वह ये संदेश भी देते हैं कि आधुनिकता आपके पहनावे, अपनी संस्कृति को छोड़कर किसी विदेशी सभ्यता को अपनाने में नहीं है। हर देश की अपनी संस्कृति, अपना कल्चर और अपने संस्कार होते हैं। हमें उसका सम्मान करना चाहिए। कौटिल्य आधुनिकता व पौराणिकता का तालमेल बिठाने में बिल्कुल कामयाब हैं।

9. असफलता सिर्फ हमारे विचारों में है

मैंने कभी अपने जीवन में बड़ी असफलता नहीं देखी। हमेशा छोटी-मोटी असफलताओं का ही सामना किया है; लेकिन हाँ, वे मेरे लिए बड़ी थीं। उनका सामना करना बड़ा था। जब मैं असफल हुआ, तब मैं डरा भी और मुझे दुःख भी हुआ; लेकिन मैंने कभी हार नहीं मानी। मैं इतना जरूर जानता हूँ कि अगर आप असफल होते हैं तो उसमें डर, घबराने या अपमानजनक होने जैसा कुछ भी नहीं है। हर सफल व्यक्ति अपने जीवन में असफल होता

है। हर सफल व्यक्ति की जीवनी में हजारों असफलताएँ जुड़ी होती हैं। यह निर्भर करता है कि असफल होने के बाद आप कितना ज्यादा मजबूत होकर दोबारा सामने आते हैं! जब आप सामने आते हैं तो आप बहुत बेहतर जगह पर होते हैं। उससे बहुत बेहतर करते हैं, जो आप करने वाले थे। असफलता के दो रूप हैं—एक बाहरी, एक अंदरूनी। बाहरी रूप से असफल व्यक्ति कभी हार नहीं मानता। वह दोगुनी गति से लौटता है, लेकिन अंदरूनी रूप से असफल व्यक्ति खुद को यह समझाने में कामयाब हो जाता है कि वह नहीं कर सकता—और यही सबसे बुरा है। खुद को कभी नाकामयाब नहीं समझना चाहिए। नाकामयाबी जब तक हमसे जुड़ी नहीं होती, तब तक हम उसे स्वीकार नहीं करते। हमें हर असफलता के बाद और मजबूत होकर लौटना सीखना चाहिए। असफलता हमारे विचारों में होती है।

असफलताओं के बाद, दृढ़ मनोबल किसे कहते हैं, हमें अब्राहम लिंकन के जीवन से जानना चाहिए, जो अमेरिका के महान् राष्ट्रपतियों में से एक हैं और जिन्होंने अपने जीवन में न जाने कितनी असफलताओं का सामना किया, लेकिन कभी हार नहीं मानी।

सन् 1832 में उन्होंने अपनी नौकरी खो दी थी और असेंबली में चुनाव भी हार गए थे। अगले साल उन्होंने व्यवसाय किया, जिसमें वह फेल हो गए। सन् 1834 में उन्होंने फिर से खुद को चुनाव लड़ने के लिए तैयार किया। वह चुनाव तो जीत गए, लेकिन 1835 में उनकी पत्नी का देहांत हो गया और 1836 में वह डिप्रेशन में आ गए थे, पर उन्होंने इस मानसिक बीमारी का सामना किया। 1838 में वे इलिनॉइस हाउस स्पीकर का चुनाव हारे। सन् 1843 में वह कांग्रेस के नॉमिनेशन के लिए चुने ही नहीं गए। 1849 में उन्होंने भूमि अधिग्रहण के लिए आवेदन किया, लेकिन उसे खारिज कर दिया गया। 1854 में वे सीनेट का चुनाव हार गए। सन् 1856 में वे उपराष्ट्रपति के लिए नहीं चुने गए। 1858 में वे फिर से उपराष्ट्रपति का चुनाव हार गए।

किंतु सन् 1860 में वे अमेरिका के राष्ट्रपति बने। शायद ही दुनिया में

कोई ऐसा नेता हो, जो इतने चुनाव हारने के बाद देश के सर्वोच्च राष्ट्रपति पद के लिए चुना गया हो। आप तब तक नहीं हारते, जब तक प्रयास करना नहीं छोड़ते।

10. देशभक्त कौटिल्य

इनसान सबसे पहले खुद से प्यार करना सीखता है, फिर अपने परिवार से, फिर अपने समाज से और फिर देश से। कौटिल्य के अंदर बहुत सारी खूबियों में से एक यह खूबी भी है कि वह सभी से बहुत प्यार करते हैं। अपने देश के बारे में बात करो तो मुझे अपना देश बहुत पसंद है। किसी भी देश से ज्यादा यहाँ की संस्कृति, यहाँ की ग्लोरी, वह कहीं भी नहीं, पूरी दुनिया में कहीं भी नहीं। जैसे लोग भारत में हैं, वैसे लोग कहीं और नहीं मिलते। हमारे देश के लोग सर्वश्रेष्ठ हैं। हरा और केसरिया मेरा सबसे पसंदीदा रंग है और वही रंग हमारे तिरंगे झंडे में भी होता है। हमारे देश की हर चीज मुझे बहुत पसंद है। अगर मुझे जीवन में कभी कुछ बदलने का मौका मिला तो एक चीज है, जिसे मैं अपने देश में बदलना चाहूँगा। मैं चाहता हूँ कि हमारे देश में सब शिक्षित हों, सब पढ़े-लिखे हों। सब के पास रोजगार हो, लेकिन जब आप एक महत्त्वपूर्ण पद पर होते हैं, तब बहुत सारी प्राथमिकताएँ होती हैं, बहुत सारी समस्याएँ होती हैं, जिन्हें आप पहले सुलझाते हैं। फिर भी, मैं वही करना चाहूँगा, जो मेरे देश के लिए सबसे बेहतर हो और मैं हमेशा यही चाहूँगा कि मेरा देश हमेशा शीर्ष पर हो।

11. भारत का गौरव

कौटिलय जब पाँच साल के थे, वर्ष 2013 में वह सबसे छोटे एंकर थे, पॉपुलर टी.वी. शो 'वंडर किड्स', जी न्यूज में। वर्ष 2013 में वह सबसे छोटे सेलिब्रिटी थे, जो के.बी.सी. में गए। हरियाणा सरकार ने उन्हें 10 लाख रुपए का इनाम दिया था। विश्व के 'नौ वंडर किड्स' में 'गूगल बॉय' का नाम आता है। कौटिल्य गुरुग्राम के जी.डी. गोयनका स्कूल में पढ़ाई कर रहे हैं। कौटिल्य को अभी तक विदेशों से 3 अवॉर्ड और देश में 400 से ज्यादा

अवॉर्ड से सम्मानित किया जा चुका है। वर्ष 2015 में उन्हें हाउस ऑफ कॉमन्स पार्लियामेंट यू.के. में 'भारत गौरव अवार्ड' से सम्मानित किया गया। 2016 में संयुक्त अरब अमीरात की सरकार ने उन्हें 'अवॉर्ड ऑफ एप्रीसिएशन' से सम्मानित किया। 2017 में नेपाल में उन्हें भारतीय दूतावास में सम्मानित किया गया। वह भारत की सभी प्रसिद्ध हस्तियों से मिल चुके हैं—अमिताभ बच्चन, बाबा रामदेव, आमिर खान। वे अब्दुल कलामजी के बहुत पसंदीदा बच्चे रहे हैं। उनके हजार से ज्यादा वीडियोज पोस्टेड हैं, पर उनकी खास बात यह है कि वे वीडियोज न उन्होंने पोस्ट किए हैं, न ही उनके किसी परिवार मेंबर ने। किसी पत्रकार ने जब उनके पिता से कहा कि वह अपने बेटे के वीडियो अपलोड करें तो बहुत रीच मिल सकती है; लेकिन इसके लिए उनके पिता ने मना कर दिया। कौटिल्य किसी छोटे से गाँव से उठनेवाली रोशनी की वह किरण हैं, जिसे किसी प्लेटफॉर्म की जरूरत नहीं। जैसे-जैसे उनकी उम्र बढ़ती जा रही है, वैसे-वैसे टी.वी. पर वीडियोज में उनकी आवाजाही कम होती जा रही है। निश्चित रूप से किसी दिन वह भारत का गौरव बनकर प्रकाश के भंडार के रूप में चमकेंगे।

□

डॉ. भीमराव आंबेडकर

भीमराव रामजी आंबेडकर—डॉ. बाबा साहब आंबेडकर के नाम से लोकप्रिय, भारत के बहुज्ञ, विधिवेत्ता, अर्थशास्त्री, राजनीतिज्ञ और समाज-सुधारक थे। उन्होंने दलित बौद्ध आंदोलन को प्रेरित किया और अछूतों से सामाजिक भेदभाव के विरुद्ध अभियान चलाया था। उन्होंने श्रमिकों, किसानों और महिलाओं के अधिकारों का समर्थन भी किया था।

1. सामाजिक विकास के बिना राजनीतिक विकास संभव नहीं

"हर आदमी, जो मिलकर इस सिद्धांत को दोहराता है कि एक देश किसी दूसरे देश पर शासन करने के लिए उपयुक्त नहीं है, उसे यह भी मानना होगा कि एक जाति भी दूसरी जाति पर शासन करने के लिए उपयुक्त नहीं है।

आंबेडकरजी बताते हैं कि जब कांग्रेस का जन्म हुआ, तब यह मुद्दा जरूर उठा था कि जब तक समाज प्रगति नहीं कर सकता, तब तक हम प्रगति नहीं कर पाएँगे। इसलिए हमें अपनी प्रगति के लिए अपनी कुप्रथाओं को खत्म करना होगा। इस सामाजिक उद्देश्य के साथ कांग्रेस का निर्माण हुआ था और कांग्रेस सम्मेलनों की पहल हुई। मुख्य रूप से कांग्रेस के दो हिस्से थे—पहला, जो राजनीतिक था, जिसकी भागीदारी राजनीतिक संगठनों को आगे बढ़ाने की थी और दूसरा हिस्सा, जो समाज में फैली सामाजिक बुराइयों के खिलाफ लड़ रहा था। दोनों दल एक साथ सम्मेलन भी किया

करते थे, लेकिन धीरे-धीरे दोनों में मतभेद शुरू हुए। अधिकतर लोगों ने राजनीतिक विकास के मुद्दे पर जोर दिया और सामाजिक विकास का मुद्दा कहीं खो गया तथा सामाजिक बुराइयों को नजरअंदाज कर दिया गया। ऐसे लोगों में भारी कमी आई, जो सामाजिक बुराइयों को खत्म करने के लिए अपना योगदान देने को तैयार थे और इस प्रकार तिलकजी ने एक ही पंडाल के नीचे दोनों पक्षों को रखने के फैसले पर एकपक्षीय निर्णय सुनाया कि सभी सम्मेलनों में केवल राजनीतिक मुद्दों पर बात होगी। दोनों पक्ष एक-दूसरे के नाम से ही एक-दूसरे को खारिज करने लगे। नौबत यहाँ तक आई कि जब सामाजिक मुद्दों की बात आई तो राजनीतिक मुद्दों वालों ने पंडाल जलाने की धमकी तक दे डाली। इस तरह राजनीतिक दल जीत गया और सामाजिक मुद्दों वाले वर्ग का अस्तित्व कहीं खो गया। कांग्रेस के आठवें अधिवेशन में सन् 1892, उसमें कांग्रेस अध्यक्ष उमेश चंद्र बनर्जी के इस भाषण ने आग में घी का काम किया—

"मुझे उन लोगों के लिए कोई सहनशीलता नहीं है, जो कहते हैं कि हम सामाजिक सुधारों से पहले राजनीतिक सुधारों में फिट नहीं होंगे। मैं दोनों के बीच कोई संबंध देखने में विफल हूँ...क्या हम (राजनीतिक सुधार के लिए) फिट नहीं हैं, क्योंकि हमारी विधवाएँ अविवाहित रहती हैं और हमारी लड़कियों का अन्य देशों की तुलना में जल्दी विवाह कर दिया जाता है, क्योंकि हमारी पत्नी और बेटियाँ अपने दोस्तों के साथ हमारे साथ नहीं चलती हैं? क्योंकि हम हमारी बेटियों को ऑक्सफोर्ड और कैंब्रिज भेजते नहीं हैं?"

जब देश ऐसी कुरीतियों से लड़ रहा था। अछूतों को सड़कों पर चलने नहीं दिया जाता था, क्योंकि उनकी परछाईं से कोई भी अपवित्र हो सकता था। अछूतों को हाथ और गले में काला धागा पहनने के लिए विवश किया जाता था, ताकि उनकी पहचान हो सके और कोई उनसे गलती से भी न छू ले। पूना में अछूतों को गले में मटका बाँधना पड़ता था। कहीं उनका थूक जमीन पर गिरे और कोई ब्राह्मण अपवित्र हो जाए। कहीं कोई उनके पैर पर

पैर न रख दे। बिलाई जाति के सामाजिक बहिष्कार का वर्णन भीमरावजी ने अपनी पुस्तक में किया है। गुजरात में एक दलित महिला को सिर्फ इसलिए मारा गया, क्योंकि उसने धातु के बने हुए बरतनों का प्रयोग किया था। गुजरात ही में एक बच्चे को स्कूल में न पढ़ने के लिए फरमान जारी किया गया। क्या यह सही था? इलाहाबाद में दलितों द्वारा दी गई घी की दावत के लिए दलितों को मारा गया कि वे घी कैसे खा सकते हैं? वे कहते हैं, कांग्रेस का राजनीतिक सुधार वाला पक्ष क्यों हारा, क्योंकि उन्होंने सामाजिक सुधार में कोई दिलचस्पी नहीं दिखाई।

राजनीतिक सुधार से पहले सामाजिक सुधार होना बेहद जरूरी है। आयरलैंड आयरिश होम रूल का इतिहास हमें बताता है, जब उत्तरी आयरलैंड और दक्षिणी आयरलैंड के प्रतिनिधि आयरिश होम रूल पर बात करने के लिए मिले और श्री रेडमंड, जो दक्षिणी आयरलैंड के प्रतिनिधि थे, उत्तरी आयरलैंड को हर हाल में आयरिश होम रूल में शामिल करना चाहते थे। उत्तरी आयरलैंड के प्रतिनिधि से उन्होंने पूछा, "आप किसी तरह का भी कोई भी राजनीतिक सुरक्षा उपाय चाहते हैं, हम वह आपको देंगे।"

उत्तरी आयरलैंड के प्रतिनधि ने कहा, "हम चाहते हैं कि तुम हम पर हुकूमत न करो।" किसी भी कीमत पर और आज आप देखें, आयरलैंड और उत्तरी आयरलैंड नाम के दो देश आपको एक छोटे द्वीप पर दिखेंगे। उत्तरी आयरलैंड के इस रवैए का क्या कारण था? उन दोनों का ईसाई धर्म के अलग समुदाय से होना, कैथोलिक और प्रोटेस्टेंट होना। इसे देखते हुए हम कह सकते हैं, राजनीतिक सुधार से पहले सामाजिक सुधार करना जरूरी है।

इतिहास में ऐसे कई उदाहरण हैं कि राजनीतिक क्रांतियों को हमेशा सामाजिक व धार्मिक क्रांतियों के बाद किया गया है। लूथर की सामाजिक क्रांति ने यूरोपीय लोगों की राजनीतिक मुक्ति को जन्म दिया। इंग्लैंड में धर्मनिरपेक्षतावाद ने राजनीतिक स्वतंत्रता की स्थापना की। यह धर्मनिरपेक्षता थी, जिसने अमेरिकी स्वतंत्रता का युद्ध जीता और धर्मनिरपेक्षता धार्मिक

आंदोलन थी। मुसलिम साम्राज्य के बारे में भी यही सच है। इससे पहले अरब राजनीतिक शक्ति बने। वे पैगंबर मोहम्मद द्वारा शुरू की गई धार्मिक क्रांति से गुजरे थे। यहाँ तक कि भारतीय इतिहास भी इस निष्कर्ष का समर्थन करता है। चंद्रगुप्त के नेतृत्व में राजनीतिक क्रांति से पहले बुद्ध की धार्मिक व सामाजिक क्रांति ने इस राजनीतिक क्रांति की नींव रखी। शिवाजी के नेतृत्व में राजनीतिक क्रांति से पहले महाराष्ट्र के संतों द्वारा धार्मिक व सामाजिक क्रांति की गई। सिखों की राजनीतिक क्रांति से पहले गुरु नानक धार्मिक व सामाजिक क्रांति का यह उदाहरण बताते हैं कि मन और आत्मा की मुक्ति आवश्यक है लोगों के प्रारंभिक राजनीतिक विस्तार के लिए।"

यह भाषण लाहौर के 'जात-पाँत तोड़क मंडल' की ओर से उनकी वार्षिक कॉन्फ्रेंस में उनको मुख्य भाषण देने के लिए न्योता मिलने के बाद लिखा गया था। जब डॉक्टर साहब ने अपने प्रस्तावित भाषण को लिखकर भेजा तो 'जात-पाँत तोड़क मंडल' के कर्ता-धर्ता काफी बहस के बाद भी वह भाषण सुनने को तैयार नहीं हुए। शर्त लगा दी कि भाषण में आयोजकों की मरजी के हिसाब से बदलाव किया जाए। आंबेडकर ने भाषण बदलने से मना कर दिया और उस सामग्री को एक पुस्तक के रूप में मई 1936 में खुद छपवा दिया।

2. समाजवाद और भारत

समाजवाद सामाजिक व्यवस्था के लिए हानिकारक है। हमारे देश में समाजवादियों ने यूरोप का अनुसरण किया और वहाँ की आर्थिक व्यवस्था को यहाँ लागू करने की कोशिश की है। क्या मनुष्य केवल आर्थिक प्राणी है? क्या हमारी सभी समस्याएँ व गतिविधियाँ सिर्फ अर्थ से जुड़ी हुई हैं? लेकिन हमारे देश के समाजवादी यह मानते हैं कि अगर हमें शक्तिशाली बनना है तो अधिक-से-अधिक संपत्ति इकट्ठी करनी होगी, जिसके चलते सामाजिक विकास के साथ-साथ राजनीतिक विकास को भी दरकिनार कर दिया जाता है। वे कहते हैं, आर्थिक स्थिति सामान्य करने के लिए संपत्ति को लोगों में बराबर बाँट देना चाहिए। हम इसकी पैरवी भी करते हैं और

कुछ लोगों का मानना यह भी है कि आर्थिक शक्ति ही अकेली ऐसी शक्ति है, जो हमें क्रियाशील बनाए हुए है। अगर हम यह मान भी लें तो क्या एक मानव समाज का कोई भी व्यक्ति इसे स्वीकार करेगा?

हम देखते हैं कि समाज में हमारी सामाजिक स्थिति शक्ति और अधिकार का प्रमुख जरिया होती है। अगर ऐसा नहीं है तो महात्माओं के पीछे क्यों इतनी लंबी लाइन होती है? भारत में क्यों करोड़पति महात्माओं और साधुओं की बातों का पालन करते हैं? सिर्फ करोड़पति ही नहीं, गरीब-से-गरीब लोग क्यों अपनी संपत्ति को दान करके मक्का-मदीना और वाराणसी चले जाते हैं? क्योंकि हमारे इतिहास में धर्म को एक प्रमुख शक्ति माना गया है और वह ऐसे ही काम करता है, जहाँ किसी पुजारी की बात किसी मजिस्ट्रेट से ज्यादा मायने रखती है। इसलिए हमारे यहाँ हड़तालों, चुनावों जैसे मुद्दों को धार्मिक मोड़ दे दिया जाता है।

रोम में प्लेबियंस (आम लोग) ने अपने अधिकारों के लिए बड़ी लड़ाई लड़ी और रोमन गणराज्य के तहत सर्वोच्च कार्यकारी में अपने अधिकारों को प्राप्त किया। जिसमें वे रोम की संसद् में आम मतदाताओं द्वारा चुने जा सकते थे और प्लेबियंस काउंसिल में अपना स्थान पा सकते थे। उन लोगों ने काउंसिल में चुने जाने का अधिकार इसलिए प्राप्त किया, क्योंकि उन्हें लगता था, पार्टिशन (पुजारी वर्ग या रईस) उनके खिलाफ प्रशासन में भेदभाव करते हैं, लेकिन क्या उन्होंने इस अधिकार को प्राप्त कर कुछ हासिल किया? नहीं, क्यों नहीं, क्योंकि वे अपना कोई मजबूत प्रतिनिधि रोम की संसद् में नहीं भेज पाए। जब वे खुद वोट कर अपना प्रतिनिधि चुन सकते थे तो मजबूत प्रतिनिधि रोम की संसद् में क्यों नहीं भेज पाए? इस प्रश्न का उत्तर है—धर्म के प्रभुत्व का मनुष्य के प्रभुत्व से ऊपर होना, क्योंकि प्लेबियंस उसे ही अपना प्रतिनिधि चुन सकते थे, जो 'डेल्फी' नाम की देवी को स्वीकार हो और इस डेल्फी नाम की देवी के मंदिर के सभी पुजारी पार्टिशन वर्ग के थे और यह देवी पार्टिशन के माध्यम से ही अपना संदेश प्लेबियंस तक पहुँचाती थी। इसलिए प्लेबियंस समान प्रतिनिधित्व होते हुए कभी पार्टिशन जितने

ताकतवर न हो पाए। जब कभी कोई ताकतवर प्लेबियंस चुनकर संसद् पहुँच जाता तो पार्टिशन कह देता कि यह आदमी डेल्फी देवी को स्वीकार नहीं है। यह है धर्म की शक्ति का प्रभाव! राजनीतिक व आर्थिक शक्ति पर धर्म को छोड़ने के बजाय प्लेबिन ने भौतिक लाभ को छोड़ दिया, जिसके लिए वे इतनी मेहनत से लड़े थे। भारत के संदर्भ में भी यह बात सत्य साबित नहीं होती?

क्या इससे साबित नहीं होता कि आर्थिक शक्ति और धार्मिक शक्ति दोनों महत्त्वपूर्ण हैं। अगर धार्मिक शक्ति आर्थिक शक्ति से आगे नहीं है तो बराबर तो है ही। अगर हमें यूरोप के नक्शेकदम पर चलना चाहिए तो भी हमें मानना होगा कि धर्म-सामाजिक स्थिति और संपत्ति किसी भी देश की प्रमुख शक्ति है। धर्म-अधिकार और शक्ति का स्रोत है। इसके जरिए हम एक-दूसरे की स्वतंत्रता को नियंत्रित करने में सक्षम होते हैं। यह सच है कि अगर स्वतंत्रता आदर्श है और हमारी स्वतंत्रता का अर्थ है—एक व्यक्ति का दूसरे व्यक्ति के प्रभाव को कम करना, तो आर्थिक सुधार से उसे पाया जा सकता है, लेकिन हम इसे धर्म का चोला पहनाकर और मजबूत बना देते हैं। इसके लिए सामाजिक व राजनीतिक विकास दोनों जरूरी हैं; लेकिन समाजवादी यह नहीं मानते। विषय यह नहीं है कि आर्थिक रूप से संपत्ति का समान बँटवारा कर देने से सबकुछ ठीक हो जाएगा। यह तब तक संभव नहीं, जब तक हमारा श्रमिक वर्ग समाजवाद में शामिल नहीं होगा। जब तक समाजवाद की पकड़ इतनी मजबूत नहीं होगी कि वह शक्ति से अपने नियम लागू कर सके। हम भारत में तब तक स्वतंत्र समाज विकसित नहीं कर सकते हैं, जब तक एक वर्ग दूसरे के साथ दुर्व्यवहार और उसका दमन करता रहेगा। जिस आर्थिक सुधार की बात समाजवाद करता है, वह तभी लागू किया जा सकता है, जब सत्ता पर समाजवाद का पूरा कब्जा हो और वह कब्जा श्रमजीवी वर्ग का हो।

मैं सवाल पूछता हूँ कि क्या भारत का श्रमजीवी वर्ग मिलकर ऐसी कोई क्रांति करेगा? यह क्रांति तभी संभव है, जब सभी को यह विशवास हो कि

दूसरा जो उसके साथ है, वह सत्ता हासिल होने के बाद उसके साथ धर्म या जाति के नाम पर भेदभाव नहीं करेगा। ऐसी कोई क्रांति भारत में संभव है? चलिए, हम मान लें कि समाजवादियों ने किसी तरह सत्ता हासिल कर भी ली तो क्या वह सामाजिक भेदभाव को मिटाए बिना इसे चला पाएँगे? नहीं, समाजवाद कुछ नहीं, मन को संतुष्ट करनेवाला वाक्य भर है।

3. मानवाधिकार

'भारत रत्न' से सम्मानित भीमराव आंबेडकर ने अपने 65 साल के जीवन काल में सामाजिक, राजनीतिक, आर्थिक, शैक्षणिक, धार्मिक, सांस्कृतिक, ऐतिहासिक, साहित्यिक, संवैधानिक, औद्योगिक—सभी क्षेत्रों में अनगिनत कार्य किए, जिन कामों को आज भी हिंदुस्तान याद करता है। राष्ट्र के निर्माण में उनका महत्त्वपूर्ण योगदान है। बात संविधान की हो या जाति प्रथा की, उनका योगदान अतुलनीय है।

जिन लोगों को समाज में अछूत माना जाता था। मंदिर में प्रवेश, पीने के पानी, छुआछूत, जाति-पाँति, ऊँच-नीच जैसी कुप्रथा जिनके साथ जुड़ी हुई थी, उन लोगों के अधिकारों के लिए आंबेडकर ने लड़ाइयाँ लड़ीं और मनुस्मृति दहन (1927), महाड सत्याग्रह (1928), नाशिक सत्याग्रह (1930), येवला की गर्जना (1935) जैसे आंदोलन चलाए। कुछ लोग, जिन्हें जीवन में कुछ नहीं मिलता, वे चाहते हैं कि सामनेवाले को भी न मिले; लेकिन कुछ लोग ऐसे होते हैं, जो चीज उन्हें जीवन में नहीं मिलती, उसे दूसरों को दिलवाने के लिए लड़ाई लड़ते हैं। आंबेडकर उनमें से ही एक थे। वे ऐसे लोगों की जुबान बने, जिन्हें बोलने का अधिकार नहीं था; ऐसे लोगों की कलम बने, जो शिक्षित नहीं थे। वर्ष 1927 से 1956 तक उन्होंने 'मूकनायक', 'बहिष्कृत भारत', 'समानता', 'जनता', 'प्रबुद्ध' भारत जैसे साप्ताहिक व पाक्षिक पत्र-पत्रिकाओं का संपादन किया और समाज में जागरूकता फैलाई। सन् 1945 में उन्होंने 'पीपल एजुकेशन समाज' के जरिए मुंबई में सिद्धार्थ महाविद्यालय तथा औरंगाबाद में मिलन महाविद्यालय की स्थापना की। यही नहीं, उन्होंने ऐसे छात्रों के लिए, जो कमजोर वर्ग से

आते थे, छात्रावास, नाइट स्कूल व लाइब्रेरी का निर्माण किया और उन्हें अपने पैरों पर खड़ा होने के लिए सक्षम बनाया। महिलाओं पर हो रहे अत्याचार का उन्होंने भरपूर विरोध किया। 'हिंदू विधेयक संहिता' के जरिए महिलाओं को तलाक, संपत्ति में उत्तराधिकार आदि का प्रावधान कर उसे कानून में लाने के लिए संघर्ष किया।

भारतीय रिजर्व बैंक आज उन्हीं की सोच पर चल रहा है। उसकी स्थापना, रुपए की समस्या, उसका उद्भव और प्रभाव, भारतीय चलन व बैंकिंग का इतिहास, हिल्टन यंग कमीशन के समक्ष उनका साक्ष्य, जैसी उनकी अनमोल रचना के आधार पर सन् 1935 में हुई। भारत में वित्त आयोग की स्थापना उनके शोध 'ब्रिटिश भारत में प्रांतीय वित्त का विकास' के आधार पर की गई। बात जल नीति की हो या औद्योगिकीरण की आर्थिक नीतियों की—सब में आंबेडकरजी का योगदान है। उन्होंने न केवल शहरीकरण को बढ़ावा दिया, बल्कि हर किसान के लिए काम किया। नदी-नालों को जोड़ना, दामोदर घाटी योजना, राष्ट्रीय जलमार्ग, केंद्रीय जल विद्युत् प्राधिकरण, हीराकुंड बाँध, दामोदर घाटी बाँध, सोन नदी घाटी परियोजना जैसे मार्गों को प्रशस्त किया। सन् 1944 में प्रस्तावित केंद्रीय जल मार्ग और सिंचाई आयोग के प्रस्ताव को सन् 1945 में वायसराय की ओर से अनुमोदित कराया गया और बड़े बाँधों वाली तकनीकों को भारत में लागू करने के लिए प्रस्तावित किया।

वे स्वतंत्र भारत के प्रथम कानून मंत्री थे। उन्होंने भारतीय संविधान 2 साल, 11 महीने और 17 दिन में तैयार किया, जो सभी की समानता, बंधुत्व एवं मानवता पर आधारित था। निर्वाचन आयोग, योजना आयोग, वित्त आयोग, महिला-पुरुष के लिए समान नागरिक हिंदू संहिता, राज्य पुनर्गठन, राज्य के नीति-निदेशक तत्त्व, मौलिक अधिकार, मानवाधिकार, निर्वाचन आयुक्त और सामाजिक, आर्थिक, शैक्षणिक एवं विदेश नीति बनाई और विधायिका, कार्यपालिका तथा न्यायपालिका में एस.सी.-एस.टी. के लोगों की सहभागिता सुनिश्चित की।

4. धर्म हमारे व्यक्तित्व का निर्माण करता है

चरित्रहीन व विनयहीन सुशिक्षित व्यक्ति पशु से भी अधिक खतरनाक होता है। यदि सुशिक्षित व्यक्ति की शिक्षा गरीब जनता के हित की विरोधी होगी तो वह व्यक्ति समाज के लिए अभिशाप बन जाता है। ऐसे सुशिक्षितों को धिक्कार है। शिक्षा से चरित्र अधिक महत्त्व का है। युवकों की धर्म-विरोधी प्रवृत्ति देखकर मुझे दुःख होता है। कुछ लोगों का मानना है कि धर्म अफीम की गोली है; परंतु यह सत्य नहीं है। मेरे अंदर जो अच्छे गुण हैं अथवा मेरी शिक्षा के कारण समाज का जो कुछ हित हुआ होगा, वह मेरे अंतर्मन की धार्मिक भावना के कारण ही है। मुझे धर्म चाहिए, परंतु धर्म के नाम पर चलनेवाला पाखंड नहीं।

5. किसी भी समुदाय की प्रगति महिलाओं की प्रगति से आँकी जाती है

भीमराव आंबेडकर ने यह पंक्ति सन् 1942 में शोषित वर्ग की महिलाओं के एक सम्मेलन में कही थी और वे देश के सबसे बड़े नारीवादी बन गए। आज जब महिलाओं को सशक्त करने के लिए बड़ी लड़ाइयाँ लड़ी जा रही हैं, 'बेटी बचाओ-बेटी पढ़ाओ', 'सुकन्या' योजना जैसी योजनाएँ चलाई जा रही हैं, वहाँ भीमराव आंबेडकर पहले व्यक्ति थे, जिन्होंने संसद् में 5 फरवरी, 1951 को 'हिंदू कोड बिल' पेश किया। इसका मकसद हिंदू महिलाओं को सामाजिक शोषण से आजाद कराना और पुरुषों के बराबर अधिकार दिलाना था।

महिला सशक्तीकरण का एक सरल अर्थ महिला को शक्तिशाली बनाना है, वह अपने निर्णय खुद ले सके। 'हिंदू कोड बिल' के मुख्यतया चार अंग थे—

1. हिंदुओं में बहुविवाह की प्रथा को समाप्त करके केवल एक विवाह का प्रावधान।
2. महिलाओं को संपत्ति में अधिकार देना और गोद लेने का अधिकार देना।

3. पुरुषों के समान महिलाओं को भी तलाक का अधिकार देना।
4. आधुनिक और प्रगतिशील विचारधारा के अनुरूप हिंदू समाज को एकीकृत करके उसे मजबूत करना। उन्होंने कहा, "सही मायने में प्रजातंत्र तब आएगा, जब महिलाओं को पिता की संपत्ति में बराबरी का हिस्सा मिलेगा। उन्हें पुरुषों के समान अधिकार मिलेंगे। महिलाओं की उन्नति तभी होगी, जब उन्हें परिवार व समाज में बराबरी का दर्जा मिलेगा। शिक्षा और आर्थिक तरक्की उनकी इस काम में मदद करेगी।"

इस बिल का जमकर विरोध हुआ। विरोध करनेवालों में तत्कालीन राष्ट्रपति डॉ. राजेंद्र प्रसाद भी शामिल थे, जिन्होंने नेहरूजी को पत्र लिखकर कहा था कि यह बिल पास नहीं होना चाहिए, लेकिन आंबेडकर अपनी बात पर डटे रहे और उन्होंने कहा, "मुझे भारतीय संविधान के निर्माण से ज्यादा दिलचस्पी और खुशी हिंदू कोड बिल पास कराने से मिलेगी।"

26 सितंबर, 1951 को नेहरू ने घोषणा की कि यह बिल इस सदन से वापस लिया जाता है। 27 सितंबर, 1951 को आंबेडकरजी ने मंत्री पद से इस्तीफा दे दिया। इसके तहत पूरे देश भर में आंबेडकरजी के समर्थन में विरोध हुआ। विदेशों में भी इसकी प्रतिक्रिया हुई। कुछ साल बाद वर्ष 1955-56 में हिंदू कोड बिल के अधिकांश प्रावधानों को संसद् द्वारा पारित किया गया—

1. हिंदू विवाह अधिनियम
2. हिंदू तलाक अधिनियम
3. हिंदू उत्तराधिकार अधिनियम
4. हिंदू दत्तक ग्रहण अधिनियम।

यह आंबेडकरजी के प्रयासों का परिणाम है कि भारतीय समाज में महिलाओं को तमाम अवसर प्राप्त हुए।

6. शिक्षा एक बड़ी शृंखला का पहला हिस्सा है

किसी भी स्वतंत्रता का पहला अध्याय शिक्षा ही होती है। यह बात डॉ.

भीमराव आंबेडकर ने सिद्ध की थी। उनका सूत्र था—शिक्षा, संगठन और संघर्ष। वह कहते थे—"शिक्षित करो, संगठित करो और संघर्ष करो। पढ़ो और पढ़ाओ।" बिना शिक्षा के आप संघर्ष कैसे करोगे? अगर आपके पास शिक्षा नहीं होगी तो संगठित कैसे होगे? उसके लिए शिक्षा सबसे पहला सूत्र है। उन्होंने कहा, "साधन-संपन्न लोगों के लिए अपना जीवन-यापन करना और उसका विकास करना आसान है; लेकिन वंचित और कमजोर वर्ग के लिए शिक्षा ही एक ऐसा मार्ग है, जिस पर चलकर वह ऊँचाइयों को छू सकता है।" और इस बात को उन्होंने सिद्ध भी किया। उन्होंने अपने जीवन में उच्च शिक्षा प्राप्त करने के लिए कठिन संघर्ष किया और उस कठिन संघर्ष में भी अपने परिवार की शिक्षा का विशेष ध्यान रखा। उन्होंने अपनी पत्नी को एक पत्र लिखा था—"तुम्हारी पढ़ाई चल रही है, यह बहुत प्रसन्नता की बात है। पैसे की व्यवस्था करने का प्रयास कर रहा हूँ। मेरे पास पैसे नहीं हैं, इसलिए सीमित मात्रा में भोजन कर पा रहा हूँ। फिर भी, तुम लोगों की व्यवस्था कर पा रहा हूँ। पैसे भेजने में देर हुई और तुम्हारे पास के पैसे समाप्त हो जाएँ तो अपने आभूषण बेचकर खाओ। आने के बाद फिर बनवा दूँगा। यशवंत व मुकुंद की पढ़ाई कैसी चल रही है?"

शिक्षा एक बड़ी श्रृंखला का पहला हिस्सा है। एकता और संघर्ष उसके साथ ही जुड़ा हुआ है। शिक्षा जन-हितकारी होनी चाहिए। शिक्षा का उद्देश्य 'बहुजन हिताय-बहुजन सुखाय' होना चाहिए, न कि 'स्व हिताय-स्व सुखाय' वह जीवन भर अपने कहे हुए वचनों पर चलते रहे।

7. विशेष अधिकार

उनकी कामना थी कि संवैधानिक संस्थाएँ वंचित लोगों के लिए अवसरों का रास्ता खोलें और उन्हें लोकतंत्र में हिस्सेदार बनाएँ। यह राष्ट्रीय एकता के लिए सबसे बड़ी इकाई है। इसलिए, समानता के सिद्धांत को स्वीकार करते हुए भी विशेषाधिकार की भी सिफारिश संविधान में की गई। आरक्षण उसी विशेष अधिकार के अंतर्गत आता है। यह सभी वंचित जातियों को नौकरी देने की सिफारिश नहीं करता, बल्कि सिर्फ यह दिखाता है कि भारत देश

के सभी मौजूद अवसरों पर उनका सामान अधिकार है। इसलिए संविधान में अल्पसंख्यकों, आदिवासियों, महिलाओं सबके लिए विशेष अधिकार का प्रावधान किया गया।

22 दिसंबर, 1952 को पूना में वकीलों की एक सभा में आंबेडकरजी ने कहा, "लोकतंत्र शासन की वह पद्धति है, जिसमें लोगों के सामाजिक व आर्थिक जीवन में बदलाव बगैर खून-खराबे के संभव हो।" 26 नवंबर, 1950 को संविधान सभा संविधान को स्वीकार कर लेती है। दो महीने बाद 26 जनवरी, 1950 को 'भारत के लोग' खुद को अपना संविधान सौंपते हैं और गणराज्य बन जाते हैं। ऐसा कैसे हो सकता था कि संविधान बनानेवाला व्यक्ति यह न जानता हो कि जो विशेषाधिकार आज देश के विकास के लिए आवश्यक हैं, किसी दिन उनका दुरुपयोग भी किया जा सकता है, उसपर राजनीति की जा सकती है? विशेष अधिकारों को हमेशा के लिए लागू नहीं किया गया था।

जिस दिन आंबेडकरजी ने संसद् में अपना संविधान सौंपा था, उसी दिन उन्होंने कहा था कि "हम सबसे अच्छा संविधान लिख सकते हैं; लेकिन उसकी कामयाबी आखिरकार उन लोगों पर निर्भर करेगी, जो देश को चलाएँगे।"

8. स्वतंत्र भारत की पहचान

सागर में मिलकर अपनी पहचान खो देनेवाली पानी की एक बूँद के विपरीत इनसान जिस समाज में रहता है, वहाँ अपनी पहचान नहीं खोता। इनसान का जीवन स्वतंत्र है। वह सिर्फ समाज के विकास के लिए नहीं पैदा हुआ है, बल्कि स्वयं के विकास के लिए पैदा हुआ है। यह बात सच है। एक महान् व्यक्ति एक प्रख्यात व्यक्ति से एक ही बिंदु पर भिन्न है कि महान् व्यक्ति समाज का सेवक बनने के लिए तत्पर रहता है। जब हम यह स्वीकार करते हैं, एक देश दूसरे देश पर शासन नहीं कर सकता, तब यह भी स्वीकार करना चाहिए कि एक वर्ग दूसरे वर्ग पर शासन नहीं कर सकता। जिस तरह मनुष्य नश्वर है, ठीक उसी तरह विचार भी नश्वर हैं। जिस तरह

पौधे को पानी की जरूरत पड़ती है, उसी तरह एक विचार को प्रचार-प्रसार की जरूरत होती है, वरना दोनों मुरझाकर मर जाते हैं। भारतीय दो अलग-अलग विचारधाराओं द्वारा शासित हो रहे हैं। उनके राजनीतिक आदर्श, जो संविधान की प्रस्तावना में इंगित हैं, वे स्वतंत्रता, समानता और भाईचारे को स्थापित करते हैं और उनके धर्म में समाहित सामाजिक आदर्श इससे इनकार करते हैं। जब तक आप सामाजिक स्वतंत्रता नहीं हासिल कर लेते, कानून आपको जो भी स्वतंत्रता देता है, वह आपके किसी काम की नहीं। हमारे पास यह स्वतंत्रता किसलिए है? हमारे पास यह स्वतंत्रता इसलिए है, ताकि हम अपनी सामाजिक व्यवस्था, जो असमानता, भेदभाव और अन्य चीजों से भरी है, जो हमारे मौलिक अधिकारों से टकराव में है, उसे सुधार सकें। यही स्वतंत्र भारत की पहचान है।

9. महान् प्रयासों से महान् कार्य सिद्ध होते हैं

मेरे नाम की जय-जयकार करने से अच्छा है, मेरे बताए हुए रास्ते पर चलें। यही मेरी सफलता होगी। रात-रात भर मैं इसलिए जागता हूँ, क्योंकि मेरा समाज सो रहा है। जो कौम अपना इतिहास नहीं जानती, वह कभी इतिहास नहीं बना सकती। अपने भाग्य के बजाय अपनी मजबूती पर विश्वास करो। वह रास्ता विकास का है। मैं तो जीवन भर कार्य कर चुका हूँ, अब इसके लिए नौजवान आगे आएँ। किसी का भी स्वाद बदला जा सकता है, लेकिन जहर को अमृत में परिवर्तित नहीं किया जा सकता। अच्छा दिखने के लिए मत जिओ, बल्कि अच्छा बनने के लिए जिओ! जो झुक सकता है, वह सारी दुनिया को झुका भी सकता है। मैं राजनीति में सुख भोगना नहीं, बल्कि अपने सभी दबे-कुचले भाइयों को उनके अधिकार दिलाना चाहता हूँ।

जो इस दुनिया में महान् प्रयासों से प्राप्त किया गया, उसे छोड़कर और कुछ भी बहुमूल्य नहीं है।

10. इंडिया ट्रेड यूनियन

सन् 1920 में 'ऑल इंडिया ट्रेड यूनियन कांग्रेस' बनी। सन् 1922 में फैक्टरीज ऐक्ट लागू हुआ, जिसके तहत मजदूरों के काम के घंटे 10

तय हुए थे। अंग्रेज सरकार ने श्रमिकों की स्थितियों को सुधारने का काम शुरू किया और डॉ. भीमराव आंबेडकर को वाइसराय की कार्य परिषद् में श्रम सदस्य के रूप में शामिल किया। उनके सुझाव पर एक तथ्यान्वेषण समिति गठित की गई, जिसने कई बुनियादी काम किए। आज देश में जो श्रम कानून हैं, उनमें से अधिकतर उसी दौर की देन हैं। उनमें से ज्यादातर में डॉ. आंबेडकर की भूमिका है। श्रमिक परिषद् की महासभा के सामने उन्होंने कहा, "पूँजीवादी संसदीय प्रजातांत्रिक व्यवस्था में दो बातें होती हैं—जो काम करते हैं, उन्हें गरीबी में रहना पड़ता है और जो काम नहीं करते, उनके पास काफी दौलत जमा हो जाती है। जब तक मजदूरों को रोटी, कपड़ा व मकान और स्वस्थ जीवन नहीं मिलेगा, तब तक स्वाधीनता कोई मायने नहीं रखती। हर मजदूर को सुरक्षा और राष्ट्रीय संपत्ति में सहभागी होने का आश्वासन मिलना आवश्यक है।"

महिलाओं को पुरुषों के समान वेतन दिलवाने का श्रेय उन्हीं को जाता है। उन्होंने महिलाओं के लिए प्रसूति अवकाश की व्यवस्था की। 12 घंटे काम करने की अवधि को घटाकर 8 घंटे किया। इसी कड़ी में हफ्ते में 1 दिन के जरूरी अवकाश की व्यवस्था की। ट्रेड यूनियन को सरकारी मान्यता दिलवाई, ताकि वह कानूनन अपनी माँग उठा सके। भारत में एंप्लॉयमेंट एक्सचेंज की व्यवस्था की, ताकि सरकार के किसी विभाग के बंद होने पर कर्मचारियों को नौकरियों से न निकाला जाए। कामगार वर्ग के हितों की रक्षा के लिए बीमा योजना लागू की, एक न्यूनतम वेतनमान की व्यवस्था की। मजदूरों के हितों की रक्षा के लिए 'मजदूर विकास कोष' की स्थापना। देश के विकास में तकनीक एवं कुशल कामगार की जरूरत को ध्यान में रखते हुए टेक्निकल ट्रेनिंग और स्किल्ड कर्मचारी के लिए स्कीम बनाई। हर छह महीने में महँगाई भत्ते की व्यवस्था, कर्मचारियों के लिए प्रोविडेंट फंड की स्थापना तथा कानूनन हड़ताल करने का हक दिलवाया, ताकि अधिकारों की रक्षा के लिए विरोध प्रकट किए जा सकें। कर्मचारियों के वेतनमान में संशोधन की कानूनन व्यवस्था की।

11. आधुनिक भारत

आधुनिक भारत के इतिहास को जिन लोगों ने सबसे ज्यादा प्रभावित किया, उनमें डॉ. आंबेडकर का नाम शामिल होता है। आंबेडकर ने दलितों के लिए बहुत काम किया और उन्हें एकत्रित किया। आंबेडकर ने अपने स्कूल में प्रवेश लिया तो वहाँ उन्होंने छुआछूत के सत्य का बोझ उठाया। केवल आंबेडकर ही ऐसे थे, जो अपने भाई-बहनों में आगे बढ़ पाए। वह गवर्नमेंट हाई स्कूल के पहले छात्र थे, जिन्होंने मैट्रिक की परीक्षा पास की। यही नहीं, विश्वविद्यालय में भी दाखिला पानेवाले वह पहले ऐसे छात्र थे, जिनके ऊपर अछूत का तमगा लगा हुआ था। उनके जीवन में जाति आधारित अपमान, दुत्कार और जिंदा बने रहने के लिए इन सबसे लड़ना उनके जीवन में शामिल था। कई बार खुद को दूसरे छात्रों से बेहतर साबित किया, लेकिन उसके बाद भी दूसरे छात्रों के साथ का दर्जा नहीं मिला। पानी पीते हुए उन्हें बरतन छूने की इजाजत नहीं थी। जब कोई शिक्षक उन पर ध्यान नहीं देता था, अपनी ऐसी जिंदगी से प्रेरित होकर उन्होंने उसे विकसित किया।

सन् 1923 में 'डॉक्टर ऑफ विज्ञान' की डिग्री हासिल करने के बाद वह बंबई विधानसभा परिषद् के लिए मनोनीत हुए और अपने समाज को बराबरी में लाने के लिए संघर्ष करने लगे। सन् 1937 में उन्होंने छुआछूत के खिलाफ आंदोलन शुरू करने का फैसला किया। उन्होंने पीने के पानी के सार्वजनिक संसाधन समाज के सभी लोगों के लिए खुलवाए। उन्होंने अछूतों को मंदिर में प्रवेश दिलवाने के लिए आंदोलन किया। आंबेडकर अंग्रेजों के जाने के बाद देश में दलितों की सुरक्षा, संसाधन में उनकी हिस्सेदारी ही नहीं, बल्कि राजनीति में भी उनकी भागीदारी को लेकर सजग थे।

सन् 1930 में उन्होंने शोषित वर्ग के लिए एक सम्मेलन किया। उन्होंने वहाँ कहा था, "हमें अपना रास्ता खुद बनाना होगा। राजनीतिक शक्ति से शोषित की समस्याओं का निवारण नहीं हो सकता।" उनका उद्धार समाज में उचित स्थान पाने में निहित है। उन्होंने कभी हिंसा का सहारा नहीं लिया। धीर-गंभीर आंबेडकर ने सन् 1932 में 'पूना समझौता' किया। इसके तहत

विधान मंडलों में दलितों के लिए स्थान सुरक्षित कर दिए गए। यह सब आंबेडकर की सूझ-बूझ को दरशाता है। आंबेडकर ने दलितों को यह सोचने के लिए मजबूर किया कि जहाँ वे रहते हैं, जिस देश में रहते हैं, जिस देश के लिए वे कमाते हैं, उस देश पर उनकी भी हिस्सेदारी है। उन्होंने कहा कि दलितों को शिक्षित बनना चाहिए, एकजुट रहना चाहिए और संघर्ष करना चाहिए। आंबेडकर विदेशी सभ्यता को पसंद करते थे, लेकिन समानता और विविधता के समर्थक भी बने रहे। जिन्ना की तरह आंबेडकर ने कोशिश नहीं की कि दलितों के लिए एक अलग देश खड़ा कर दिया जाए। उन्होंने हमेशा प्रयास किया कि देश में एकजुट होकर उन्हें समान अधिकार मिलें। उन्होंने धैर्य के साथ काम किया और उन्हें पूरा विश्वास था कि एक दिन ऐसा होगा। वह किसी भी राष्ट्र को मजबूत रखने के लिए पूँजीवाद और जातिवाद को खत्म करने का समर्थन करते थे। अगर देश में अमीर-गरीब, दलितों में जातिवाद नहीं रहेगा तो देश के विकास के सारे रास्ते खुल जाएँगे। उन्होंने कहा, "ब्राह्मणवाद और धार्मिक कट्टरता किसी भी देश को दीमक की तरह खोखला कर सकती है। हमें जो स्वतंत्रता मिली है, उसके लिए हम क्या कर रहे हैं? यह स्वतंत्रता हमें अपनी सामाजिक व्यवस्था को सुधारने के लिए मिली है, जो असमानता, भेदभाव और अन्य चीजों से भरी हुई है; जो हमारे मौलिक अधिकारों के साथ संघर्ष करती है।" आंबेडकर ने हमेशा अल्पसंख्यकों, अछूतों और दलितों को समान नजर से देखा और उनके संघर्ष की बातें कीं। यही कारण है कि आज भी पूरा समाज उनमें अपनी आस्था दिखाता है। आजादी के इतने सालों बाद भी वह समाज के निर्विवाद नेता हैं। उन्होंने आंबेडकर देश नहीं बसाया, बल्कि भारत में रहते हुए दलितों के लिए काम किया। उन्होंने दलितों को इतना मजबूत जरूर बनाया कि वह खुद को इस देश की एक मजबूत इकाई के रूप में देखते हैं। आज आंबेडकरजी की आरक्षण व्यवस्था पर प्रश्न खड़े होते हैं; लेकिन अगर आरक्षण न होता तो दलित अपने अधिकारों के लिए संघर्ष करने की प्रेरणा न पाते।

"आदि से अंत तक हम सिर्फ एक भारतीय हैं।"

□

महात्मा गांधी

जब भी गांधीजी के बारे में कुछ सुना और पढ़ा जाता है, तब एक ही छवि सामने आती है—गोल चश्मा, बदन पर एक सूती धोती, जनेऊ पहने हुए, मुँड़े हुए सिर वाला एक साधारण इनसान, लेकिन साधारण होने में कितनी असाधारणता है, यह हमें गांधीजी से बेहतर कोई नहीं सिखा सकता। सन् 1931 में जब गांधीजी लंदन गए तो उनको देखने के लिए भीड़ उमड़ पड़ी थी। कैसा दिखता है वह इनसान, जिसने इतने बड़े साम्राज्य को हिलाकर रख दिया है ? हिलाया ही नहीं, बल्कि पूरे विश्व में क्रांति को एक नई दिशा दी है। सिद्धांतों पर चलनेवाला एक असाधारण व्यक्ति, जिसके व्यक्तित्व ने पूरे विश्व को प्रभावित किया।

1. अहिंसा

गांधीजी के जन्मदिन को 'अहिंसा दिवस' के रूप में मनाया जाता है। हमें जीवन की कठिनाइयों का पालन करते हुए अहिंसा को अपनाना चाहिए। हिंसा से व्यक्ति को जीत तो हासिल होती है, लेकिन उसे आत्म-शांति कभी नहीं मिल पाती। आत्म-शांति के लिए जरूरी है कि हम अहिंसा के रास्ता पर चलें। सम्राट् अशोक हमारे सामने एक जीता-जागता उदाहरण हैं। अपने शासनकाल के चरम पर पहुँचकर जब उन्होंने नर-संहार देखा, उसके सामने उन्हें अपनी विजय बहुत छोटी प्रतीत हुई। तभी उन्होंने हिंसा को त्यागकर अहिंसा का रास्ता अपनाया और उसे पूरे विश्व में फैलाने का

संकल्प भी लिया। हमारे पास सामने आई विपत्ति से लड़ने के लिए दो रास्ते होते हैं—हिंसा और अहिंसा। शांति में जो ताकत है, वह युद्ध में कभी नहीं हो सकती। ऐसी कोई समस्या नहीं, जिसका समाधान अहिंसा के रास्ता पर चलकर नहीं मिल सकता। मान लीजिए, आपके घर के सामने रोज कोई तंबाकू की पीक फेंकता है और आप उससे रोज लड़ते हैं। लड़ाइयों का कोई समाधान नहीं, यहाँ तक कि कोर्ट-कचहरी की भी धमकी आप दे चुके हैं। कई बार गाली-गलौज और मारपीट की भी नौबत आई है, लेकिन जिस दिन आपने उसकी फेंकी हुई पीक को साफ करना शुरू कर दिया, वह बेचैन हो जाएगा। इतना बेचैन हो जाएगा कि उसे शर्म आने लगेगी और वह पीक थूकना बंद कर देगा। जो काम लड़कर न हो सका, वह अहिंसा से हो गया।

अल्बर्ट आइंस्टीन से जब विज्ञान और मानव जाति में तर्क किया गया तो उन्होंने कहा था कि समय है कि हम सफलता की जगह सेवा की तसवीर लगा दें। आपको जानकर हैरानी होगी कि उनके घर में महात्मा गांधी की तसवीर टँगी थी, जो उन्होंने अपने जीवन के शुरुआती दौर में दो महान् वैज्ञानिकों, जिनको वह अपना आदर्श मानते थे—आइजक न्यूटन, जेम्स मैक्सवेल की तसवीरें हटाकर लगाई थी। आइंस्टीन महात्मा गांधी से केवल 10 साल छोटे थे। वे दोनों कभी व्यक्तिगत रूप से एक-दूसरे से नहीं मिले। मनुष्य में ज्ञान का विकास रुकता नहीं है, लेकिन विकास का अर्थ हिंसा भी नहीं है। यह चिट्ठी आइंस्टीन ने 27 सितंबर, 1931 को वेल्लोर के अन्ना़स्वामी सुंदरम के हाथों गांधीजी को भेजी थी, जिस में उन्होंने लिखा था—"अपने कारनामों से आपने बता दिया है कि हम अपने आदर्शों को हिंसा का सहारा लिये बिना भी हासिल कर सकते हैं। हम हिंसावाद के समर्थकों को भी अहिंसक उपायों से जीत सकते हैं। आपकी मिसाल से मानव समाज को प्रेरणा मिलेगी और अंतरराष्ट्रीय सहकार व सहायता से हिंसा पर आधारित झगड़ों का अंत करने और विश्व शांति को बनाए रखने में सहायता मिलेगी। भक्ति और आदर के उल्लेख के साथ मैं आशा करता हूँ

कि एक दिन मैं आपसे आमने-सामने मिल सकूँ।" आइंस्टीन ने गांधीजी के लिए कहा था, "आनेवाली नस्लें शायद मुश्किल से ही विश्वास करेंगी कि हाड़-मांस का बना हुआ ऐसा कोई व्यक्ति भी धरती पर चलता-फिरता था।"

2. सत्य

यद्यपि सत्य की खोज का रास्ता कठिन व सँकरा तथा तलवार की धार की तरह तेज है, पर यह द्रुततम और सरलतम है। सत्य एक विशाल वृक्ष की तरह है। आप जितना उसका पोषण करेंगे, उतने ही ज्यादा फल वह देगा। सत्य की खान को जितना ही गहरा खोदेंगे, सेवा के नए-से-नए मार्गों के रूप में वह उतने ही अधिक हीरे-जवाहरात देगा। 'सत्य' भले ही एक छोटा सा शब्द है, लेकिन उस पर चलना आसान नहीं है। हम अपनी रोजमर्रा की जिंदगी में जाने कितने ही ऐसे झूठ बोल जाते हैं, जिनके बारे में हमें पता ही नहीं होता कि वह भी झूठ का ही एक हिस्सा है। कई बार जान-बूझकर और कई बार अनजाने, हम जो बोलते हैं, हमारा अभिप्राय वह नहीं होता। झूठ हमेशा हमें कमजोर बनाता है और सत्य हमेशा हमें आत्मबल प्रदान करता है। गांधीजी ने अपनी आत्मकथा में अपने बचपन के एक किस्से का वर्णन किया है। हाई स्कूल की परीक्षा में उन्होंने 'कैटल' शब्द को गलत लिखा था और उनके शिक्षक ने अपने जूते की नोक मारकर उन्हें सावधान किया था कि बराबर वाला लड़का सही लिख रहा है। उसे देखकर तुम अपनी गलती सुधार लो, लेकिन गांधीजी के मन में यह खयाल ही नहीं आया कि जूते की नोक गलती सुधारने के लिए मारी गई है। उन्हें लगा कि जूते की नोक उनकी परीक्षा लेने के लिए मारी गई है कि क्या वह दूसरे की पट्टी पर झाँककर अपनी गलती सुधारते हैं या नहीं? और इस तरह उन्होंने दूसरे की पट्टी की ओर नहीं देखा।

हर किसी घटना को देखने के दो रूप हो सकते हैं। यह हमारे ऊपर निर्भर करता है कि हम कौन सा रास्ता चुनते हैं। चुनाव कठिन है, क्योंकि सत्य कठोर होता है। झूठ आसान है। वह हमेशा अपनी ओर आकर्षित करता है और सरल भी। आप आसानी से बचकर निकल सकते हैं, अपनी की गई

गलतियों को नकार सकते हैं; लेकिन झूठ सुंदर कभी नहीं होता। सत्य हमेशा सुंदर होता है। उसी सुंदरता के कारण हमें गांधीजी के पीछे पूरी दुनिया खड़ी दिखाई देती है। यह सत्य की ही ताकत और खूबसूरती है कि हर कोई उनके जैसा हो जाना चाहता है। हम जैसा सुनते हैं, जैसा चाहते हैं, जैसा पढ़ते हैं, वैसे हो जाते हैं। गांधीजी कहते थे कि "उन्होंने बचपन में हरिश्चंद्र का नाटक देखा था। मैंने उस नाटक को ऐसे ही महसूस किया। सत्य बोलने पर उन पर इतनी ही विपत्तियाँ पड़ी होंगी। मैं खूब रोया। आज मैं समझता हूँ कि वह कोई ऐतिहासिक व्यक्ति नहीं थे, फिर भी उन विचारों का मेरे ऊपर इतना गहरा असर है कि आज भी मैं उस नाटक को पढ़ लूँ या देख लूँ तो अब भी रो पड़ूँगा।"

3. अस्तेय (चोरी)

दूसरे की चीज को उसकी इजाजत के बिना लेना चोरी है। इतना ही नहीं, अगर कोई वस्तु किसी निश्चित समय के लिए आपको मिली है तो निश्चित समय के बाद उसका उपयोग करना भी चोरी है। चोरी एक विकृत भाव है, जो कभी भी किसी के भी मन में जन्म ले सकता है। अधिकतर हम अपनी चोरियों का बँटवारा कर लेते हैं। छोटी चोरी मतलब अपराध-बोध न होना, बड़ी चोरी मतलब अपराध-बोध का होना। चोरी छोटी या बड़ी नहीं होती। उसकी स्वीकार्यता और फिर कभी उस पर न चलने का प्रण ही सबसे बड़ी शक्ति है। अगर हम प्रण कर लें तो वही हमारी आदत बन जाती है और आदत ही संस्कार, फिर हमें उस पर चलने के लिए खुद को बाध्य करने की जरूरत नहीं होती। हम यह महसूस करते हैं कि उस पर चलना हमारे जीवन का हिस्सा है। आप देखेंगे कि आपको फर्क ही नहीं पड़ेगा कि चोरी बड़ी है या छोटी। गांधीजी ने अपनी आत्मकथा में लिखा है—जब उनके भाई पर और उन पर 25 रुपए का कर्जा हो गया तो उन्होंने अपने भाई के कंगन से एक तोला सोना निकलवाकर बेच दिया और कर्जा चुकाया, लेकिन गांधीजी को इसकी इतनी आत्मग्लानि हुई कि वह सो नहीं सके। उन्होंने निश्चय किया, चाहे पिताजी कितना भी गुस्सा हों, मारें-पीटें, वह इसे जरूर स्वीकार

करके रहेंगे और उन्होंने अपने एक पत्र के जरिए उन्हें सारी बात कह दी। उनके पिताजी की आँखों में आँसू थे। एक भाव, जो उनके अंदर उस समय जागा था, वह यह था। शायद यह उनके पिता का प्रेम है, लेकिन उन्होंने बाद में स्वीकारा। यह भाव था उस बोझ से छूटने का और उस क्षमा की कृतज्ञता का, जो पिता ने अपने आँसुओं के जरिए उन्हें दी थी। बस, उसी दिन के बाद से उन्होंने संकल्प लिया कि वह कभी चोरी नहीं करेंगे। इसी रास्ता पर चलकर वह एक साधारण बालक से राष्ट्रपिता बने।

4. अपरिग्रह

अपरिग्रह अस्तेय के साथ जुड़ा हुआ है। यदि हमारे पास कोई ऐसी वस्तु है, जिसकी हमें जरूरत नहीं है तो भले ही वह चुराई गई वस्तु न हो, पर चोरी की संपत्ति की श्रेणी में ही गिनी जाएगी। हाँ, शुरू में यह कठिन संघर्ष है। आप किसी भी चीज को, जिसके आप बचपन से आदी हैं, उसे एक साथ नहीं छोड़ सकते, लेकिन धीरे-धीरे उसका प्रयास हमें यह एहसास दिलाने लगता है कि ऐसी बहुत सी चीजें हैं, जिनके बिना हम रह सकते हैं और निश्चित ही हमारे जीवन में वह समय आता है, जब हमें लगता है कि हम बहुत प्रसन्न हैं। जैसे हमारे कंधों से एक भारी बोझ उतरने लगा है। दुनिया में ऐसे बहुत से लोग हैं, जिनके पास हर चीज नहीं; हालाँकि वे उसे चाहते हैं, वे भूखे हैं और अकाल-ग्रस्त हैं। हम उन्हें कहीं मिल जाएँ तो वे जरूर हमसे माँगना चाहेंगे, या यों कहें कि वे छीन भी सकते हैं। इसलिए नहीं कि उनका हमसे कोई वैर है, इसलिए कि उनकी जरूरत हमारी जरूरत से बड़ी है।

अगर कभी भी तुम्हारे मन में अहंकार या किसी चीज के अपनी होने की इच्छा आती है तो तुम यह सोचना कि आज तक का जो सबसे कमजोर चेहरा तुमने देखा है, उसका उस पर क्या असर होगा? क्या उसके लिए यह लाभप्रद होगा? क्या उसको इससे कुछ लाभ होगा? क्या आप उसे कुछ दे पाएँगे? दे पाना अपने आप में एक समग्रता की भावना है। देने का अर्थ अपनी मुट्ठी खोल देना और लेने का अर्थ हमेशा हाथ फैलाना होता है। यदि प्रत्येक व्यक्ति सिर्फ उतना रखे, जितने की उसे जरूरत है तो कोई

अभावग्रस्त नहीं रहेगा। सब संतोष का जीवन जिएँगे। आज जो स्थिति है, उसमें जितने असंतुष्ट निर्धन हैं, उतने ही असंतुष्ट धनवान् भी हैं। निर्धन व्यक्ति लखपति बनने को उतावला है और लखपति करोड़पति बनने को।

बिहार के चंपारण जिले, जहाँ पहली बार भारत में गांधीजी ने सत्याग्रह का प्रयोग किया था, के मोतिहारी स्टेशन पर गांधीजी दोपहर में उतरे थे। वे वहाँ के किसानों से मिले। वहाँ के किसानों को अंग्रेज नील की खेती के लिए मजबूर करते थे। उन्होंने अपने ऊपर हो रहे जुल्म की कहानी गांधीजी को सुनाई। उन्होंने बताया कि कैसे उन्हें पानी लेने से रोका जाता है। उन्हें शौच के लिए एक खास समय दिया जाता है। बच्चों को पढ़ाई-लिखाई से दूर रखा जाता है। इसके बदले उन्हें एक जोड़ी कपड़ा दिया जाता है। गांधीजी जब चंपारण पहुँचे तो काठियावाड़ी पोशाक पहने हुए थे। उसमें ऊपर एक शर्ट, धोती, एक घड़ी, एक सफेद गमछा, चमड़े का जूता और एक हैट था। यह सब सुनकर उन्होंने तुरंत जूते पहनने बंद कर दिए। गांधीजी मद्रास से मदुरई जाती हुई ट्रेन में भीड़ से मुखातिब हुए और उन्होंने कहा, "जहाँ उस भीड़ में बिना किसी अपवाद के हर कोई विदेशी कपड़ों में मौजूद था। आप सभी को खादी पहननी चाहिए।" भीड़ ने जवाब दिया, "हम इतने गरीब हैं कि खादी नहीं खरीद पाएँगे।" गांधीजी ने इस तर्क के पीछे की सच्चाई को महसूस किया। उनके पास बनियान, टोपी और नीचे तक धोती थी। जीने के लिए मजदूरी करनेवाले लोगों की नंगी पिंडलियाँ कठोर सच्चाई बयाँ कर रही थीं। वे उन्हें क्या जवाब दे सकते थे, जब तक कि वे खुद उनकी पंक्ति में आकर नहीं खड़े होते। मदुरई में हुई सभा के बाद अगली सुबह से कपड़े छोड़कर उन्होंने खुद को उनके साथ खड़ा किया। छोटी सी धोती और शॉल विदेशी कपड़ों के बहिष्कार के लिए सत्याग्रह का प्रतीक बन गया।

गांधीजी ने कस्तूरबा से कहा कि वे खेती करनेवाली औरतों को हर रोज नहाने और साफ-सुथरा रहने की बात समझाएँ। कस्तूरबा जब औरतों के बीच थीं तो उन औरतों में से एक ने कहा, "आप मेरे घर की हालत देखिए। आपको कोई अलमारी दिखती है, जो कपड़ों से भरी हुई है? मेरे

पास केवल एक यही साड़ी है, जो मैंने पहन रखी है। आप ही बताओ, मैं कैसे साफ करूँ और इसे साफ करने के बाद मैं क्या पहनूँगी? आप महात्माजी से कहो कि मुझे दूसरी साड़ी दिलवा दें, ताकि मैं हर रोज इसे धो सकूँ।" यह सुनकर गांधीजी ने अपना गमछा उसे दे दिया था। इसके बाद उन्होंने गमछा रखना बंद कर दिया। सत्य को लेकर गांधीजी के प्रयोग और उनके कपड़ों के जरिए इसकी अभिव्यक्ति अगले 4 वर्षों तक ऐसे ही चली, जब तक कि उन्होंने लँगोट और घुटनों तक लंबी धोती पहनना शुरू नहीं कर दिया। सन् 1918 में जब वे अमदाबाद में कारखाना मजदूरों की लड़ाई में शरीक हुए तो उन्होंने देखा कि उनकी पगड़ी में जितना कपड़ा लगता है, उसमें कम-से-कम चार लोगों का तन ढँका जा सकता है। उन्होंने उसी वक्त पगड़ी पहनना छोड़ दिया।

5. स्वास्थ्य

जैसे मन को काम में लगाए रखने की आवश्यकता है, वैसे ही शरीर को भी काम में लगाए रखना जरूरी है। यहाँ तक कि रात पड़ने तक मनुष्य को इस कदर मीठी थकान चढ़ जाए कि बिस्तर पर पड़ते ही नींद के आगोश में चला जाए। ऐसे स्त्री-पुरुषों की नींद शांत और निःस्वप्न होती है। जितना समय खुलकर मेहनत करने को मिले, उतना ही अच्छा है। जिन्हें ऐसी मेहनत करने को न मिले, उन्हें अचूक रूप से कसरत करनी चाहिए। उत्तम-से-उत्तम कसरत है खुली हवा में तेजी से घूमना। घूमते समय मुँह बंद होना चाहिए और नाक से ही श्वास लेना चाहिए। तेज चलते में बैठना या चलना आलस्य की निशानी है। आलस्य विकार का पोषक होता है। आसन भी इसमें उपयोगी सिद्ध होते हैं। जिसके हाथ, पैर, आँख, कान, नाक, जीभ इत्यादि इंद्रियाँ अपने कार्य योग्य रीति से करती हैं, उसकी जननेंद्रिय कभी उपद्रव करती ही नहीं।

जैसा आहार, वैसा ही आकार। जो मनुष्य अत्याहारी है, जो मनुष्य आहार में कोई विवेक या मर्यादा नहीं रखता, वह अपने विकारों का गुलाम है। जो स्वाद को नहीं जीत सकता, वह कभी भी जितेंद्रिय नहीं हो सकता।

इसलिए मनुष्य को युक्ताहारी और अल्पाहारी बनना चाहिए। शरीर आहार के लिए नहीं, आहार शरीर के लिए है। शरीर अपने आपको पहचानने के लिए हमें मिला है। अपने आपको पहचानना, अर्थात् ईश्वर को पहचानना। इस पहचान को जिसने अपना परम विषय बनाया है, वह विकारवश नहीं होगा।

6. ब्रह्मचर्य

जिस व्यक्ति इस व्रत के पालन की लगन लगी है, वह ऐसा मानकर कि यह तो असंभव बात है या यह मानकर कि इसका पालन करोड़ों में कोई विरले ही कर सकता है, अपना प्रयत्न नहीं छोड़ेगा। जो रस ब्रह्मचर्य के पालन में है, वह दूसरी किसी चीज में नहीं है और जो मनुष्य विकार का गुलाम है, उसका शरीर सर्वथा नीरोग नहीं रह सकता।

विषय-भोग करते हुए भी कृत्रिम उपायों के द्वारा संतानोत्पत्ति रोकने की प्रथा पुरानी है। मगर पूर्व काल में वह गुप्त रूप में चलती थी। आधुनिक सभ्यता के इस जमाने में उसे ऊँचा स्थान मिला है और कृत्रिम उपायों की रचना भी व्यवस्थित तरीके से की गई है। इस प्रथा को परमार्थ का जामा पहनाया गया है। इन उपायों के हिमायती कहते हैं कि भोगेच्छा तो स्वाभाविक वस्तु है। शायद उसे ईश्वर का वरदान भी कहा जा सकता है। उसे निकाल फेंकना आवश्यक है। उस पर संयम का अंकुश रखना कठिन है और अगर संयम के सिवाय दूसरा कोई उपाय न ढूँढ़ा जाए तो असंख्य स्त्रियों के लिए संतानोत्पत्ति बोझ-स्वरूप हो जाएगी और भोग से उत्पन्न होनेवाली जनसंख्या इतनी बढ़ जाएगी कि मनुष्य जाति के लिए पूरी खुराक ही नहीं मिल सकेगी।

इन दो आपत्तियों को रोकने के लिए कृत्रिम उपायों की योजना करना मनुष्य का धर्म हो जाता है, लेकिन इन उपायों के द्वारा मनुष्य अनेक दूसरी मुसीबतें मोल ले लेता है। मगर सबसे बड़ा नुकसान तो यह है कि कृत्रिम उपायों के प्रचार से संयम-धर्म का लोप हो जाने का भय पैदा होगा। इस रत्न को बेचकर चाहे जैसा तात्कालिक लाभ मिले तो भी यह सौदा करने योग्य नहीं है। आपको विषय-भोग का त्याग करने का भगीरथ

प्रयत्न करना चाहिए। ऐसी प्रवृत्तियाँ ढूँढ़ लें, जिनसे सच्चा दांपत्य-प्रेम शुद्ध रास्ता पर लग जाए। दोनों की उन्नति हो और विषय-वासना के सेवन का अवकाश ही न मिले। ब्रह्मचर्य का थोड़ा अभ्यास करने के बाद इस व्रत के भीतर जो रस भरा है, वह उन्हें विषय-भोग की ओर जाने ही नहीं देगा। कठिनाई आत्म-वंचना से पैदा होती है। इसमें त्याग का आरंभ विचार-शुद्धि से नहीं होता, केवल बाह्याचार को रोकने के निष्फल प्रयत्न से होता है। विचारों की दृढ़ता के साथ आचार का संयम शुरू हो तो सफलता मिले बिना रह ही नहीं सकती।

7. सत्याग्रह

सत्य के लिए की गई ऐसी काररवाई, जिसमें कोई हिंसा न हो, सत्याग्रह है। निक्रिय प्रतिरोध एक चार मुखी तलवार की तरह है। इसे किसी भी तरह से इस्तेमाल किया जा सकता है। यह उसका भी भला करता है, जो इसका इस्तेमाल करता है और उसका भी, जिसके विरुद्ध इसका इस्तेमाल किया जाता है। एक बूँद भी रक्त बहाए बिना यह दूरगामी परिणाम देता है। न इसे जंग लगती है, न इसे कोई चुरा सकता है।

आपके लिए यह समझना आसान है कि आत्मा का बल शरीर के बल से अत्यधिक श्रेष्ठ है। हमको इसे जीवन में उतारना आना चाहिए। बुराई के प्रतिकार के लिए हम यदि आत्मा के बल का सहारा लेना शुरू कर दें तो बहुत-सी मौजूदा परेशानियाँ दूर की जा सकती हैं।

किसी भी स्थिति में आत्मा के बल का आश्रय किसी अन्य व्यक्ति को पीड़ा नहीं पहुँचाता। आत्मा के बल के इस्तेमाल में असफलता की कोई गुंजाइश ही नहीं है।

गौतम बुद्ध ने भय-रहित भाव से, विरोधी पक्षों के बीच जाकर संघर्ष किया और पुरोहितवाद को घुटने टेकने पर विवश कर दिया। ईसा ने यरूशलम के मंदिर से सूदखोरों को निकाल बाहर किया और पाखंडियों को स्वर्ग से शापित कराया। ये दोनों ही महापुरुष जोरदार सीधी काररवाई के हिमायती थे।

लेकिन दंड देते समय भी बुद्ध और ईसा ने अपने हर एक काम में प्रेम का प्रदर्शन किया। उन्होंने अपने शत्रुओं पर उँगली नहीं उठाई और जिस सत्य के लिए जिए, उस पर कोई आँच न आने देकर स्वयं को सहर्ष समर्पित करने के लिए उद्यत रहे।

अगर उनके प्रेम की ऊँचाई पुरोहितवाद को झुकाने में समर्थ सिद्ध न हुई होती तो बुद्ध पुरोहितवाद का प्रतिरोध करते हुए अपने प्राण त्याग देते। ईसा एक समूचे साम्राज्य की शक्ति को चुनौती देते हुए सिर पर काँटों का ताज पहने सूली पर चढ़ गए।

सत्य और अहिंसा के योग से तुम सारी दुनिया को अपने कदमों में गिरा सकते हो। सार रूप में सत्याग्रह और कुछ नहीं, बल्कि राजनीतिक यानी राष्ट्रीय जीवन में सत्य और शालीनता की प्रतिष्ठा है। यह ऐसा बल है, जो चुपचाप और धीरे-धीरे काम करता है। परंतु वास्तविकता यह है कि संसार में इससे ज्यादा प्रत्यक्ष गति से काम करनेवाला कोई दूसरा बल नहीं है।

विजेता के हाथ अपनी आत्मा को बेचने से इनकार करने का अर्थ है कि तुम वह काम नहीं करोगे, जिसे करने के लिए तुम्हारी अंतश्चेतना तुम्हें रोकती है। मान लो कि 'शत्रु' तुम्हें जमीन पर नाक रगड़ने या अपने कान पकड़ने या इसी तरह का कोई लज्जाजनक काम करने के लिए कहे तो तुम उसे करने से इनकार कर दोगे, लेकिन वह तुमसे तुम्हारी संपत्ति छीन ले तो तुम आपत्ति नहीं करोगे, क्योंकि अहिंसा का पुजारी होने के नाते तुमने शुरू से ही निर्णय कर लिया है कि सांसारिक पदार्थों का आत्मा से कोई वास्ता नहीं है। जिसे तुम अपना मानते हो, उसे अपने पास तभी तक रखोगे, जब तक दुनिया रहने देगी।

मनुष्य प्राय: इतना दुर्बल होता है कि वह लालच और मीठे शब्दों के जाल में फँस जाता है। हम अपने सामाजिक जीवन में यह रोज होता देखते हैं। पर आपको दुर्बलता को दूर करना होगा। सत्याग्रही का 'न' अटल 'न' और उसका 'हाँ' शाश्वत 'हाँ' होता है। केवल ऐसे ही व्यक्ति में सत्य और अहिंसा का पुजारी होने की ताकत होती है।

सत्याग्रही का उद्देश्य अन्यायी पर जोर-जबरदस्ती करना नहीं, बल्कि उसका हृदय-परिवर्तन करना है। आपको अपने समस्त व्यवहार में बनावटीपन से बचना चाहिए और सहज रूप से तथा अपने आंतरिक दृढ़ विश्वास के बल पर काम करना चाहिए।

गांधीजी ने कहा, "बेतुके उपवास प्लेग की तरह फैलते हैं और वे हानिकारक होते हैं, लेकिन जब उपवास कर्तव्य के रूप में सामने आए तो उसका त्याग नहीं किया जा सकता। इसलिए मैं उपवास तभी करता हूँ, जब मुझे लगता है कि वह जरूरी है।"

यदि आप अपने दृष्टिकोण की सच्चाई के प्रति आश्वस्त हों तो फिर सही काररवाई करने से पीछे नहीं हटना चाहिए। दूसरा क्या सोचता है, इस बात से या दूसरा आपका कितना बड़ा विरोधी है, ये सभी बातें बहुत छोटी लगने लगती हैं। गांधीजी ने अपने जीवन में ऐसे अनेक उदाहरण प्रस्तुत किए हैं।

ब्रिटिश सरकार ने भारतीय नमक का दाम बढ़ा दिया। नमक खरीदना भारत के लोगों के लिए और खासतौर से गरीबों के लिए, बहुत मुश्किल हो गया। कानून के बाद भारतीय मूल के लोगों के लिए नमक इकट्ठा करना, बनाना, बेचना गैर-कानूनी काम हो गया। भारत में अंग्रेजों के अलावा कोई भी नमक बनाता तो छह महीने की जेल हो सकती थी। जब गांधीजी को यह बात पता चली तो उन्होंने कहा, "माना जाए तो हवा और पानी के बाद नमक जिंदगी की सबसे बड़ी जरूरत है।" गांधीजी ने गांधी आश्रम से दांडी यात्रा की। यात्रा के अंतिम समय पर पहुँचकर गांधीजी ने समुद्र से नमक उठाया और प्रण लिया कि नमक के इन दानों की मदद से ब्रिटिश साम्राज्य की नींव हिला दूँगा। तभी सविनय अवज्ञा आंदोलन की भी शुरुआत की। यात्रा की वजह से 80,000 भारतवासियों के साथ गांधीजी को जेल भेज दिया गया। आखिरकार, ब्रिटिश सरकार को झुकना पड़ा और भारत में सुधार के बारे में बात करने के लिए गांधीजी को लंदन बुलाया गया, जो बिना किसी हिंसा के संभव हुआ। सत्य के लिए की गई एक ऐसी काररवाई, जिसमें कोई हिंसा नहीं थी।

8. प्रार्थना

यों तो प्रार्थना का अर्थ माँगना है, लेकिन प्रार्थना को माँगने तक सीमित कर देना तर्कसंगत नहीं। गांधीजी ने प्रार्थना का विस्तार कर उसे सार्वजनिक कर दिया था। उनके अनुसार, ईश्वर सत्य का स्वरूप है। जैसे ही मनुष्य सत्य का आचरण शुरू करता है, सारे अवगुण दूर हो जाते हैं। उनके अनुसार, "मेरा ईश्वर तो सत्य और प्रेम है। नीति और सदाचार ईश्वर है। निर्भयता ईश्वर है। ईश्वर अंतरात्मा ही है। वह नास्तिकों की नास्तिकता भी है। हम कुछ नहीं हैं, सिर्फ वही है और अगर हम हैं तो हमें सदा उसके गुणों का गान करना चाहिए, उसकी इच्छा के अनुसार चलना चाहिए, उसकी प्रार्थना करनी चाहिए। सब अच्छा ही होगा।"

टेनिसन ने लिखा है कि प्रार्थना से सबकुछ संभव हो जाता है। प्रार्थनाएँ सत्य से होते हुए ईश्वर तक पहुँचती हैं। जिसने सत्य को जाना है, उसने ईश्वर को जाना है। जब हम ईश्वर की बात करते हैं तो उसकी उसी छवि के बारे में सोचते हैं, जो मंदिर, मसजिद और चर्च में स्थापित भगवानों की है; लेकिन सही मायने में ईश्वर हर उस जीव में है, जो हमारे आसपास है। मानवता की सेवा ही सच्ची ईश्वर-भक्ति है।

वैष्णव जन तो तेने कहिए जे पीड़ पराई जाणे रे।

सच्चा वैष्णव वही है, जो दूसरों की पीड़ा को जानता हो। गांधीजी की नियमित दिनचर्या का हिस्सा था यह भजन। दूसरे की पीड़ा को समझना तब आसान है, अगर खुद को उसकी जगह रखकर सोचा जाए। उन्होंने कहा, "लाखों-करोड़ों लोगों के हृदय में जो ईश्वर विराजमान है, मैं उसके सिवा अन्य किसी ईश्वर को नहीं मानता। वे उसकी सत्ता को नहीं जानते, मैं जानता हूँ। मैं लाखों-करोड़ों लोगों की सेवा द्वारा उस ईश्वर की पूजा करता हूँ।"

प्रार्थना का महात्मा गांधी के जीवन में वही महत्त्व था, जो व्यक्ति का वायु से होता है। शायद इससे भी बढ़कर। उनका मानना था कि शायद मैं साँस लिये बिना तो कुछ मिनट जी सकूँगा, किंतु बिना प्रार्थना के एक मिनट भी नहीं जी सकता। एक बार वह वायसराय से बात करते हुए बीच में खड़े

हो गए कि उनकी प्रार्थना का समय हो गया है। उनके लिए वायसराय के साथ देश की स्वतंत्रता के लिए बातचीत करने से ज्यादा महत्त्वपूर्ण था—वहाँ से उठ जाना।

9. स्वदेशी

मनुष्य सर्वशक्तिमान प्राणी नहीं है। इसलिए वह अपने पड़ोसी की सेवा करने में जगत् की सेवा करता है। इस भावना का नाम स्वदेशी है। जो अपने निकट के लोगों की सेवा छोड़कर दूरवालों की सेवा करने या लेने को दौड़ता है, वह स्वदेशी के विचार को भंग करता है। इस भावना के पोषण से संसार सुव्यवस्थित रह सकता है। उसके भंग में अव्यवस्था घुसी हुई है। इस नियम के आधार पर जहाँ तक बने, हम अपने पड़ोस की दुकान से व्यवहार रखें; देश में जो वस्तु बनती हो या सहज ही बन सकती हो, उसे विदेश से न लाएँ। स्वदेशी में स्वार्थ को स्थान नहीं है। कुटुंब को, देश के लिए शहर को और जगत् के कल्याण के लिए देश को बलिदान कर दिया जाए। हमें अपने देश में बनी चीजों का ही प्रयोग करना चाहिए।

10. सहिष्णुता

संसार में प्रचलित प्रख्यात धर्म सत्य को व्यक्त करनेवाले हैं। किंतु उन सभी का अपूर्ण मनुष्य के द्वारा व्यक्त होने से सभी में अपूर्णता अथवा असत्य का मिश्रण हुआ है। इसलिए हमें अपने धर्म के लिए जैसा मान हो, वैसा ही प्रत्येक धर्म के लिए रखना चाहिए। जहाँ ऐसा समभाव हो, वहाँ एक-दूसरे के धर्म का विरोध संभव नहीं होता और न परधर्मी को अपने धर्म में लाने का प्रयत्न संभव होता है।

गांधीजी ने कहा, "शैशवकाल में मुझे 'विष्णु सहस्रनाम' का पाठ करना सिखाया गया था, लेकिन भगवान् के ये हजार नाम ही नहीं हैं। हिंदुओं का विश्वास है और मैं समझता हूँ कि यह सत्य है कि संसार में जितने प्राणी हैं, उतने ही भगवान् के नाम हैं। इसीलिए हम यह भी कहते हैं कि भगवान् अनाम है और चूँकि भगवान् के अनेक रूप हैं, इसलिए हम उसे निराकार मानते हैं कि वह अवाक् है इत्यादि।

जब मैंने इसलाम का अध्ययन किया तो पाया कि इसलाम में भी खुदा के बहुत से नाम हैं। जो कहते हैं कि ईश्वर प्रेम है, उनके साथ स्वर मिलाकर मैं भी कहूँगा कि ईश्वर प्रेम है।"

कलकत्ता में हिंदू-मुसलिम दंगे भड़के हुए थे। गांधीजी वहाँ पहुँचे तो दो-तीन दिन तो वहाँ शांति रही, लेकिन फिर दोबारा वही माहौल बनने लगा। तब गांधीजी अनशन पर बैठ गए। एक दिन एक अधेड़ उम्र का आदमी उनके पास आया और उसने कहा कि यह रोटी खा लो और अपना अनशन तोड़ दो। मैं तुम्हारे मरने का पाप अपने सिर पर नहीं लेना चाहता और फिर वह रोने लगा। उसने कहा, मैं मरूँगा तो नरक जाऊँगा। उसे रोता देख गांधीजी ने पूछा, क्यों? तो उसने कहा कि मैंने आठ साल के एक बच्चे को मार दिया है। गांधीजी ने पूछा, क्यों? उसने जवाब दिया, क्योंकि उन्होंने मेरे बच्चे को बड़ी बेरहमी से मार दिया था। इस पर गांधीजी ने कहा कि तुम चाहो तो प्रायश्चित्त कर सकते हो; लेकिन शर्त यह होगी कि तुम उतनी ही उम्र का कोई बच्चा खोजो, जिसके माँ-बाप इन दंगों में उसे छोड़ गए हों और याद रहे, वह उसी धर्म का हो, जिस धर्म के बच्चे को तुमने मारा है और उसे उसी तरह बड़ा किया जाना चाहिए, जैसा वह अपने धर्म में रहते हुए पलता। तो तुम्हारा प्रायश्चित्त हो जाएगा। हमें अपने धर्म में और किसी दूसरे धर्म में अंतर नहीं करना चाहिए, क्योंकि यही भावना आत्म-शांति के बाद देश और फिर विश्व-शांति की ओर अग्रसर होती है।

11. गरीबी और गांधीजी

गरीबी या निर्धनता जीवन जीने के साधनों या इस हेतु धन के अभाव की स्थिति है। गरीबी उन वस्तुओं की पर्याप्त आपूर्ति का अभाव है, जो व्यक्ति और उसके परिवार के स्वास्थ्य एवं कुशलता को बनाए रखने में आवश्यक है। आपको अपने से नीचे के व्यक्ति को देखकर व्यवहार करना चाहिए। दुनिया में ऐसे बहुत से लोग हैं, जो कठिनाई से जीने लायक वस्तुएँ जुटा पाते हैं।

गांधीजी ने सारा भोग-विलास त्याग दिया था। उन्होंने कहा, "अपनी

सारी संपत्ति का त्याग कर देने पर दुनिया मेरे ऊपर हँस सकती है। पर मेरे लिए यह त्याग निश्चित रूप से लाभदायक सिद्ध हुआ है। मैं चाहूँगा कि लोग मेरे इस संतोष से प्रतियोगिता करें। यह मेरा सबसे कीमती खजाना है। इसलिए यह कहना शायद ठीक ही है कि यद्यपि मैं गरीबी का प्रचार करता हूँ, पर मैं सबसे धनवान् व्यक्ति हूँ। हम सबके पास संपत्ति क्यों होनी चाहिए? हम एक निश्चित समय के बाद अपनी समस्त संपत्ति का त्याग क्यों न कर दें ? बेईमान व्यापारी कपटपूर्ण प्रयोजनों के लिए ऐसा करते हैं। तो हम एक नैतिक एवं महान् प्रयोजन के लिए ऐसा क्यों नहीं कर सकते ?

"एक समय था, जब हिंदू सामान्यत: ऐसा ही करता था। हर हिंदू से आशा की जाती है कि एक निश्चित अवधि तक गृहस्थ जीवन जीने के उपरांत वह अपरिग्रह के जीवन में प्रवेश करे। व्यवहार में इसका अर्थ केवल यह है कि हम अपने भरण-पोषण के लिए उन लोगों की दया पर निर्भर हो जाएँ, जिन्हें हम अपनी संपत्ति का हस्तांतरण कर रहे हैं।"

गांधीजी देश भर में भ्रमण करके अपने 'चरखा संघ' के लिए चंदा इकट्ठा कर रहे थे। वे उड़ीसा में एक सभा को संबोधित करने पहुँचे थे। उनके भाषण के बाद एक गरीब महिला खड़ी हुई। उसके बाल सफेद थे और उसके कपड़े फटे हुए थे तथा वह कमर झुकाकर चल रही थी। वह किसी तरह गांधीजी के पास पहुँची। उसने कहा, उसे गांधीजी को देखना है और उसने गांधीजी के पैर छुए, फिर उसने अपनी साड़ी के पल्लू में बँधा ताँबे का एक सिक्का निकाला और गांधीजी के चरणों में रख दिया। सिक्का लेने के लिए जमनालाल बजाजजी ने हाथ बढ़ाया, क्योंकि वही सारा हिसाब-किताब देख रहे थे। गांधीजी ने वह सिक्का जमनालालजी को नहीं दिया। उन्होंने कहा, "यह ताँबे का सिक्का उन हजारों सिक्कों से ज्यादा कीमती है। किसी के पास लाखों हैं और वह हजार दे तो कोई फर्क नहीं पड़ता; लेकिन इस स्त्री की कुल जमा-पूँजी यही थी। इसने अपना सारा संसार मुझे दे दिया है। इसलिए मेरे लिए इस ताँबे के सिक्के का मूल्य 1 करोड़ रुपए से भी अधिक है।"

किसी को कुछ देना इस बात पर निर्भर नहीं करता कि आपके पास कितना है। आपकी देने की इच्छा ही आपको उस व्यक्ति से अलग खड़ा करती है, जिसके पास करोड़ों हैं। इसमें आत्म-संतुष्टि और सुख है। आपको चाहिए कि आप ऐसे स्थायी सुख के पीछे भागें, न कि ऐसे, जो कितना भी हो, लेकिन कभी स्थायी नहीं रहता।

□

लालबहादुर शास्त्री

बचपन से 'नन्हे' नाम से पुकारे जानेवाले इस नन्हे से बालक ने अपने जीवन में कई बड़े काम किए। गांधीजी के असहयोग आंदोलन में शामिल होने के लिए उन्होंने अपनी पढ़ाई छोड़ दी। गांधीजी और लालबहादुर शास्त्री के चरित्र में बहुत सी समानताएँ देखने को मिलती हैं और सबसे बड़ी समानता है कि दोनों का जन्मदिन एक ही दिन मनाया जाता है। उन्होंने केंद्रीय मंत्रिमंडल के कई विभागों का प्रभार सँभाला—रेल मंत्री; परिवहन एवं संचार मंत्री; वाणिज्य एवं उद्योग मंत्री; गृह मंत्री एवं नेहरूजी की बीमारी के दौरान बिना विभाग के मंत्री रहे। एक रेल दुर्घटना, जिसमें कई लोग मारे गए थे, के लिए स्वयं को जिम्मेदार मानते हुए उन्होंने रेल मंत्री के पद से इस्तीफा दे दिया था। रेल दुर्घटना पर लंबी बहस का जवाब देते हुए लालबहादुर शास्त्री ने कहा, "शायद मेरे लंबाई में छोटे होने एवं नम्र होने के कारण लोगों को लगता है कि मैं बहुत दृढ़ नहीं हो पा रहा हूँ। हालाँकि शारीरिक रूप से मैं मजबूत नहीं हूँ, लेकिन मुझे लगता है कि मैं आंतरिक रूप से इतना कमजोर भी नहीं हूँ।"

1. हमारा व्यक्तित्व ही हमारी सबसे बड़ी पहचान है

लुक्स, पहनावा, सुंदरता बहुत ही अस्थिर चीजें हैं, जो बहुत कम समय के लिए हमारे जीवन से जुड़ी रहती हैं—20 से 30 साल तक। दुनिया में ऐसे बहुत से लोग हैं, जो हमेशा अच्छा दिखना अच्छे पहनावे को मानते

हैं और अधिकतर ऐसे लोगों का साथ छोड़ देते हैं, जो वाकई में खूबसूरत हैं। सुंदरता कभी हमारे व्यक्तित्व को परिभाषित नहीं करती। हमारा चरित्र, हमारे संस्कार, हमारी सफलता और हमारी सोच जिंदगी भर साथ चलती है। हम अपनी सूझ-बूझ और अपने ज्ञान से किसी भी समस्या का समाधान करते हैं, न कि अपने अच्छे दिखने और अपने अच्छे पहनावे के कारण। जब हम श्रीकृष्ण के बचपन को देखते हैं तो हमारे सामने एक छोटी सी कहानी आती है—कुबड़ी की कहानी, जिस स्त्री की कमर झुकी हुई है और वह कंस को चंदन लगाने का काम करती है। श्रीकृष्ण उसे देखकर बहुत आकर्षित होते हैं और उसे 'सुंदरी' कहकर संबोधित करते हैं। कुबड़ी, जो जिंदगी भर लोगों के ताने सुनती आई है, उसे लगता है कि उसका मजाक उड़ाया गया है कि वह कुरूप है। वह श्रीकृष्ण पर नाराज होती है। तब श्रीकृष्ण कहते हैं कि मैंने आपको सुंदरी आपकी बाहरी सुंदरता को देखकर नहीं कहा है। मैं देख रहा हूँ कि आपके अंदर एक सुंदर आत्मा निवास करती है। तब कुबड़ी कहती है कि अंदर की सुंदरता को कौन देखता है? लोग सब को बाहरी सुंदरता से ही पहचानते हैं। कृष्ण कहते हैं, शरीर की सुंदरता सदैव हमारे साथ नहीं रहती, न ही कुरूपता हमारे साथ रहती है। बुढ़ापे में एक सुंदर शरीर भी मुरझा जाता है, किंतु जब हमारे कर्म अच्छे होते हैं, हमारी सोच अच्छी होती है, हमारा व्यवहार अच्छा होता है तो हम कमल की तरह खिले हुए और खूबसूरत लगने लगते हैं।

दुनिया में जितने भी महान् लोग हुए, ज्यादातर देखने में अच्छे नहीं हुए; लेकिन उनका चरित्र इतना प्रभावित करता है कि उनके सामने लाखों-करोड़ों लोगों की सुंदरता फीकी पड़ जाती है।

हमें कभी अपनी बाहरी खूबसूरती को लेकर चिंतित नहीं रहना चाहिए। हमारी सुंदरता हमारे आचरण से दिखनी चाहिए। वे लोग, जो अब तक आपको कम आँकते आए थे, आपके आचरण से प्रभावित होने के बाद वे आपसे दूर नहीं रह सकेंगे। सुंदर चेहरा किसी को भी सिर्फ एक बार आकर्षित कर सकता है; लेकिन किसी के हृदय में अपना स्थान बनाने

के लिए एक अच्छा आचरण होना आवश्यक है। जिस तरह कोयल की कालिमा उसकी बोली के सामने फीकी पड़ जाती है, उसी तरह व्यक्ति के गुण उसकी सुंदरता का पैमाना बन जाते हैं।

2. साहस और निडरता शारीरिक बल पर निर्भर नहीं करते

शास्त्रीजी जहाँ भी जाते, उनके छोटे कद और सामान्य व्यक्तित्व का मजाक उड़ाया जाता था। लोग तो पीठ पीछे यह भी कहते थे कि उनमें प्रधानमंत्री जैसा रोब नहीं दिखता। कभी तो ऐसा हुआ कि उन्होंने प्रेस कॉन्फ्रेंस में जाना ही छोड़ दिया। सिनेमा हॉल में जब फिल्म से पहले उनकी फोटो दिखाई जाती तो लोगों के चेहरे पर एक उपहास करती हुई मुसकान बिखर जाती थी, लेकिन शास्त्री जी बिना किसी अवरोध के आगे चलते रहे, जैसे वह अब तक अपने आदर्शों एवं मूल्यों पर चलते आए थे। उन्होंने वह कर दिखाया, जो आज तक कोई न कर सका। पाकिस्तान को एक करारी शिकस्त। सन् 1965 में पाकिस्तान ने भारत पर आक्रमण यह सोचकर किया कि एक आक्रमण के बाद दूसरे आक्रमण के लिए भारत तैयार नहीं होगा और वह अपने घुटने टेक देगा, लेकिन लालबहादुर शास्त्री ने ईंट का जवाब पत्थर से दिया। उन्हीं के शब्दों में—

"यह जो स्वराज आया है, इसे मजबूती से हम अपने पास सँभालकर रखेंगे। कोई दूसरा अगर हमारी तरफ टेढ़ी नजर उठाकर देखे तो हम उसका पूरी तरह से मुकाबला कर सकें।" और अपने इन्हीं शब्दों को उन्होंने सच कर दिखाया। पाकिस्तान को झुकना पड़ा। केवल 12 दिनों के अंदर ही पाकिस्तान का 80 प्रतिशत गोला-बारूद खत्म हो गया और भारत की सेना लाहौर तक पहुँच गई। पाकिस्तान के पसीने छूट गए। पाकिस्तानी सेना के जनरल ने अपनी आत्मकथा में लिखा—"सन् 1965 की जंग में हम इतनी बुरी तरह फँसे। हमें इस बात का जरा भी अंदाजा नहीं था कि भारत की फौज हमें इतनी ताकत से जवाब देगी। हम तो इस उम्मीद में थे कि हम दिल्ली पर जाकर कब्जा कर लेंगे।" अमेरिका ने पाकिस्तान की पैरवी की तो लालबहादुर शास्त्री ने कहा, "मैं कुछ नहीं कर सकता। हमले की शुरुआत मेरी तरफ से

नहीं हुई है। मुझे उसका पूरी शक्ति से जवाब देने का अधिकार है। इसलिए मैं अपनी सेना को पीछे नहीं बुला सकता।" इन शब्दों को कहने वाले इनसान के ऊपर कौन हँस सकता है ? कौन कह सकता है कि उसका सीना 56 इंच का नहीं था ? कौन कह सकता है कि उसके छोटे होने का मजाक उड़ाया जाता था ? कौन कह सकता है कि ऐसा व्यक्ति साधारण हो सकता है ?

भारत के पहले प्रधानमंत्री पं. जवाहरलाल नेहरू के बाद उस जगह को भरनेवाले इनसान थे लालबहादुर शास्त्री थे। उन्होंने पाकिस्तान आक्रमण के बाद एक भाषण दिया था, "एक तरफ दोस्ती का हाथ बढ़ाया, वहीं दूसरी तरफ हमें यह देखने को मिलता है कि कश्मीर पर हमला किया जा रहा है। मैं जानता हूँ कि पाकिस्तान को उसको बढ़ाने का उसका पूरा इरादा है। तो एक सरकार के नाते हमारा क्या जवाब हो सकता है, सिवाय इसके कि हम हथियारों का जवाब हथियारों से दें।" लालबहादुर शास्त्री एक ऐसा व्यक्तित्व थे, जिन्हें अंतरराष्ट्रीय स्तर पर कोई नहीं जानता था। न वे कोई विचारक थे, न कभी कोई बड़े राजनेता थे। इसके विपरीत, जवाहरलाल नेहरू, जिनके विंस्टन चर्चिल से लेकर अल्बर्ट आइंस्टीन जैसे दोस्त थे। पूरी दुनिया उनको जानती थी। दो विपरीत व्यक्तित्व लेकिन लालबहादुर शास्त्री ने न केवल जवाहरलाल नेहरू की जगह को भर दिया, बल्कि उस स्थान को और ऊँचा उठा दिया तथा एक नया उदाहरण प्रस्तुत किया कि हमारा व्यक्तित्व हमारे दृढ़ निश्चय, हमारी योजना और हमारी सफलता पर निर्भर करता है, न कि हमारे कद एवं हमारी सूरत पर।

जब उनके छोटे कद का मजाक उड़ाते हुए मीडिया ने उनसे पूछा था कि आप अयूब खाँ से कैसे बात करते हैं ? अयूब खाँ शास्त्रीजी की तुलना बहुत लंबे-चौड़े थे, तो मुसकराते हुए उसका एक करारा जवाब शास्त्रीजी ने दिया था, "अयूब खाँ सिर झुकाकर बात करते हैं और मैं सिर उठाकर बात करता हूँ। वही सर समझौते में भी झुका हुआ था, जो युद्ध के बाद पाकिस्तान और भारत के बीच हुआ, जहाँ पाकिस्तान ने कहा कि वह कभी भारत पर आक्रमण नहीं करेगा।"

3. ईमानदार व्यक्ति अपने पीछे इतिहास छोड़ जाता है

ईमानदार व्यक्ति अपने पीछे इतिहास छोड़ जाता है, जिसे पूरी दुनिया उसके जाने के बाद दोहराती है—ईमानदारी अपने कर्तव्य के प्रति, अपने रिश्तों के प्रति और अपने सपनों के प्रति। इसका एक बड़ा और विस्तृत संसार है। जिसने ईमानदारी का हाथ थामा, उसके सामने दुनिया ज्यादा साफ और स्वच्छ नजर आती है। हम देखते हैं कि आजकल बाजार में अधिकतर चीजों का मूल्य 99 की संख्या में रखा जाता है। अधिकतर खरीदार एक बड़ी कीमत चुकाने के बाद 1 रुपए के लिए नहीं सोचते। वे उसे वहीं छोड़ देते हैं, लेकिन वही 1 रुपए किसी दुक़ानदार या फर्म के लिए लाखों व करोड़ों होता है। उनकी फर्म या उत्पाद पर लिखा होता है—ईमानदार और भरोसेमंद। क्या वाकई वे भरोसेमंद और ईमानदार होते हैं? ऐसी ईमानदारी एक छलावा है, जो आपको तो छलती ही है, खुद को भी एक झूठी तसल्ली देती है कि हम ईमानदार हैं।

स्वतंत्रता संग्राम के दौरान लाला लाजपत राय ने 'सर्वेंट ऑफ इंडिया सोसाइटी' की स्थापना की थी, जिसका मकसद था—स्वतंत्रता सेनानियों को आर्थिक सहायता प्रदान करना। यह सहायता पानेवालों में लालबहादुर शास्त्रीजी भी थे, जिनको घर का खर्चा चलाने के लिए पार्टी की तरफ से 50 रुपए प्रतिमाह दिए जाते थे। एक बार उन्होंने जेल से अपनी पत्नी ललिता को पत्र लिखा कि 'पैसे समय पर मिल भी रहे हैं या नहीं और अगर मिल रहे हैं तो क्या वे घर का खर्च चलाने के लिए पर्याप्त हैं?' ललिताजी ने तुरंत जवाब दिया कि यह राशि उनके लिए काफी है, बल्कि वह तो सिर्फ 40 रुपए ही खर्च कर पाती हैं। हर महीने 10 रुपए भविष्य के लिए बचा रहे हैं। शास्त्रीजी ने जवाब पढ़ा तो तुरंत सर्वेंट ऑफ़ इंडिया सोसाइटी को पत्र लिख दिया कि उनके घर का गुजारा सिर्फ 40 रुपए में हो जा रहा है, इसलिए उनकी आर्थिक सहायता घटाकर 50 से 40 रुपए कर दी जाए और बाकी के 10 रुपए किसी और जरूरतमंद को दे दिए जाएँ। उन्होंने ऐसी ईमानदारी जिंदगी भर दिखाई। जब वह प्रधानमंत्री थे, तब भी

और जब वह नहीं थे, तब भी। अपनी आय का एक बहुत बड़ा हिस्सा वह सरकारी राहत कोष को भेज देते थे। उनकी सरकारी गाड़ी हमेशा उनके सरकारी काम के लिए ही इस्तेमाल होती थी। एक बार उनके बेटे ने उनकी गाड़ी उनसे बिना बताए किसी व्यक्तिगत काम के लिए इस्तेमाल कर ली। जब यह बात उन्हें पता चली तो उन्होंने तेल का हिसाब जोड़कर पैसा सरकारी खजाने में जमा करवा दिया और तो और, प्रधानमंत्री के अखबारों की रद्दी बेचने के बाद जो पैसा आता था, वह भी वे सरकारी खजाने में जमा करा देते थे। उन्होंने कहा था कि "अगर एक भी व्यक्ति मेरे विरोध में हुआ तो उस स्थिति में मैं कभी प्रधानमंत्री नहीं बनना चाहूँगा।"

नेहरूजी ने उनके लिए कहा था, "अत्यंत ईमानदार, दृढ़ संकल्प, शुद्ध आचरण और महान्, परिश्रमी, ऊँचे आदर्शों में पूरी आस्था रखनेवाले, निरंतर सजग व्यक्तित्व का ही नाम है—लालबहादुर शास्त्री।"

ईमानदारी एक हीरे की तरह है, जिसकी चमक कभी खत्म नहीं होती। आपकी छवि आपका प्रतिनिधित्व करती है। यह हमारे ऊपर निर्भर करता है कि हम अपनी कैसी छवि छोड़कर जाते हैं।

4. सादा जीवन, उच्च विचार

साधारण होना कमजोर होना नहीं है। सादगी में खूबसूरती है। कोई व्यक्ति जितना साधारण होगा, हम उसे अपने उतने ही करीब महसूस करते हैं। विचारों में असाधारणता, जीवन में सादगी एक उत्कृष्ट जीवन की निशानी है। अधिकतर हम अपने जीवन को बहुमूल्य चीजों से अलंकृत करना चाहते हैं और जीवन भर साधारण जीवन-शैली वाले महान् लोगों से प्रभावित होते हैं।

किसी जंगली फूल को देखकर जवाहरलाल नेहरू ने अपने एक मंत्री से कहा, "तुम समझदार हो, लेकिन जंगल के फूलों की तरह हो।" इस पर वे बोले, "जी, जंगल का फूल बगीचे के फूल से हमेशा अच्छा होता है।" यह सुनकर नेहरूजी मुसकराए और बोले, "भला जंगल का फूल बगीचे के फूल से कैसे अच्छा हुआ? पूजा हमेशा बगीचे के फूलों से होती है। जंगल

के फूल देवता को अर्पित नहीं किए जाते।" मंत्री ने जवाब दिया, "पंडितजी, एक बात बताइए, क्या देवता के चरणों में चढ़ने से उसका भाग्य सराहा जाए? क्या फूल का उद्‌देश्य केवल देवता के चरणों में अर्पित होना ही है? वातावरण सुगंधित रखना कम बड़ी बात है? सुगंध बिखेरते हुए मिट जाए, मुझे तो ऐसे फूलों की सार्थकता दिखाई देती है। कोई फूल देवता के लिए ही क्यों खिले? जंगली फूल का महत्त्व कहीं अधिक है।" यही थे शास्त्रीजी, जिन्होंने हमेशा जंगल का फूल बनना स्वीकार किया।

5. राजनीतिक सूझ-बूझ

पद अपने साथ जिम्मेदारी भी लाता है। चाहे वह एक परिवार की बात हो, कुटुंब की हो या किसी राजनीतिक ओहदे की। हमारी निर्णय लेने की क्षमता ही हमारे पद और हमारी प्रतिष्ठा की नींव होती है। हमारे निर्णय वर्तमान में ही नहीं, भविष्य में भी हमारे परिवार, समाज और देश के निर्माण में एक महत्त्वपूर्ण भूमिका निभाते हैं। व्यक्तिगत स्वार्थ से परे हमारे फैसले हमेशा देश-हित में होने चाहिए। अपने राजनीतिक जीवनकाल में शास्त्रीजी ने ऐसे बहुत से उदाहरण प्रस्तुत किए, जो किसी भी नेता की बुनियादी जरूरतें हो सकते हैं। चाहे आपका भरपूर विरोध किया जाए, आपको पीछे नहीं हटना चाहिए। यही हमारा देश के प्रति समर्पण भाव होता है।

जब लालबहादुर शास्त्री ने देश की बागडोर सँभाली तो देश की स्थिति इतनी अच्छी नहीं थी। देश चीन से युद्ध हार चुका था। हरित क्रांति और श्वेत क्रांति जैसी योजनाओं ने कोई आकार नहीं लिया था। देश में इस्तेमाल होनेवाले गेहूँ का एक बहुत बड़ा भाग बाहर से आयात किया जाता था। पी.एल. 480 के तहत एक लाल रंग का गेहूँ, जो अमेरिका से भारत को मिलता था, ऐसा गेहूँ था, जिसे जानवर भी खाना पसंद नहीं करते थे। उस समय उसकी शर्तें बहुत अपमानजनक थीं। शास्त्रीजी ने मना किया कि वह गेहूँ हम नहीं खाएँगे। शास्त्रीजी के सेक्रेटरी ने कहा कि अगर आप अमेरिका का गेहूँ नहीं खा सकते तो भूखे मरने के लिए तैयार रहिए। तब उन्होंने कहा, "सम्मान के साथ भूखे मरना मंजूर है, लेकिन अपमान के साथ विदेशी रोटी

खाना मंजूर नहीं।" उन्होंने उससे निपटने के लिए देश से अपील की कि सब हफ्ते में एक दिन उपवास रखें। उससे पहले उन्होंने उसे अपने घर में लागू कर दिया था।

हीरेन मुखर्जी ने उन पर आरोप लगाया कि नेहरूजी प्रधानमंत्री पद पर रहते हुए जैसे निर्णय करते थे और जैसे कार्य को अंजाम देते थे, लालबहादुर शास्त्री बिल्कुल उनसे हटकर काम करते हैं। यह उचित नहीं है। प्रधानमंत्री को पहले प्रधानमंत्री के नक्शे-कदम पर चलना चाहिए। वह बिना किसी निर्णय के दूसरे रास्ते बनाते हैं, जो किसी के हित में नहीं होते। इस पर लालबहादुर शास्त्री ने कहा था, "नेहरूजी के प्रति वफादार रहते हुए भी मुझे बदली हुई परिस्थितियों और आवश्यकताओं के अनुरूप अपना रास्ता चुनने का पूरा अधिकार है। एक नेता यदि सचमुच नेता है तो आमतौर पर वह घिसे-पिटे रास्ते पर नहीं चलता, क्योंकि राजनीतिक क्षेत्र में हालात हर क्षण बदलते रहते हैं। यहाँ तक कि राजनीति में लोग भी स्थिर नहीं रहते। वे भी बदलते रहते हैं। ऐसे में चारों ओर का वातावरण बदलता है। हर ओर का वातावरण बदलते देख एक सच्चे नेता को बदलती हुई परिस्थितियों के अनुसार अपनी नीतियाँ बनानी-अपनानी होती हैं। बेशक, नीतियाँ नवीन हों, लेकिन उनसे देश का हित होना चाहिए। एक सच्चे नेता का उद्देश्य सबसे पहले देश का कल्याण रहता है। ऐसे में मैंने देश के कल्याण को ध्यान में रखते हुए अपने फैसले लिये हैं।"

हम जो निर्णय लेते हैं, उनमें आत्मविश्वास होना चाहिए। संकल्प लेकर हमने जो फैसला लिया है, उस पर बिना डिगे खड़े रहना चाहिए। अगर निर्णय वास्तव में जन-कल्याण के लिए लिया गया है तो एक-न-एक दिन उसकी वास्तविकता हमारे विरोधियों के सामने आती है। तब वही लोग हमारे निर्णयों से आए हुए परिणाम को देखकर अपनी नीतियाँ बनाते हैं।

जब लालबहादुर शास्त्री प्रधानमंत्री थे, तब नेहरूजी की बहन विजयलक्ष्मी पंडित संसद् की सदस्य थीं। नेहरूजी की मौत के बाद वह फूलपुर लोकसभा क्षेत्र से चुनी गईं। सरकार के कामकाज पर एक बार

उन्होंने आक्रोश में आकर कहा था, "शास्त्रीजी फैसले लेने में अक्षम हैं।" निश्चित तौर पर किसी देशभक्त राजनेता के लिए ऐसे वचन सुनना सुखद अनुभव नहीं था। जब परिस्थितियाँ विपरीत हों और लोग आपके बारे में गलत सोच रखते हों तो आप हर किसी को जाकर अपनी सफाई नहीं देंगे। आप सभी को सहमत नहीं कर सकते कि आप सही हैं। आपका अपने लक्ष्य और अपनी मेहनत पर भरोसा होना जरूरी है। एक दिन आपकी काबिलीयत दुनिया के सामने आती है। पाकिस्तान के साथ युद्ध के दौरान विजयलक्ष्मी ने किसी संवाददाता से कहा था, "एक उत्कृष्ट और असाधारण क्षमता के नेता को कम आँका गया था।"

6. निष्ठा अपने कर्तव्य के प्रति

क्या है निष्ठा? क्या होता है निष्ठावान् होना? एक निष्ठावान् व्यक्ति की क्या पहचान है? ऐसा व्यक्ति, जो अपने कर्तव्य के लिए पूरी तरह समर्पित है। दुनिया में हर व्यक्ति अपने लिए, अपने परिवार के लिए कुछ-न-कुछ रोजगार करता ही है और उससे मिलनेवाले धन से अपने परिवार का पालन-पोषण करता है, लेकिन व्यक्ति अपने कर्तव्य के प्रति कितना समर्पित है, कितना निष्ठावान् है, यह तो परिस्थितियाँ विपरीत होने पर ही पता चलता है।

लालबहादुर शास्त्री उस समय गृहमंत्री थे। उन्हें किसी सरकारी काम से इटावा जाना था। उन्हीं दिनों राजेश्वर प्रसाद वहाँ के जिला मजिस्ट्रेट थे। जब शास्त्रीजी वहाँ पहुँचे तो किसी और मजिस्ट्रेट ने उनका स्वागत किया। शास्त्रीजी ने पूछा कि राजेश्वर प्रसादजी आज क्यों नहीं आए? उन्हें तो आज के कार्यक्रम में अवश्य आना था। इस पर दूसरे मजिस्ट्रेट ने जवाब दिया, "आते तो वही, लेकिन तभी एक आवश्यक जाँच आ गई। उनका उस जाँच में रहना आवश्यक था, इसलिए उन्होंने मुझे आपका स्वागत करने के लिए भेज दिया और खुद जाँच के लिए वहीं रुक गए।" इस पर शास्त्रीजी थोड़े से मुसकराए। आसपास खड़े सभी लोगों को लगा कि अब राजेश्वरजी की नौकरी पर बात आ जाएगी, लेकिन दूसरे ही दिन कुछ अलग

हुआ। राजेश्वरजी के पास खबर पहुँची कि उन्हें गृहमंत्री ने अपना निजी सचिव घोषित किया है। जब राजेश्वरजी ने शास्त्रीजी से पूछा तो शास्त्रीजी ने मुसकराते हुए कहा, "यह आपको आपकी कर्तव्य के प्रति निष्ठा और ईमानदारी निभाने का इनाम मिला है।" यह सुनकर राजेश्वर प्रसादजी मुसकराकर बोले, "कितना अच्छा हो, यदि मंत्री कर्तव्य के प्रति निष्ठावान् अधिकारियों और कर्मचारियों को उचित सम्मान दें। ऐसा करने से देश के अधिकारियों व कर्मचारियों के मन में सेवा-भाव और कर्तव्यपरायणता का विकास होगा।"

हम खुद जैसे होते हैं, अपने आसपास वैसा ही दायरा तैयार करते हैं और उसी दायरे से निकलकर अच्छी या बुरी चीजें हमारे आसपास फैल जाती हैं। यह बात 100 प्रतिशत सत्य है कि किसी भी चीज की शुरुआत आपसे होती है, अगर इनसान सोचे कि वह अकेला कुछ नहीं कर सकता। या दुनिया में केवल वही एक अकेला है, जो वैसा सोचता है तो किसी अच्छे काम की शुरुआत ही न हो। शास्त्रीजी खुद निष्ठावान् थे, अपने कर्तव्य के प्रति समर्पित थे। उन्होंने वही देखा और उसे एक कदम आगे बढ़कर उस वृक्ष को पनपने के लिए एक नया मैदान दिया।

7. जितनी चादर, उतने पैर

आजकल जीवन बहुत आधुनिक हो गया है और यही आधुनिकता हमें अपने जीवन के हर क्षेत्र में दिखाई देती है। जिसे हम सुविधाएँ कहते हैं, दरअसल वे बैसाखियाँ हैं, जो हमारे हाथों में पकड़ा दी गई हैं। आसान किस्तों पर सबकुछ मिलता है, वह भी, जो आप नहीं खरीद सकते। वह आप तुरंत कम-से-कम किस्तों पर खरीद सकते हैं। अगर जीवन इतना आधुनिक है, सबकुछ इतना सरल और सुगम है, जो पहले कभी नहीं था तो क्यों हर तरफ इतना डिप्रेशन है? लखपति करोड़ों की वस्तुएँ खरीदना चाहता है और करोड़पति अरबों की। हम जितना आगे बढ़ते चले जाते हैं, अपनी आवश्यकताएँ उतना ही बड़ा मुँह फाड़े दिखाई देती हैं। आए दिन ऐसी खबरें अखबारों की सुर्खियाँ बनती हैं। अमुक व्यक्ति ने इतना कर्जा लिया,

जिसे वह चुका न सका। इस डिप्रेशन में आकर उसने खुद को, अपनी पत्नी, अपने बच्चों और यहाँ तक कि अपने घर में रहनेवाली अपनी नौकरानी को भी मार दिया।

हमें अपने बच्चों को बचपन से ही नैतिक मूल्यों के साथ बड़ा करना चाहिए। इसके विपरीत, हम कभी अपने बच्चों के सामने यह जाहिर नहीं होने देना चाहते कि कोई वस्तु हमारी पहुँच से बाहर है। उसका परिणाम यह होता है कि आगे चलकर हमारे बच्चे इस बात को स्वीकार ही नहीं कर पाते कि चीजें उनकी पहुँच से बाहर भी हो सकती हैं। ऐसी स्थिति में कोई ऐसी वस्तु, जिसे वे पाना चाहते हैं, उनकी पहुँच से बाहर है। उसे पाने के लिए वे हर संभव प्रयास करते हैं।

शास्त्रीजी देश के प्रधानमंत्री थे। उनके बच्चे रोज ताँगे से स्कूल जाते थे। शास्त्रीजी के पास सरकारी गाड़ी थी, लेकिन अपने निजी कामों के लिए उन्होंने कभी उस गाड़ी का इस्तेमाल नहीं किया। जब बच्चों ने कहा कि उनके सभी मित्र गाड़ी से स्कूल आते हैं, उन्हें भी गाड़ी से स्कूल जाना है, तब शास्त्रीजी ने कहा था, "यह सरकारी गाड़ी है। जब पद नहीं रहेगा, गाड़ी भी नहीं रहेगी। तुम्हें ऐसी सुविधाओं की आदत नहीं होनी चाहिए।" शास्त्रीजी ने जीवन भर न अपने बच्चों को, न ही खुद को कभी ऐसी आदत डाली, जो उनकी पहुँच से बाहर थी। बचपन से लेकर उनकी मृत्यु तक ऐसे हजारों किस्से हैं।

8. फलदार वृक्ष हमेशा झुका रहता है

पद और प्रतिष्ठा का अभिमान हमेशा हमारे चरित्र को गिराता है। ये दोनों ही ऐसी चीजें हैं, जिनका कोई अंत नहीं। हर किसी पद के ऊपर एक दूसरा पद है और हर प्रतिष्ठित व्यक्ति से आगे उससे भी अधिक प्रतिष्ठित व्यक्ति खड़ा है। अभिमान सदैव नीचे झुकाता है और झुकना हमेशा हमारे चरित्र को एक सीढ़ी और ऊपर उठाता है। इस बात की स्वीकार्यता में संतुष्टि है। हमें यह नहीं आता, लेकिन सामने वाले को आता है। भले ही पूरी दुनिया उसे आपसे कम आँकती आई है। न्यूटन अपने काम में व्यवधान

डालनेवाली बिल्ली और बिल्ली के बच्चे से बहुत परेशान थे। उन्होंने अपने नौकर से कहा कि दो छेद करो—एक छोटा और एक बड़ा, जिससे कि बिल्ली और उसका बच्चा आसानी से दीवार के उस तरफ आ-जा सकें। नौकर ने कहा कि दो छेद करने की क्या जरूरत है? एक ही छेद करते हैं। न्यूटन हैरान हो गए कि एक छेद से दोनों कैसे निकल पाएँगे? तब नौकर ने कहा कि छेद इतना बड़ा होगा कि दोनों आराम से निकल सकें। दीवार में दो छेद करने की क्या जरूरत है? न्यूटन बेहद प्रसन्न हुए। उन्होंने दीवार में एक छेद करने के लिए कहा।

शास्त्रीजी कभी-कभी किसी विषय पर चर्चा करते हुए अपने सहयोगियों के सामने अपने नौकर या माली से पूछ लेते थे, "क्यों भाई, तुम्हारी इस विषय में क्या राय है?" एक दिन उनके मित्र ने उनसे पूछ लिया, "शास्त्रीजी, मुझे आज तक समझ नहीं आया कि राजनीतिक विषयों में आप अपने नौकरों या माली जैसे छोटे-मोटे व्यक्तियों को क्यों शामिल करते हैं? भला कहाँ राजनीति की पेचीदा बातें और कहाँ मामूली आदमी की राय! दोनों का कोई मेल नहीं।" शास्त्रीजी बोले, "दोस्त, व्यक्ति सभी एक जैसे होते हैं। हम जैसे लोग ही उन्हें काम के अनुपात में डालकर छोटा या बड़ा निर्धारित करते हैं।"

9. समय की पाबंदी हमें उसका सदुपयोग करना सिखाती है

जब तक हम समय का सदुपयोग नहीं सीखते, तब तक सफलता हमसे दूर रहती है। लालबहादुर शास्त्री समय के इतने पाबंद थे कि जहाँ पहुँचना होता, वहाँ हमेशा 1-2 मिनट पहले ही पहुँचते थे। एक बार उनके पुत्र अनिल शास्त्री ने जिद की कि वे भी उनके साथ जाएँगे। शास्त्रीजी ने कहा, "हाँ 8 बजे तुम तैयार रहना," लेकिन अगले दिन छुट्टी थी और अनिल शास्त्री थोड़ा लेट उठे। तब तक लालबहादुर शास्त्रीजी निकल चुके थे। अनिल शास्त्री ने सोचा, अगर एयरपोर्ट गाड़ी से जाएँ तो शायद समय पर पहुँच सकेंगे। 8:45 पर अनिल शास्त्री एयरपोर्ट के दरवाजे पर थे, लेकिन लालबहादुर शास्त्री निकल चुके थे। ललिताजी ने कहा कि आपको

थोड़ा इंतजार करना चाहिए था। बेचारा अनिल बेहद उदास हो गया। कितने मन से खुश होकर घूम रहा था कि आपके साथ विमान यात्रा करेगा। आप उसे छोड़कर चले गए और वह पूरा दिन मायूस रहा। ललिताजी की बात सुनकर शास्त्रीजी बोले, "अगर मैं उसे अपने साथ ले जाता तो वह कभी भी समय की कीमत नहीं समझ पाता। व्यक्ति के जीवन में तरक्की करने के लिए सबसे पहले समय का पाबंद होना जरूरी है। आज के बाद हमेशा यह कीमत समझेगा और उसी के अनुसार अपने सारे कार्य करेगा।"

हम अपने आसपास देखते हैं, चाहे हमें कहीं जाना हो या हमें किसी को अपने पास बुलाना हो तो हम हमेशा बुलानेवाले को कुछ समय पहले का टाइम देते हैं और जब हमें कहीं पहुँचना होता है, अपने मन में मान लेते हैं कि कार्यक्रम 15 मिनट तो लेट शुरू होगा ही।

मनुष्य के जीवन में समय की महत्त्वपूर्ण भूमिका है। हमें समय के महत्त्व को समझना चाहिए। तभी हम इसका सही उपयोग कर प्रगति के पथ पर अग्रसर हो सकते हैं। समय धन से भी कीमती है। धन को कमाया जा सकता है, पर समय को दोबारा नहीं पाया जा सकता। टाइम इज वेल्थ।

10. उदारता और मानवता मनुष्य के मनुष्य होने की सबसे बड़ी पहचान है

मनुष्य के जीवन को सफल और उन्नत बनानेवाले बहुत से गुण होते हैं, जैसे—सच्चाई, न्यायप्रियता, धैर्य, साहस, दया, क्षमा, परोपकार। अगर उदारता को मनुष्य के सभी गुणों में सबसे ऊपर रखा जाए तो इसमें संशय नहीं होना चाहिए। मनुष्य के व्यक्तित्व को आकर्षक बनानेवाली अगर कोई वस्तु है तो वह है उदारता। उदारता प्रेम का परिष्कृत रूप है। प्रेम में कभी-कभी स्वार्थ की भावना छुपी रहती है, लेकिन उदारता-युक्त प्रेम सेवा का रूप धारण कर लेता है। हमें सदैव दूसरों के प्रति उदार रहना चाहिए। अपने सुख-दुःख और उन्नति की चिंता हर किसी को रहती है। मानव वही है, जो दूसरे के दुःख में दुःख अनुभव कर सकता है। भगवान् बुद्ध अपने दुःख की निवृत्ति के लिए संसार को त्यागकर जंगल में नहीं गए थे, बल्कि संसार के

प्राणियों के दुःख को देखकर इतने विचलित हो गए कि राजप्रासाद त्यागकर वनवासी बन गए। ऐसे ही मनुष्य मनुष्यों में श्रेष्ठ कहे जाते हैं।

एथेंस को देवताओं का शहर माना जाता है। वहाँ बहुत से मंदिर हैं। वहाँ एक उत्सव था। एक व्यक्ति उत्सव में पहुँचा तो उसने देखा कि जो भी व्यक्ति वहाँ आता है, अपने साथ एक पशु लाता है और देवता की मूर्ति के सामने खड़े होकर उसकी बलि चढ़ा देता है। पशु कुछ देर तक तड़पता है और फिर मर जाता है। जब उसकी बारी आई तो उससे कहा गया कि देवताओं को प्रसन्न करने के लिए आपको भी बलि चढ़ानी होगी। वह पानी लेकर मिट्टी गीली करता है और एक जानवर बनाकर उसे देवता के सामने रख तलवार से काट देता है। वहाँ खड़े सभी लोग उससे नाराज हो जाते हैं। इस पर वह कहता है कि मिट्टी से बने देवता के लिए मिट्टी के जानवर की बलि उपयुक्त है। इस पर उसका विरोध होता है। लोग कहने लगे कि उसने ईश्वर का अपमान किया है। मुसकराते हुए वह कहता है कि "जिन्होंने भी यह प्रार्थना चलाई, उन्होंने पशु नहीं, करुणा की हत्या का प्रचलन शुरू किया था।" वह महान् व्यक्ति कोई और नहीं, महान् यूनानी दार्शनिक प्लूटो थे।

अपने लिए प्रत्येक व्यक्ति जीता है और हर व्यक्ति अपने दुःख में दुःखी होता है, लेकिन ऐसे तो जानवर भी होते हैं। ऐसी कौन सी चीज है, जो मनुष्य को जानवरों से अलग करती है? मनुष्य दूसरों के बारे में सोच सकता है, उनके दुःख को महसूस कर सकता है। जो दूसरों के बारे में सोच सके, वही व्यक्ति उदार है और हर व्यक्ति को उदार होना चाहिए। उदार होना मानवता का पहला गुण है।

शास्त्रीजी खुद दुःखी रह सकते थे, लेकिन वह किसी और को कष्ट में नहीं देख सकते थे। शास्त्रीजी रेल मंत्री थे और बंबई जा रहे थे। उनके लिए प्रथम श्रेणी का डिब्बा लगा था। गाड़ी चलने पर शास्त्रीजी बोले, "डिब्बे में काफी ठंडक है, वैसे बाहर गरमी है।" उनके पी.ए. ने कहा, "इस में कूलर लगा है।" शास्त्रीजी ने पैनी निगाह से उन्हें देखा और आश्चर्य से पूछा,

"कूलर लगा है! बिना मुझे बताए? आप लोग कोई काम करने से पहले मुझसे पूछते क्यों नहीं हैं? और क्या सारे लोग, जो गाड़ी में चल रहे हैं, उन्हें गरमी नहीं लगती होगी?" शास्त्रीजी ने कहा, "कायदा तो यह है कि मुझे भी थर्ड क्लास में चलना चाहिए, लेकिन उतना तो नहीं हो सकता। पर जितना हो सकता है, उतना तो करना चाहिए। बड़ा गलत काम हुआ। आगे गाड़ी जहाँ भी रुके, पहले कूलर निकलवाइए।" अगले स्टेशन पर गाड़ी रुकी और कूलर निकलवाने के बाद ही गाड़ी आगे बढ़ी।

यही है उदारता का रूप—सबको समान भाव से देखना। हर व्यक्ति के दर्द को ऐसे ही महसूस करना, जैसे उस पर नहीं, कोई बात आप पर बीत रही है। दूसरे के कष्ट को समझना ही उदारता है।

11. सुनहरे भविष्य का निर्माण

अनगिनत किस्से और बातें हैं। जितने भी किस्से हमारे आसपास घूमते हैं, कभी किसी महान् व्यक्ति ने अपने मुँह से नहीं बताए होंगे। वे किसी एक व्यक्ति ने सुने और वे पूरे संसार में फैल गए—किसी खुशबू की तरह। हमें उस खुशबू की तरह होना चाहिए कि दुनिया से जाने के बाद भी लाखों-करोड़ों लोग हमारी खुशबू को महसूस कर सकें और आनेवाली पीढ़ी को एक सुनहरा भविष्य दे सकें। निश्चित ही लालबहादुर शास्त्रीजी ने भविष्य के निर्माण की नींव रखी। हमें उनकी सादगी, उनकी उदारता को अपने जीवन में उतारने की भरपूर कोशिश करनी चाहिए।

□

लियो टॉल्सटॉय

लियो टॉल्सटॉय उन्नीसवीं सदी के सर्वाधिक सम्मानित लेखकों में से एक हैं। उनका जन्म रूस के एक संपन्न परिवार में हुआ था। उनके उपन्यास 'वार एंड पीस' (1865-69) तथा 'अन्ना कैरेनिना' (1875-77) साहित्यिक जगत् में क्लासिक रचनाएँ मानी जाती हैं।

1. अपने जीवन की दिशा तलाशिए

लियो टॉल्सटॉय का जन्म 9 सितंबर, 1828 को हुआ। वह काफी समृद्ध परिवार से थे। शुरुआती दौर में उन्हें लेखन में कोई रुचि नहीं थी। बचपन में उनमें कोई विशेषता दिखाई नहीं पड़ती थी। उस दौरान टॉल्सटॉय में प्रदर्शनप्रियता और अभिमान की मात्रा भी कुछ अधिक थी। इससे उनके हृदय में बड़ी अशांति रहती थी। उन्हें अपने शरीर की सुंदरता का बड़ा ध्यान रहता था।

प्रारंभिक और माध्यमिक शिक्षा समाप्त करने के बाद टॉल्सटॉय ने सन् 1844 में कजान विश्वविद्यालय में प्रवेश किया। मगर वर्ष के अंत में जब वे परीक्षा में अनुत्तीर्ण हुए, तब दूसरे साल कानून का पाठ्यक्रम चुन लिया। हालाँकि इसमें उन्होंने कुछ प्रगति की, मगर अंत में उनका मन उसमें भी नहीं लगा। कजान उस जमाने में बहुत ही रुचि-संपन्न नगर माना जाता था। नृत्य, संगीत, नाटक और अन्य मनोरंजक कार्यक्रमों का वहाँ प्रायः आयोजन होता था। कजान विश्वविद्यालय के धनवान् विद्यार्थी हर प्रकार

के सुख का अनुभव किया करते थे। टॉल्सटॉय भी अपना बहुत सा समय विलासितापूर्ण गतिविधियों में गुजारते थे। इन सब में व्यस्त रहने के कारण अकसर वे कक्षा के उन व्याख्यानों में अनुपस्थित रहते थे, जिनसे उन्हें अरुचि होती थी, जिसके कारण परीक्षा में वे सदा कम नंबर पाते रहे।

बचपन में ही उनके माता-पिता दोनों का देहांत हो गया। उनकी परवरिश उनकी बुआ ने की थी। माता-पिता का प्यार उन्होंने नहीं पाया। वह जवानी में बहुत गैर-जिम्मेदार थे। ऐसा कौन सा काम था, जो एक बिगड़े हुए घर का लड़का नहीं करता! शराब, जुआ, सिगरेट, लड़कियों से बहुत संबंध रहे और उन्हें लेकर उनके और उनकी पत्नी में अकसर झगड़े होते थे। यह उनका शुरुआती दौर था। ओरिएंटल यूनिवर्सिटी ऑफ कजान में उन्होंने एडमिशन लिया भाषा पढ़ने के लिए, लेकिन वहाँ भी कोई सफलता नहीं मिली। बहुत ही बेकार ग्रेड, फेल हो गए। डिग्री नहीं ली और यूनिवर्सिटी से बाहर आ गए। उसके बाद उन्होंने संकल्प लिया कि वे दुनिया को बदलेंगे। पर ये सिर्फ बड़ी-बड़ी बातें थीं।

उसी दौरान विलासितापूर्ण जीवन गुजारने के लिए वे पेट्रोगेड (सेंट पीटर्सबर्ग) गए। वहाँ उनका जीवन उस समय के संभ्रांत वर्ग के लोगों की तरह बिल्कुल बंधन-मुक्त हो गया। वे ताश खेलते, कर्ज लेते और ऐसे ही व्यर्थ के कामों में अपना समय नष्ट करते थे। उनका चित्त भी स्थिर नहीं रहता था। कभी वे विदेश घूमने की इच्छा करते, कभी विश्वविद्यालय की परीक्षा देने की तैयारी करते और कभी उनके मन में सेना में भरती होने का विचार आता।

उस समय टॉल्सटॉय युवावस्था की तेज धारा में बहे चले जा रहे थे, किंतु एक परिवर्तन ने उनके जीवन का वेग सहसा दूसरी ओर मोड़ दिया। टॉल्सटॉय के बड़े भाई निकोलस कजान विश्वविद्यालय में अध्ययन समाप्त कर सेना में भरती हो गए थे। वे तोपखाने के साथ रूस के दूरवर्ती प्रांत काकेशस भेजे गए।

सन् 1851 के अप्रैल महीने में वे कुछ दिनों की छुट्टी लेकर घर

आए। घर में उन्होंने देखा कि टॉल्सटॉय का नैतिक जीवन दिनोदिन रसातल की ओर जा रहा है। उनके मन में विचार आया कि अगर टॉल्सटॉय को जल्द ही उस जीवन के ढर्रे से अलग न किया गया तो वह हमेशा के लिए आचरण-भ्रष्ट हो जाएगा। इसीलिए उन्होंने टॉल्सटॉय को अपने साथ चलने के लिए कहा। टॉल्सटॉय ने इस प्रस्ताव को तुरंत स्वीकार कर लिया। उसी वर्ष की वसंत ऋतु में दोनों भाई काकेशस चले आए। अपने भाई के साथ रहते-रहते टॉल्सटॉय के मन में सेना में भरती होने की इच्छा प्रबल हुई। वे टिफलिस के सैनिक विद्यालय में भरती हुए। परीक्षा पास कर लेने के बाद वे एक तोपखाने में तैनात किए गए। टिफलिस में ही उन्होंने अपनी रचना 'चाइल्डहुड' लिखी और प्रकाशन के लिए पेट्रोग्रेड के एक मुख्य मासिक पत्र में भेज दिया।

उस पत्रिका में रूस के तत्कालीन सभी प्रमुख लेखकों की रचनाएँ प्रकाशित होती थीं। संपादक ने टॉल्सटॉय की रचना को बहुत पसंद किया और तुरंत छाप दिया। उनके जीवन में यह घटना विशेष रूप से उल्लेखनीय है, क्योंकि इस कृति के छपने पर उन्हें यह दृढ़ विश्वास हो गया कि उनके जीवन का मुख्य क्षेत्र साहित्य होगा। उनकी जीवनी प्रेरणा का स्रोत है। उनका कभी पढ़ाई में मन नहीं लगा। यूनिवर्सिटी से डिग्री नहीं ली। इसके बावजूद हम अभी तक उन्हें याद करते हैं। इससे यह सिद्ध होता है कि कला अपनी जगह बना लेती है। वे इतने बड़े दार्शनिक थे कि उन्होंने जाने कितने लोगों को प्रेरित किया। लोगों ने उन्हें पढ़कर सीखा। एक ऐसा इनसान महान् बन सकता है तो हर कोई अपने जीवन में सफल हो सकता है। बस, उसके पास दिशा हो। लोग निष्क्रिय होते हैं, लेकिन दिशा पाकर वे महान् बन सकते हैं। ये हमें उनसे सीखना चाहिए। वे एक ही जीवन काल में दो अलग व्यक्तित्वों का प्रतिनिधित्व करते हैं।

2. प्रेम जीवन है

यदि तुम खुश रहना चाहते हो तो रहो। वहाँ तक पहुँचानेवाले दो सबसे महान् योद्धा हैं—धैर्य और समय। आप खुश रहेंगे तो परिवार खुश रहेगा।

सभी खुशहाल परिवार एक-दूसरे से मिलते-जुलते हैं। हर एक नाखुश परिवार अपने ही किसी कारण से नाखुश है। सभी कुछ, हर एक चीज, जो मैं समझता हूँ, मैं सिर्फ इसलिए समझता हूँ, क्योंकि मैं प्रेम करता हूँ। वहाँ कोई महानता नहीं है, जहाँ सादगी, अच्छाई, सच्चाई और प्रेम नहीं है। हम हमेशा सोचते हैं कि वे हमसे इसलिए प्यार करते हैं, क्योंकि हम अच्छे हैं; लेकिन हम कभी यह नहीं समझते कि जो हमसे प्रेम करते हैं, वे अच्छे हैं। जब आप किसी को प्रेम करते हैं तो आप उन्हें ऐसे प्यार करते हैं, जैसे वे हैं, न कि जैसा आप चाहते हैं कि वे हों। कोई इस दुनिया में शानदार तरीके से रह सकता है, यदि वह जानता है कि काम कैसे करना है और प्यार कैसे करना है! खुशी के क्षणों को कैद कर लो, प्रेम करो और प्रेम करने दो! इस दुनिया में यही एक वास्तविकता है, बाकी सबकुछ मूर्खता है। शुद्ध और पूर्ण दुःख उतना ही असंभव है, जितना कि शुद्ध और पूर्ण आनंद।

आदर का आविष्कार किया गया था उस खाली जगह को भरने के लिए, जहाँ प्रेम होना चाहिए था। समय के साथ बुराई उससे भी बदतर हो जाती है, जिसे उसके द्वारा नियंत्रित करने की कल्पना की गई थी। सबसे अच्छे, सबसे दोस्ताना और सबसे सरल संबंधों में खुशामद या प्रशंसा जरूरी है, ठीक वैसे ही जैसे पहियों के घूमते रहने के लिए ग्रीस जरूरी है।

3. सत्याग्रह की शुरुआत

सन् 1881 में रूस की अंदरूनी राजनीतिक दशा उथल-पुथल से भरी थी। राजनीतिक जगत् में एक तूफान आया हुआ था। इसका परिणाम यह हुआ कि 13 मार्च को हत्यारों ने अलेक्जेंडर द्वितीय को मार डाला। इस घटना ने रूस में सनसनी पैदा कर दी। टॉल्सटॉय पर इस घटना का प्रभाव दूसरे ढंग से पड़ा। उन्होंने नए जार को एक विस्तृत पत्र लिखा। उसमें ईसा मसीह की शिक्षाओं को याद दिलाते हुए अपराधियों को क्षमा कर देने की प्रार्थना की। उन्होंने लिखा कि निर्दयी शासन और उदार सुधार दोनों का ही प्रयोग विफल हो चुका है। ऐसे में क्षमा की नीति अपनाना श्रेयस्कर होगा। किंतु इस पत्र का उन्हें कोई उत्तर नहीं मिला। अपराधी फाँसी पर चढ़ा दिए गए।

टॉल्सटॉय कुछ दिनों के लिए मॉस्को चले गए। मॉस्को में लोगों की जो दशा देखी, उससे उन्हें काफी तकलीफ पहुँची। उन्होंने देखा कि नगर में दो तरह के लोग हैं। एक तो वे हैं, जो मजदूर कहलाते हैं, जो हाथ से काम करते हैं, जो हमारे लिए अन्न पैदा करते हैं, जो अनेक अत्याचारों को सहते हैं और जिनके लिए भोजन का भी कहीं ठिकाना नहीं है। दूसरी ओर वे लोग हैं, जो आलसी और निकम्मे हैं, जो गरीब किसानों द्वारा पैदा किए गए धन के जरिए गुलछर्रे उड़ाते हैं और गरीबों व कमजोरों पर अत्याचार करना अपना जन्मजात अधिकार समझते हैं। गरीबों की दुर्दशा देख टॉल्सटॉय का कोमल और दयालु हृदय अत्यंत व्यथित हो गया। उन दिनों मॉस्को में जनगणना की तैयारियाँ चल रही थीं। इसे उन्होंने गरीबों की दशा को जाँचने और देखने का उचित अवसर समझा। उन्होंने मॉस्को नगरपालिका के सबसे दरिद्र व उपेक्षित भाग में जनगणना का काम करने की आज्ञा माँगी। उन्होंने नगर के उस भाग में जाकर देखा कि जहाँ अमीर लोग सुख व आनंद के साथ रहते हैं, वहीं गरीब लोग भूख से तड़प रहे हैं। इस जनगणना में उन्हें जो अनुभव प्राप्त हुए, उनके आधार पर 'तब हम क्या करेंगे?' शीर्षक से एक पुस्तक लिखी। उसमें दरिद्रों की दशा का वर्णन प्रभावशाली ढंग में किया गया था। देश के गरीबों की बदहाली पर विचार के दौरान वे इस नतीजे पर पहुँचे कि जब तक समाज में आमूल परिवर्तन नहीं किया जाता, तब तक कोई सुधार संभव नहीं है। उनका मत था कि सामाजिक बुराइयों का मुख्य कारण धन है। वे कहा करते थे कि धन एक प्रकार का दबाव है, जो सरलता से दूसरे पर डाला जा सकता है। उन्होंने धनिक वर्ग को सलाह दी—अपने किए पर पश्चात्ताप करो, अपने जीवन का अर्थ समझो, अपने खजाने में से थोड़ा सा धन गरीबों को दो या न दो, मगर उनके कष्टपूर्ण और परिश्रमी जीवन में भागीदारी अवश्य करो। उन्होंने स्वयं के जीवन को भी इसी मान्यता के अनुरूप ढाल लिया। नगर का जीवन उनकी प्रकृति के अनुकूल नहीं था, इसलिए वे यास्नाया पोल्याना लौट आए। वहाँ आकर वे आम जनता के मनोरंजन और शिक्षा

के लिए छोटी-छोटी कहानियाँ लिखने लगे। सहज व सरल भाषा में लिखी गई वे कहानियाँ रूस के साथ-साथ दुनिया भर में मशहूर होती गईं।

साहित्य-सेवा करते हुए टॉल्सटॉय ने अपनी जीवनचर्या में कोई बदलाव नहीं किया। वे गरीबों के साथ लकड़ी काटते, पानी भरते और जूते बनाते थे। वे स्वयं के हाथों निर्मित जूते पहनते थे। वे अपनी गठरी पीठ पर देहातियों की तरह लाद लेते थे और पैदल ही यात्रा करते थे। गाँव में अकसर वे पेड़ों को काटा करते और लकड़ी को अनाथों, विधवाओं एवं गरीबों में बाँट दिया करते थे। वे हमेशा गरीबों की सहायता करने के लिए तैयार रहते थे। एक रूसी काउंट होकर भी वे अपना जीवन दरिद्र किसानों की तरह व्यतीत करते और उनके दुःख में भागीदार होते थे। तत्कालीन रूसी सरकार ने उनकी पुस्तकों का छापना या बाँटना गैर-कानूनी कहकर उनका प्रसार बंद करवा दिया था; मगर रूस के बाहर यूरोप के स्वतंत्र देशों में उनकी पुस्तकें धड़ल्ले से प्रकाशित हो रही थीं। जेनेवा, लंदन, बर्लिन एवं पेरिस में उनकी पुस्तकों का अनुवाद होने लगा और उन पुस्तकों की लोकप्रियता विभिन्न देशों में बढ़ती गई। उनके निबंध पढ़कर बहुतों में उनसे भेंट करने की तथा उनके दर्शन करने की लालसा उत्पन्न हुई। जब उनके जीवन की कहानी समाचार-पत्रों में छपने लगी और वे 'मानवता के पुजारी' के नाम से प्रसिद्ध हो गए। तब उनके विचारों का लोगों पर गहरा प्रभाव पड़ने लगा। उनका प्रभाव इस कदर बढ़ गया कि स्वयं रूस के निरंकुश जार भी उन्हें एक प्रभावशाली व्यक्ति समझने लगे। खुफिया पुलिस उनके पीछे लगी रहती थी। उनकी पुस्तक का प्रचार करनेवालों को सजा मिलती थी; मगर सरकार टॉल्सटॉय को हाथ लगाने का साहस नहीं कर पाती थी।

लोग उन्हीं को अपना नेता समझने लगे। इस नवीन आंदोलन के प्रभाव के चलते कितने ही धनाढ्य और ऊँचे घराने के लोग दरिद्र किसानों के साथ रहने लगे और कितनों ने ही सेना में सेवा करने की शपथ लेने से इनकार कर दिया। तभी से उस प्रसिद्ध 'निष्क्रिय प्रतिरोध' या 'सत्याग्रह' का क्रम आरंभ हुआ, जिससे प्रभावित होकर महात्मा गांधी ने भारत के स्वतंत्रता आंदोलन में

इस अचूक अस्त्र का सफल प्रयोग किया। इस निष्क्रिय प्रतिरोध की नवीन शिक्षा की वजह से संसार में टॉल्सटॉय का स्थान बहुत ऊँचा हो गया।

4. सरल बनें

सबसे महान् सत्य सरल होते हैं। सच सोने की तरह अपनी उपज से नहीं प्राप्त होता है, बल्कि हर वह चीज, जो सोना नहीं है, से साफ करके प्राप्त होता है। गलती को कभी गलती से ठीक नहीं किया जा सकता और बुराई का अंत बुराई से नहीं हो सकता है। खुशी बाहरी चीजों पर निर्भर नहीं करती; बल्कि हम जैसे उन्हें देखते हैं, इसपर निर्भर करती है। केवल एक ही समय है, जो जरूरी है और वह है—अब! गलत, गलत होना बंद नहीं हो जाता, क्योंकि ज्यादातर लोग उसे मानते हैं।

एक इनसान भोजन के लिए जानवरों को मारे बिना भी जी सकता है और स्वस्थ रह सकता है। इसलिए अगर वह मांस खाता है तो वो बस, अपने पेट के लिए जानवरों का जीवन लेता है, ऐसा करना अनैतिक है। यदि कोई व्यक्ति एक धर्मी जीवन की महत्त्वाकांक्षा रखता है तो उसका पहला संयम जानवरों को चोट न पहुँचाना होना चाहिए। किसी गणितज्ञ ने कहा है—'आनंद सच खोजने में नहीं, बल्कि उसे खोजने का प्रयास करने में है। उसके पास सबकुछ आता है, जो जानता है कि इंतजार कैसे करना है! महान् चीजें हमेशा सरल और विनम्र होती हैं।'

5. गांधीजी और लियो टॉल्सटॉय

सदी के महानतम लोगों में से एक लियो टॉल्सटॉय इतने बेहतरीन लेखक थे कि कला को उन्होंने एक अलग परिभाषा दी। उन्होंने अपने लेखन से लोगों की मानसिक स्थिति को बदल दिया। यदि आप लोगों को बदलना चाहते हैं तो पहले खुद को बदलें और यही बात गांधीजी ने दोहराई। लियो टॉल्सटॉय की गांधीजी पर बहुत गहरी छाप थी। गांधीजी ने उन्हें कई पत्र लिखे थे और उन्होंने उनके जवाब भी दिए थे। महात्मा गांधी ने बहुत सारे कॉन्सेप्ट्स लियो टॉल्सटॉय से लिये हैं। उनका अहिंसावाद का जो

सिद्धांत है, वह सीधा लियो टॉल्सटॉय से लिया गया है।

लियो टॉल्सटॉय के विचारों को एक नया आकार देने का काम गांधीजी ने किया और उसकी छाप पूरे विश्व पर छोड़ दी। गांधीजी और लियो टॉल्सटॉय की उम्र में बहुत अंतर था। जब गांधीजी का जीवन आकार ले रहा था, तब लियो अपने जीवन के अंतिम पड़ाव पर थे। जब लियो 55 साल के थे, तब तक उन्होंने सबकुछ त्याग दिया था। वे एक बहुत धनी परिवार से थे, लेकिन उन्होंने एक संन्यासी का जीवन अपना लिया। वह किसानों के साथ रहते, उनके साथ काम करते, उनके जैसा खाना खाते, उनके जैसे कपड़े पहनते और जो कुछ भी कमाते, वह सब किसानों पर खर्च कर देते थे। उन्होंने अपनी सारी पैतृक संपत्ति भी दान कर दी थी। यहाँ तक कि उन्होंने मांस खाना तो छोड़ दिया था।

जिस तरह लियो टॉल्सटॉय ने अपनी पूरी संपत्ति दान कर दी थी, उसी तरह गांधीजी ने भी अपनी सारी पैतृक संपत्ति दान कर दी थी। गांधीजी के राजनीतिक गुरु गोपाल कृष्ण गोखले जरूर थे, पर उनके आध्यात्मिक गुरु लियो टॉल्सटॉय को कहा जाए तो यह गलत नहीं होगा। सन् 1909 में गांधीजी ने अपना पहला पत्र लियो टॉल्सटॉय को लिखा और अपने अफ्रीका के सविनय आंदोलन के बारे में बताया, जो उनकी विचारधारा से प्रभावित था। इस पत्र का जिक्र टॉल्सटॉय ने अपनी डायरी में किया है, 'आज मुझे एक हिंदू द्वारा लिखा हुआ दिलचस्प पत्र मिला है।' इसके जवाब में उन्होंने गांधीजी को लिखा—'मुझे अभी आपके द्वारा भेजा गया दिलचस्प पत्र मिला है और इसे पढ़कर मुझे अत्यंत खुशी हुई। ईश्वर हमारे उन सब भाइयों की मदद करे, जो ट्रांसवाल में संघर्ष कर रहे हैं। सौम्यता का कठोरता से संघर्ष, प्रेम का हिंसा से संघर्ष हम सभी यहाँ पर भी महसूस कर रहे हैं… मैं आप सभी का अभिवादन करता हूँ।'

गांधीजी ने दूसरा पत्र 4 अप्रैल, 1910 को लिखा और अपनी पुस्तक 'हिंद स्वराज' भी भेजी। वे लियो टॉल्सटॉय के जीवन के आखिरी दिन थे। टॉल्सटॉय ने 24 अप्रैल, 1910 को गांधीजी को लिखा—'मुझे आपका पत्र

और पुस्तक मिली··· सत्याग्रह सिर्फ हिंदुस्तान के लिए ही नहीं, वरन् संपूर्ण विश्व के लिए इस समय सबसे महत्त्वपूर्ण है।···'

इन पत्रों के सिलसिले से लियो टॉल्सटॉय गांधीजी से बहुत प्रभावित थे। शायद इसलिए कि वह समझ रहे थे कि गांधीजी उनकी विचारधारा को आगे बढ़ाने का काम कर रहे हैं। इसी कड़ी में उन्होंने अपना अंतिम पत्र 20 सितंबर, 1910 को गांधीजी को लिखा, जो उनका लिखा सबसे लंबा पत्र था—'अब' जब मौत को मैं अपने बिल्कुल नजदीक देख रहा हूँ तो मैं कहना चाहता हूँ, जो मेरे जेहन में साफ-साफ नजर आता है और जो आज सबसे ज्यादा जरूरी है और वह है—निष्क्रय प्रतिरोध, जो कि कुछ और नहीं, बल्कि प्रेम का पाठ है।···प्रेम इनसान के जीवन का एकमात्र और सर्वोच्च नियम है और यह बात हर व्यक्ति की आत्मा भी जानती है; और यदि इनसान किसी गलत अवधारणा को न माने तो शायद वह इसे समझ सकता है। इसी प्रेम की उद्घोषणा सभी संतों ने की है, फिर वे चाहे भारतीय हों, चीनी हों, यहूदी हों, यूनानी हों या रोमन हों। जब प्रेम में बल का प्रवेश हो जाता है तो फिर वह जीवन का नियम नहीं रह पाता और हिंसा का रूप धारण कर लेता है और शक्तिशाली की शक्ति बन जाता है।···' जब हम गांधीजी का दर्शन देखते हैं तो हम टॉल्सटॉय के विचारों की पूरी छाप गांधीजी के जीवन पर महसूस कर सकते हैं। जीवन भर गांधीजी लियो टॉल्सटॉय से प्रभावित रहे।

6. युद्ध और शांति

'वार एंड पीस' दुनिया के साहित्य का सबसे महत्त्वपूर्ण हिस्सा है, जिसे दुनिया भर के कॉलेज और स्कूलों में पढ़ाया जाता है। लियो टॉल्सटॉय का यह सबसे अच्छा लिखा गया उपन्यास है। इसको धारावाहिक प्रकाशित कराया गया था वर्ष 1865 से लेकर 1867 के बीच में। पूरे उपन्यास को 1869 में प्रकाशित कराया गया। यह लगभग 15 सौ पन्नों में फैला हुआ उपन्यास है, जिसे 15 से 20 बार संपादित किया गया। इसे लियो टॉल्सटॉय ने अपनी शादी के बाद लिखना शुरू किया था। इसमें सैकड़ों पात्र हैं।

पात्रों का जीवन बचपन से शुरू होकर जवानी और फिर अपने बच्चों तक पहुँचता है। आज भी रूस में लोग हफ्तों की छुट्टी लेकर इस उपन्यास को पढ़ते हैं। यह उपन्यास किसी भी व्यक्ति की विश्व को देखनेवाली दृष्टि को बदलने की ताकत रखता है।

यह कहानी उस वक्त की है, जब नेपोलियन बोनापार्ट ने पूरे यूरोप में आतंक मचाया हुआ था। उसने यूरोप के बहुत सारे भाग को जीत लिया था और रूस को भी जीतने की कोशिश की। उस समय रूस का शासक अलेक्जेंडर प्रथम था। 14 सितंबर, 1812 को नेपोलियन रूस की राजधानी मॉस्को में दाखिल हुआ। उसका मानना था कि अगर एक बार हमने राजधानी को जीत लिया तो अलेक्जेंडर हमारे सामने हथियार डाल देगा, लेकिन नेपोलियन के हमले से पहले ही मॉस्को को खाली करा दिया गया। नेपोलियन ने दो महीने इंतजार किया। उसके बाद उसकी सेना सितंबर की ठंड को झेल नहीं सकी और उसी दौरान सेना में महामारी फैल गई, जिसके कारण उसे वापस लौटना पड़ा। जिस समय नेपोलियन ने रूस पर हमला किया, उसी समय की कहानी है 'वार एंड पीस'।

लियो टॉल्सटॉय ने कुछ समय सेना में भी काम किया। उन्हें सेवास्तोपोल के ऐतिहासिक दुर्ग में सैन्य अधिकारी की हैसियत से भेजा गया। क्रीमियन युद्ध में रूसियों को अंग्रेजों और फ्रांसीसियों का सामना करना पड़ा था। टॉल्सटॉय उस भीषण युद्ध में प्रवृत्त थे। वे नित्य ही सैकड़ों मनुष्यों को मारते-मरते हुए देखते थे। युद्ध के उन भयानक दृश्यों का उनके मन पर गहरा प्रभाव पड़ा। युद्ध का जैसा भीषण चित्र उन्होंने अपने उपन्यास में प्रस्तुत किया है, वैसा कहीं अन्य नहीं मिल सकता। यदि टॉल्सटॉय ने सेवास्तोपोल की भीषण लड़ाई में भाग न लिया होता तो शायद वे इतना ओजपूर्ण उपन्यास न लिख पाते।

उनको नोबेल पुरस्कार नहीं मिला। नोबेल पुरस्कार के लिए वर्ष 1902 से लेकर 1906 तक उन्हें लगातार नामांकित किया गया, लेकिन नॉमिनेशन के बाद भी इन्हें नोबेल पुरस्कार नहीं मिल पाया।

7. अन्ना कैरेनिना

यह एक रियलिस्टिक उपन्यास है। यह जिस वक्त लिखा गया, उस समय रूसी साहित्य का स्वर्णिम काल था। इस कहानी में लियो टॉल्सटॉय ने शादीशुदा पारिवारिक जीवन को दिखाया है। उन्होंने इस नॉवेल की शुरुआत में कहा है कि सारे सुखी परिवार एक जैसे होते हैं, लेकिन सारे दुःखी परिवार एक जैसे नहीं होते। सब के दुःख अलग-अलग होते हैं।

अन्ना और कैरेनिना दोनों पति-पत्नी हैं। कैरेनिना अन्ना से 20 साल बड़ा है। अन्ना जुनूनी है। अन्ना बहुत ज्यादा खूबसूरत है। हर आदमी उसे पाना चाहता है। पर वह अपने जीवन में प्रेम ढूँढ़ रही है। कैरेनिना बहुत शांत और काम में डूबा हुआ व्यक्ति है। अन्ना का बेटा एक कारण है दोनों के रिश्ते के बँधे रहने का। फिर अन्ना की जिंदगी में रॉन्सकि आता है, जिसे अन्ना चाहने लगती है। रॉन्सकि सेना में अधिकारी है। यह बात पूरे सेंट पीटर्सबर्ग फैल जाती है कि उन दोनों का अफेयर चल रहा है। कैरेनिना अन्ना से इस बारे में पूछता है तो अन्ना कहती है कि 'हाँ, वो रॉन्सकि को चाहती है और कैरेनिना से तलाक चाहती है;' लेकिन कैरेनिना अन्ना को सजा देने के लिए तलाक देने से मना कर देता है।

लेकिन जब कैरेनिना को पता चलता है कि अन्ना रॉन्सकि के बच्चे को जन्म देने वाली है तो वह तलाक देने के लिए हामी भर देता है, लेकिन तलाक से पहले ही अन्ना एक बच्ची को जन्म देती है। उसके जीवन में बहुत कशमकश है। रॉन्सकि अपने काम के सिलसिले में बाहर जाता रहता है। एक बार वह वापस आ रहा होता है। अन्ना उसे लेने स्टेशन पर जाती है। वहाँ वह स्टेशन के चारों तरफ देखती है, उसे लगता है कि संसार में हर कोई दुःखी है। वह मजदूरों को देखती है, स्टेशन पर भीड़ में लोगों को देखती है। गाड़ी रुकने ही वाली होती है कि उससे पहले वह गाड़ी के सामने छलाँग लगा देती है। उपन्यास का अंत लैविन के दर्शन से होता है। लैविन, जो ईश्वर को नहीं मानता है, एक बार वह अन्ना को देखता है और अन्ना से प्रेम करने लगता है। जब उसे पता चलता है कि अन्ना मर चुकी है तो

वह अपने जीवन में ईश्वर को मानने लगता है और मानवता के लिए खुद को समर्पित कर देता है।

लियो टॉल्सटॉय का सन् 1873 से 1876 तक का समय 'अन्ना कैरेनिना' के लेखन में बीता। 'अन्ना कैरेनिना' पारिवारिक संबंधों और कशमकश को दिखाता एक बेहतरीन उपन्यास है और रूसी साहित्य का एक अहम हिस्सा है।

8. आस्था अपनी राह खोज लेती है

सन् 1875 से 1879 तक का समय उनके लिए बड़ा निराशाजनक रहा। ईश्वर पर से उनकी आस्था उठ चुकी थी। उस समय उनमें कुछ संकोच भी अधिक था। इसका परिणाम यह हुआ कि उन्हें विचारमग्न होकर प्रत्येक बात पर विचार करने का अवसर मिला। उसी समय से उन्हें विचार और तर्क करने तथा चीजों की पड़ताल करने की आदत पड़ गई। नतीजा यह हुआ कि उनके हृदय में संदेहजनक नास्तिक भावों का उदय होने लगा। वे ईसाइयत के विरुद्ध होने लगे। यह वही समय था, जिस समय ईसाइयत के नाम पर लोगों पर बहुत अत्याचार किया जाता था। अगर हम देखें तो सभी धर्मों का सार एक ही होता है; लेकिन जब धर्म कुछ लोगों तक सिमटकर रह जाता है तो वे लोग मनमानी से अपने अनुसार प्रयोग करने लगते हैं और धर्म अराजकता का नेतृत्व करने लगता है, जबकि उसका प्रमुख उद्देश्य मानवता और समाज-कल्याण ही है। रूस तीन वर्गों में बँटा हुआ था। पहला शासक वर्ग, दूसरा धनी वर्ग और तीसरा, जिसमें रूस की 70 से 80 प्रतिशत आबादी आती थी, जो गरीब व लाचार थी और दोनों वर्गों से शोषित होती थी। रूस में किसानों के लिए एक तरह की गुलामी प्रथा प्रचलित थी। दासता में जकड़े वे किसान अपने स्वामियों के खेतों में काम करते थे और अगर खेत बिक जाते थे, तो भी उनके साथ बेच दिए जाते थे। वे खेत के मालिकों के सब तरह से दास होते थे। वे उनके साथ मनमाना बरताव करते थे। बड़े-बड़े सरदार और धनी लोग शुरू से ही उन किसानों के हितों के प्रति उदासीन थे और किसी भी तरह के सुधार का विरोध करते रहते थे।

टॉल्सटॉय ने अपने विचारों से चर्च की व्यवस्थाओं पर जबरदस्त प्रहार किया था। टॉल्सटॉय ने कहा, "चर्च का इतिहास क्रूरतापूर्ण और भयावह है और ईसा के सिद्धांतों के खिलाफ है।...हर धर्म इस ओर इशारा करता है। रक्षक हमेशा धर्म के भक्षक बन जाते हैं। कोई भी धर्म जब अपने चरम पर होता है तो वह दमन करना शुरू कर देता है।" उन्होंने लिखा—'...एक इनसान का दूसरे के लिए सबसे बड़ा उपहार है—शांति और फिर भी यूरोप के ईसाई देशों ने अपने मातहत लगभग 3 करोड़ लोगों के भाग्य का फैसला हथियारों से किया है।...'

उन्होंने कहा कि ईसाइयत वही है, जो जीसस के कहे हुए मार्ग पर चले 'अगर तुम ईसाई हो तो अपने पड़ोसी से झगड़ो मत और न ही हिंसा का सहारा लो; किसी और को पीड़ा देने से अच्छा है, खुद पीड़ित हो जाओ और बिना किसी प्रतिरोध के हिंसा का सामना करो।...' ईश्वर को लेकर वह अपने प्रश्नों के उत्तर खोजने में इतने खो गए कि जवाब न मिलने पर वे आत्महत्या तक करने पर उतारू हो गए थे, पर अंत में उन्होंने मन की उलझन पर विजय पाई। उनके सारे सवाल और जवाब हमें उनके लेखन में मिलते हैं।

9. कला हैंडीक्राफ्ट नहीं है

लेखक के साथ-साथ वे एक महात्मा भी थे। वह बातें करते थे शांति की, अमन की, चैन की और अपने लेखन में भी वही बताते थे। उनका नजरिया था—वह लेखन ही क्या, जो लोगों को सोचने पर मजबूर न कर दे! कला का एक ही उद्देश्य है कि बुरे सवालों को मिटाना, जो आपके अंदर शैतान है, उसे खत्म करना और आपके अंदर अच्छे खयालों को जन्म देना, अच्छे विचारों को जन्म देना।

कला के महान् काम सिर्फ इसलिए महान् हैं, क्योंकि वे सभी की पहुँच में और समझ में आने वाले हैं। वास्तविक कला को एक प्रेम करनेवाले पति की पत्नी की तरह गहनों की जरूरत नहीं होती, लेकिन एक जाली कला को एक वेश्या की तरह हेमशा सजे रहना होता है। कला ज्ञान का उच्चतम

साधन है। कला कोई हैंडीक्राफ्ट नहीं है। यह उस अनुभव का प्रसारण है, जिसे कलाकार ने महसूस किया है।

सीमन बहुत गरीब है। वह अपने घर से चलता है अपने मालिक से पैसे लेने के लिए और अपनी पत्नी से वादा करता है कि वह फर का एक कोट लेकर आएगा, लेकिन उसे इतने पैसे नहीं मिलते तो वह खुद से कहता है, 'मैं फर के कोट के बिना ही गरम हूँ। मैं एक कप वोदका पी चुका हूँ और वह अब मेरी नसों में बह रही है। मुझे अब किसी भेड़ की खाल की जरूरत नहीं है। मैं अपनी तकलीफ भूल चुका हूँ। वाह, क्या आदमी हूँ मैं! मुझे कोई परवाह नहीं है। मैं बिना फरवाले कोट के ही रह सकता हूँ। मुझे उसकी हमेशा ज़रूरत नहीं है। सिर्फ एक ही तकलीफ है कि वह बूढ़ी औरत दुःखी हो जाएगी। यह वाकई शर्म की बात है।'

लौटते समय रास्ते में उसे बिना कपड़ों के चर्च के पास बैठा हुआ एक आदमी मिलता है। वह उसे देखता है और दया से भर जाता है और सोचता है। सीमेन ने अपनी फटी टोपी अपने सिर से उतारकर उस नंगे युवक के सिर पर पहनानी चाही, पर तभी उसे अपना खुद का सिर ठंडा महसूस हुआ और उसने सोचा कि 'मैं तो गंजा हूँ, जबकि इस युवक के बाल घुँघराले व लंबे हैं। उसने टोपी फिर से अपने सिर पर रख ली। मुझे इसे जूते पहना देने चाहिए। सीमेन बैठ गया और उसने उसे अपने जूते पहना दिए और फिर उस युवक की तरफ मुड़कर बोला, "अब ठीक है, मेरे दोस्त! चलो और गरम हो जाओ।" सीमेन को जब पता चलता है कि उसके पास जाने के लिए घर नहीं है तो वह उसे अपने घर ले आता है और अपनी पत्नी से कहता है कि वह एक भला आदमी है। इस पर मैट्रीना गुस्सा होती है और कहती है, "अगर वह एक भला आदमी होता तो नंगा नहीं होता। उसके शरीर पर तो एक कमीज भी नहीं है। यदि वह भला आदमी है, तब क्या तुम मुझे बताओगे कि वह भला आदमी तुम्हें कहाँ मिला?"

इतनी गरीबी के बाद भी मैट्रीना के हृदय में करुणा जागी। वह दरवाजे से हटी और तंदूर के पास पहुँची तथा खाना तैयार किया। उसने कटोरे को

मेज पर रख दिया और उसमें जौ से बनी मदिरा एवं ब्रेड का बचा हुआ टुकड़ा डाल दिया। उसने उन्हें एक चाकू और चम्मचें भी पकड़ा दीं।

ये लियो टॉल्सटॉय की प्रसिद्ध कहानी 'किसके लिए जिया जाए' के अंश हैं। इससे पता चलता है कि सीमेन के पास पैसा नहीं है, लेकिन उसके और उसकी पत्नी के अंदर मानवता कूट-कूटकर भरी हुई है। अपने लेखन में लियो टॉल्सटॉय ने हमेशा मानवता को ऊपर रखा और धन को हमेशा वैकल्पिक बताया। ऐसे ही वह अपने जीवन में भी थे। इसीलिए उन्होंने कहा कि कला कोई हैंडीक्राफ्ट नहीं है। वह एक कलाकार की मन की आवाज है, जिसे वह लोगों तक पहुँचाना चाहते हैं।

10. जीवन ही ईश्वर है

सुंदरता का विचार हर एक चीज का मूल विचार है। जीवन ईश्वर है। हर चीज बदलती है और वह गति भगवान् है, जब तक जीवन है, तब तक परमात्मा की चेतना में आनंद है। जीवन को प्रेम करना ईश्वर को प्रेम करना है। भगवान् के नाम पर एक क्षण रुको, अपना काम बंद करो, अपने चारों ओर देखो। अपने विवेक के विरुद्ध जीना सबसे असहनीय स्थिति है; और हमारे समय के सभी लोग ऐसी ही स्थिति में हैं। बिना यह जाने कि मैं क्या हूँ और मैं यहाँ क्यों हूँ, जीवन असंभव है। हमारा शरीर जीने की एक मशीन है। यह इसी के लिए संयोजित किया गया है। यही इसकी प्रकृति है। इसमें जीवन को बिना बाधित हुए जाने दीजिए और इसे अपनी रक्षा करने दीजिए। जब छोटे बदलाव होते हैं, तब सच्चा जीवन जिया जाता है। ईश्वर को हर व्यक्ति और जीव में खोजिए।

11. मोमबत्ती की तरह काम कीजिए

टॉल्सटॉय की माता राजकुमारी मैरी राजघराने की थीं और उनके पिता काउंट निकोलस भी शाही खानदान से थे। टॉल्सटॉय जब तीन वर्ष के थे, तभी उनकी माँ का देहांत हो गया, इसलिए उनके पालन-पोषण का भार उनकी बुआ पर आ पड़ा। माँ के निधन के छह वर्ष बाद उनके पिता का

भी निधन हो गया। इसलिए नौ वर्ष की अवस्था में ही बालक टॉल्सटॉय अनाथ हो गए।

सन् 1910 में उन्होंने अचानक अपने पैतृक गाँव 'यास्नाया पोल्याना' को हमेशा के लिए त्यागने का निश्चय किया। 10 नवंबर, 1910 को उन्होंने अपनी बेटी के साथ तीर्थ यात्रा के लिए प्रस्थान किया; लेकिन वह अपना तीर्थ पूरा नहीं कर पाए और 20 नवंबर को आस्टापोवो नामक एक छोटे से रेलवे स्टेशन पर इस धनिक पुत्र ने एक गरीब, निराश्रित और बीमार वृद्ध के रूप में मौत का आलिंगन किया। अपने पीछे छोड़ गए तो महात्मा गांधी जैसे लोग, जिन्होंने उनके दर्शन से एक नई दिशा पाई और अहिंसा व सत्याग्रह जैसे आंदोलन को अमर कर दिया। सच है कि हर इनसान अकेले आता है, लेकिन यह निर्णय उसी का है कि अपने पीछे वह कितने लोगों को छोड़ जाता है, जो उसके रास्ते पर चलकर अपने जीवन को नई दिशा दे सकते हैं!

"जिस तरह एक मोमबत्ती दूसरी को जलाती है और हजारों अन्य मोमबत्तियों को जला सकती है, उसी तरह एक दिल दूसरे दिल को रोशन करता है और हजारों दिलों को रोशन कर सकता है।"

□

विलियम शेक्सपियर

विलियम शेक्सपियर का जन्म इंग्लैंड में (1564-1616) हुआ। वे अंग्रेजी के कवि, काव्यात्मकता के विद्वान्, नाटककार तथा अभिनेता थे।

1. यह संसार एक रंगमंच है

शेक्सपियर कभी यूनिवर्सिटी नहीं गए थे, लेकिन उनके पास रिश्तों की समझ और व्यावहारिक ज्ञान बहुत था। विश्व की सभी मशहूर भाषा में उनकी पुस्तकों को अनुवादन किया गया है। एक समय था, जब बाइबल के बाद सबसे ज्यादा पढ़ा जानेवाला टेक्स्ट था विलियम शेक्सपियर के नाटक। शेक्सपियर को Bard of Avon भी कहा जाता है, क्योंकि वह Avon में पैदा हुए। Bard का मतलब होता है—पोइट। उन्होंने लगभग 38 नाटक लिखे, 154 सोनिट्स, दो लॉन्ग नरेटिव पोयम एवं कुछ और भी पोएट्री। सन् 1564 में Avon में उनका जन्म हुआ। वहीं उनकी मृत्यु भी हुई। उन्होंने अपने जीवन में 'एलिजाबेथ ऐज' भी देखी और 'जैकोबेन एज' भी देखी। उन्हीं के समय पर इंग्लैंड में 'रैनेसा' भी आया था। उनकी पत्नी का नाम एन था। उनके तीन बच्चे थे। उनकी पहली बेटी शादी के छह महीने बाद ही हो गई थी। 18 साल की उम्र में शेक्सपियर की एन से शादी हुई। एन उस समय 26 साल की थीं।

सन् 1585 में शेक्सपियर लंदन गए और वहाँ उन्होंने अपना कॅरियर

शुरू किया। पार्टनरशिप में खुद की नाटक कंपनी खोली, जिसका नाम था 'लॉर्ड चैंबर्लेंस मैन'। 1594 आते-आते उनकी खुद की कंपनी उनके नाटक परफॉर्म करती थी। सन् 1603 में रानी एलीजाबेथ की मौत हो गई। उसके बाद जॉन्स फर्स्ट ने इस कंपनी को रॉयल पेटेंट दे दिया और उसका नाम 'किंग्समैन' कर दिया। सन् 1599 में शेक्सपियर ने खुद का थिएटर खोला, जिसका नाम था 'ग्लोब थिएटर'। 1613 तक शेक्सपियर ने लगातार काम किया। 49 वर्ष की उम्र में वह रिटायर हो गए और 52 वर्ष की उम्र में गुजर गए।

यह संसार एक रंगमंच है, इस बात को शेक्सपियर के अलावा कौन समझ सकता है, जिसने पूरी जिंदगी थिएटर में गुजार दी! उन्होंने अपने जीवन में हजारों किरदार लिखे और अनगिनत बार अभिनय किया। ऐसे में वास्तविक जीवन का सार एक अभिनेता के समान ही सामने आता है, जहाँ सभी का आने-जाने का समय निश्चित है।

"यह संसार एक रंगमंच की तरह है और यहाँ सभी स्त्री-पुरुष मात्र कलाकार की तरह हैं। उनका आना और जाना होता है और एक व्यक्ति अपने पूरी जिंदगी में कई किरदारों को निभाता है।"

2. सोर्स ऑफ प्लेज

शेक्सपियर ने यूनिवर्सल फेम हासिल किया। बहुत सारे निर्माता और निर्देशक ने उनके नाटकों पर मूवी बनाई हैं। आनेवाले लेखक उनके प्लॉट्स, कैरेक्टर, कविता और कोटेशंस से बहुत प्रभावित हुए। शेक्सपियर के काम को एक आम आदमी भी पसंद करता था और एक पढ़ा-लिखा स्कॉलर भी। उनकी प्रसिद्धि का अंदाजा इस बात से लगा सकते हैं कि रोजाना के इस्तेमाल में हम उनकी इतनी सारी कोटेशंस बोल देते हैं, लेकिन हमें यही नहीं पता होता कि वह कोटेशन किसने लिखी हैं, जैसे कि "हर चमकती चीज सोना नहीं होती या फिर मैंने कभी किसी से कुछ स्वीकार नहीं किया, क्योंकि मुझे पता है कि अपेक्षा हर्ट करती हैं।"

शेक्सपियर ने इतना सबकुछ कहाँ से उठाया? जब शेक्सपियर एक बहुत प्रसिद्ध लेखक बन चुके थे, तब भी अपने लेखन में क्लासिक स्तर की चीजों को शामिल करते रहते थे, जैसे—ग्रीक और रोमन लेखन, वहाँ से सामग्री उठाते। उस वक्त क्लासिकल वर्क का जो भी अनुवाद होता था, उसमें से शेक्सपियर अपने काम की चीज उठाते थे।

जैसे 'हैमलेट' नाटक एक रिवेंज ट्रेजेडी है। उन्होंने सीनेका के नाटक से रिवेंज की थीम उठाई। पहले जो मिस्ट्री और मेलोडियस नाटक लिखे जाते थे, उनमें से भी शेक्सपियर ने बहुत कुछ उठाया। 'एलीजाबेथन एज' में कोई और ऐसा नाट्य लेखन नहीं था, जो इतने अच्छे से क्लासिक एलिमेंट्स को अपने काम में डाल सके। सिर्फ शेक्सपियर और क्रिस्टोफर मारलो ही ऐसा काम कर सकते थे। शेक्सपियर इस तरह लिखते थे कि पश्चिम के लिए वह चीज पारिवारिक हो, जैसे ओथैलो की जैलसी, किंग्लेर का पागलपन, मैकबेथ की एंबीशंस, रोमियो जूलियट का लव और शरलॉक का पत्थर दिल, (मर्चेंट ऑफ वेनिस वाला)। एलिजाबेथ के समय में पारिवारिक नाटक देखनेवालों को ये चीजें अपनी-सी लगती थीं। दूसरा, शेक्सपियर संबंध को, चाहे वो लव पार्टनर हों, दोस्त हों, पति-पत्नी हों, सब के रिश्तों को बहुत अच्छे से समझते थे।

'रोमियो जूलियट' में जितनी इनोसेंट और यूथफुलनैस दिखानी चाहिए थी, उन्होंने उतनी ही दिखाई है। 'पार्टनर्स' में एक टाइप की रिलेशनशिप नहीं होती कि दोनों एक-दूसरे को एक समान प्यार करें, बल्कि 'मैकबेथ' में एक पार्टनर दूसरे पार्टनर पर अपना नियंत्रण रखता है। लेडी मैकबेथ ने अपने पति को नियंत्रण में किया हुआ था। उसके सोचने-समझने पर और बिहेवियर पर भी। 'ओथेलो' में एक ऑफिसर को दिखाया गया है कि एक अफसर का दिमाग ईर्ष्या के चलते फिर सकता है और वह क्या-क्या कर सकता है!

उनके प्लेस स्पेशल इसलिए हैं, क्योंकि उनके नाटक की इमोशनल रेंज इतनी अच्छी है, जिनकी बराबरी कोई नहीं कर सका। दूसरा, चरित्रों

के एक्शन के साथ-साथ जो कविता बोली जाती थी, वह कविता भुलाई नहीं जा सकती। एक्शंस के साथ-साथ कविता को देखकर ऐसा लगता था, इससे बेहतर संवाद यहाँ पर नहीं हो सकता था। शेक्सपियर को पता था कि जनता को एंटरटेन करना है। दूसरा, खुद को समय के साथ अपडेट करते रहना है और एक कदम आगे रहना है, ताकि नाटकों में सबको मजा आए। आम जनता को भी और विशिष्टजनों को भी। शेक्सपियर नाटकों को लिखते हुए अपने नेचर के दो पार्ट्स को अपने नाटक के अंदर रखते थे। पहला, उनकी उनकी अपनी इंटेलेक्चुअल क्रियोसिटी, दूसरा समझदारी वाली बातें, समझदारी वाले सूक्त वाक्य। दूसरी तरफ वह अपना मध्य वर्गीय बैकग्राउंड मेंटेन करते थे, ताकि आम जनता को पसंद आए।

भाषा के साथ शेक्सपियर अच्छा खेल खेलते थे। उनके नाटक का मकसद साफ होता था कि क्या कहना चाहते हैं! उनकी एक विशेषता यह थी कि वे स्वतंत्रता रखते थे। किसी भी चरित्र को लिखते समय उसे सीमा में नहीं बाँधते थे। मानव स्वभाव को वह किसी भी सीमा तक जाकर दिखा सकते थे। अच्छा हो या बुरा, इस मामले में बेन जॉनसन ने शेक्सपियर के लिए कहा है कि "वह हमेशा ईमानदार थे। मुक्त स्वभाव के थे।"

3. आपके पास कला है तो आप निश्चित महान् बनेंगे

"महानता से आप कभी भी घबराइए नहीं—कुछ लोग महान् पैदा होते हैं, कुछ महानता को अपने दम पर हासिल करते हैं और कुछ लोगों के ऊपर महानता थोप दी जाती है।" जैसा उन्होंने कहा, शायद ऐसा ही उनके साथ हुआ है। उन्होंने कभी अपने कार्य को प्रकाशित नहीं कराया। वह तो अपनी कविताएँ किसी को दिखाना ही नहीं चाहते थे, लेकिन उनका ही कहा हुआ एक विचार उन पर लागू होता है, "सितारों के अंदर इतनी शक्ति नहीं, जो हमारे जीवन का फैसला कर सकें; बल्कि हमारा भाग्य खुद हमारे हाथों में है। नाम में क्या रखा है! अगर हम गुलाब के फूल को किसी और नाम से पुकारें तो वैसी ही खुशबू रहेगी, जैसी उसकी खुशबू है।"

जितनी यह बात सच है कि उन्हें नाम नहीं कमाना था, उतनी ही यह

बात भी सच है कि उन्हें पैसा बनाना था। शेक्सपियर ने नाम कमाने के लिए नहीं लिखा। उन्होंने सारे नाटक धन कमाने के लिए लिखे, लेकिन धन और यश भी उसी के पास होता है, जिसके पास कला होती है। उस समय व्यावसायिक नाटककार दूसरी नाटक कंपनियों को अपने नाटक बेच देते थे। थिएटर के मैनेजर उस नाटक को एक-दूसरे में बाँट लेते थे। इसके लिए कोई कानूनी प्रतिबंध नहीं था। बस, लिखकर मुनाफा कमाना ही उस समय का चलन था। शेक्सपियर नाटक के लिए जिस दृश्य को लिखते थे, वह मैनेजर की संपत्ति हो जाती थी।

गरीबी में पले-बढ़े शेक्सपियर, जो कभी पढ़ाई भी नहीं कर पाए, क्योंकि पैसा नहीं था। जाने किस हालात में उन्होंने अपने से 8 साल बड़ी लड़की से शादी की, वह भी मात्र 18 साल की उम्र में। अपने और अपने परिवार के लिए, जो पैसा उन्होंने दिन-रात मेहनत करके कमाया था; वह अपनी वसीयत में अपनी पत्नी के लिए सिर्फ एक बेड छोड़कर गए। उनके और उनकी पत्नी के बीच के संबंधों के बारे में कहीं कुछ स्पष्ट प्रमाण नहीं मिलते; लेकिन उनकी वसीयत से अंदाजा लगाया जाता है कि शायद उनके संबंध इतने मधुर नहीं रहे होंगे। निश्चित ही, अमर प्रेम कहानियाँ लिखनेवाले शेक्सपियर के जीवन में प्रेम कम ही रहा। वे जिंदगी भर लंदन में रहे और उनकी पत्नी एवन में। जिसके पिता दस्ताने बनाने के किसी कारखाने में काम करते थे, अगर उसे पैसा कमाने का कोई जरिया मिलता है तो ऐसा व्यक्ति उसे क्यों छोड़ना चाहेगा? यह बात सच है कि किसी परिवार को चलाने या खुद को पालने के लिए पैसा सबसे ज्यादा जरूरी होता है। यश धन की तरह कमाया नहीं जा सकता। कोई यह सोचकर कोई महान् काम नहीं कर सकता कि वह यशस्वी बनेगा, लेकिन महान् काम करके हम जरूर यशस्वी बन सकते हैं और शेक्सपियर ने इस बात को सिद्ध कर दिया कि यदि आपके पास कला है तो आपको कद्रदान मिलेंगे।

शेक्सपियर की कंपनी में उनके अभिनेता दोस्त थे जॉन हेमिंग्स, हेनरी कॉण्डेल। उन्होंने शेक्सपियर का पहला नाटक सन् 1623 में प्रकाशित

कराया और इसी फर्स्ट एडिशन का प्राक्कथन लिखा था बेनजॉनसन ने। बेनजॉनसन शेक्सपियर के अच्छे दोस्त थे। उन्होंने शेक्सपियर के लिए कोटेशन लिखी थी, 'नॉट फॉर एन एज, बट फॉर ऑल समय।' इस महान् नाटककार ने जीवन के सभी पहलुओं को इतनी गहराई से लिखा है कि आज तक कोई वहाँ तक पहुँच नहीं सका। मार्लो जैसे समकालीन कवि सिर्फ उनकी आलोचना करते रहे और इतिहास के पन्नों से गायत हो गए।

4. जिस काम से आप प्यार करते हैं, वह हमेशा आसान होता है

"काश, हर काम करना उतना ही आसान होता, जितना कि यह जानना कि क्या करना अच्छा है ?"—शेक्सपियर।

हर कोई जानता है कि क्या करना अच्छा है, लेकिन उसके लिए कुछ करता नहीं है। शेक्सपियर हर काम बहुत कुशलता के साथ करते थे।

वे मंच-सज्जा में निपुण थे। बताया जाता है कि स्ट्रेटफोर्ड में पलते-बढ़ते हुए उन्हें नाटकों में काम करने का मौका मिला था। वहाँ भी नाटक मंडली स्ट्रेटफोर्ड और आसपास के इलाके में घूम-घूमकर नाटक करती थी। उन्हीं दिनों जब मिडलैंड में नाटक कंपनियाँ घूम-घूमकर नाटक किया करती थीं, शेक्सपियर भी उसमें हिस्सा लेते थे। इसके साथ ही थिएटर की दुनिया से उन्हें मोह हो गया था। शेक्सपियर जब लंदन गए तो सबसे पहले एक पर्यटन कंपनी से जुड़े, हालाँकि उनके जमाने में थिएटर में अभिनेता बनना कठिन काम नहीं था। फिर भी, इसके दो पहलू हैं—पहला, इसके लिए न तो विशेष प्रशिक्षण की आवश्यकता थी और न अनुभव की। अभिनय करना आसान था। यदि कोई कलाकार दुर्घटनाग्रस्त या बीमार हो जाता था तो उसके स्थान पर नए कलाकार को काम करने का मौका मिल जाता था।

दूसरा पहलू देखें तो नाटक में काम करना उतना भी आसान नहीं था। जब कोई कलाकार दूसरे कलाकार की जगह पर काम करता था तो उसे उसकी कमी पूरी करनी पड़ती थी। कलाकार को सिर्फ एक से ज्यादा भूमिका ही नहीं निभानी पड़ती थी, बल्कि आधा दर्जन नाटकों के लिए एक साथ तैयारी करनी पड़ती थी। किसी-किसी दिन सुबह तक नाटक की

तैयारी करनी पड़ती थी और दोपहर बाद उसे रंगमंच पर दर्शकों के सामने प्रस्तुत करना पड़ता था। हालाँकि विलियम शेक्सपियर मंच पर बहुत बड़े कलाकार के रूप में नहीं उभर पाए थे। उन्होंने किस तरह की भूमिकाएँ निभाई थीं, इसके बारे में पर्याप्त जानकारी उपलब्ध नहीं है। विलियम शेक्सपियर ने अपने मित्र बेन जॉनसन द्वारा रचित नाटक में सेजनस का किरदार निभाया था। इससे उन्हें काफी लोकप्रियता हासिल हुई थी। कुछ विद्वानों का मानना है कि उन्होंने परदे के सामने का काम छोड़कर परदे के पीछे का काम करना शुरू किया और पूरे समय लिखने का काम करने लगे। कहा जाता है कि वे कलम पकड़ते थे और एक दिन में सामान्य रूप का एक नाटक लिख डालते थे। नाटक में नवीनता की झलक होने के कारण लोग उनके लिखे नाटकों को पसंद करते थे।

विलियम शेक्सपियर के नाटक संबंधी कार्य मुख्य रूप से दो दशक (वर्ष 1591 से 1611) तक चले और यह उनकी उम्र के लगभग सत्ताईस से सैंतालीस वर्ष तक का समय था। वे इन बीस वर्षों के दौरान औसतन सालाना दो नाटक करते थे। वे भाषा और साहित्य के हिसाब से बेहतरीन होते थे। इसके साथ ही उन्होंने कविता के तीन खंडों का संग्रह किया। बेन जॉनसन का कहना था, "उन्होंने जिस पंक्ति को एक बार लिखा, उसे कभी काटा नहीं।" उनके साहित्य का संपादन करनेवाले कहते थे कि उन्होंने एक भी पृष्ठ ऐसा नहीं पाया, जिसमें कोई पंक्ति कटी हुई हो।

हर साल एक-से-एक बेहतर नाटक लिखना बिना लगन और प्रेम के संभव नहीं। निश्चत तौर पर उनके सुप्रसिद्ध नाटकों की सूची यह बताती है कि उन्हें अपने काम से कितना प्यार था। बचपन से ही रंगमंच उनका आकर्षण था और मरते दम तक रहा।

5. समय के साथ बदलाव जरूरी है

वे सबसे पहले स्टेज पर घोड़े को लेकर आए, जिससे वे प्रसिद्ध हुए थे। उन्हें एक बेहतरीन स्टेज प्रबंधक माना जाता था। वे अर्ल ऑफ लिसेस्टरमेन से मिले, जहाँ उनकी मुलाकात जेम्स बार्वेज से हुई। जेम्स

बार्वेज ने लंदन में पहला नाटक हाउस बनाया और उसमें उन्होंने अपने अभिनेता बेटे रिचर्ड को उससे जोड़ा। शायद यहीं पर शेक्सपियर की वास्तविक प्रतिभा को पहली बार उन दोनों बाप-बेटे ने समझा और महत्त्व दिया। उन्होंने शेक्सपियर को प्रोत्साहित किया और नाटक के संपादन का काम सौंप दिया तथा उनकी मुलाकात अन्य लेखकों से करवाई।

न तो आज की तरह उस जमाने में दृश्य और सज्जा व पोशाक होते थे और न ही महिलाएँ अभिनय करती थीं। वर्ष 1560 के आसपास महिलाओं की भूमिकाएँ पुरुष या बच्चे निभाते थे। इसलिए उन दिनों नाटक में दर्शकों को बाँधे रखना आज के मुकाबले कठिन था। उन दिनों कलाकार घूम-घूमकर नाटक करते थे। वर्ष 1530 और 1630 के बीच लंदन के रंगकर्मी डेनमार्क, जर्मनी, ऑस्ट्रिया, हॉलैंड, फ्रांस आदि देशों में नाटक करने जाते थे। शेक्सपियर के युग में विदेशों में नाटक करने का प्रचलन था। विदेशों में नाटक करनेवालों का बड़ा सम्मान था। विदेशों में होनेवाले मंचन में कम संख्या में कलाकार हिस्सा लेते थे। विलियम शेक्सपियर का नाम उन कलाकारों की सूची में शामिल नहीं था।

शेक्सपियर हमेशा फैशन को ध्यान में रखकर लिखा करते थे। उनके कॅरियर का सर्वश्रेष्ठ भाग था उनकी ट्रेजेडी, जो उन्होंने 'जैकोबेन एज' में लिखी थी। फैशन के हिसाब से उन्होंने खुद को परिवर्तित किया था। किस चीज का ट्रेंड चल रहा है मार्केट में, उसी हिसाब से लिखा। उन्हें 'एलिजाबेथ ड्रमस्टिक' जरूर कहा जाता है, लेकिन उन्होंने अपनी ट्रेजेडी 'जैकोबेन एज' में लिखी।

6. ऐतिहासिक नाटक

उन्होंने शुरुआत में ऐतिहासिक नाटक लिखे। जिस समय उन्होंने ऐतिहासिक नाटक लिखे, उस समय स्पेन ने इंग्लैंड पर आक्रमण कर दिया था। समीक्षक मानते हैं, जिस आयु में एलिजाबेथ प्रथम आती हैं, उसके वंश के राजा और रानी कितने अच्छे हैं, यह दिखाने के लिए, लोगों में देशभक्ति जगाने के लिए उन्होंने वे नाटक लिखे।

शेक्सपियर ने इस फार्म में चमत्कार किया। उन्होंने ऐतिहासिक नाटक लिखने का विचार लिया था मार्लो से। वे अपनी तत्कालीन गवर्नमेंट को प्रभावित करना चाहते थे। हेनरी सिस्थ पार्ट फर्स्ट, एडवर्ड थर्ड, हेनरी सिस्थ पार्ट टू, हेनरी सिस्थ पार्ट थ्री, रिचर्ड थर्ड, किंग जॉन, रिचर्ड सेकंड, हेनरी फोर्थ पार्ट वन, टू। माना जाता है, हेनरी सिस्थ पार्ट फर्स्ट को शेक्सपियर ने मार्लो और थॉमस नैश के साथ मिलकर लिखा था। एलिजाबेथ के समय में मिलकर लिखना बहुत सामान्य चीज थी।

7. कॉमेडी नाटक

उन्होंने कॉमेडी में सबसे पहला प्रयोग किया था 'कॉमेडी ऑफ एरर्स' पर। 'कॉमेडी ऑफ एरर्स' शेक्सपियर की अपरिपक्व कॉमेडी मानी जाती है। इसे लिखने के लिए शेक्सपियर ने संदर्भ एक रोमन नाटक से लिये थे, जिसका नाम था 'प्लॉट्स'। उनका एक नाटक है Menaechmi। यह ट्विंस की कहानी है। यही प्लॉट 'कॉमेडी ऑफ एरर्स' में प्रयोग किया गया है। शेक्सपियर की अगली कॉमेडी है The Taming of the shrow इस कॉमेडी को लिखने के लिए उन्होंने Ovid की एक कविता Metamorphoses में से थीम ऑफ ट्रांसफॉर्मेशन को लिया है। इसके अंदर एक पत्नी है, जिसे उसका पति सुधारता है। इस थीम को शेक्सपियर ने 'एलिजाबेथ एज' में दुबारा प्रसिद्ध कर दिया था। Titus Andronicus, The two Gentlemen of Verona, Love's Labour's Lost. 'लवर्स लेबर लॉस्ट' और 'मिडसमर नाइट ड्रीम' से पहले शेक्सपियर ने सिंपल रोमांस और कॉमेडी लिखी थी, लेकिन अब उन्होंने रोमांस के अंदर मैजिक और मैडनेस को शामिल कर दिया था। 'मिडसमर नाइट ड्रीम' को शेक्सपियर की 'मोस्ट सोफस्टीकेटिड अर्ली कॉमेडी' माना जाता है।

इस बीच 'रोमियो और जूलियट', 'मर्चेंट ऑफ वेनिस', 'ट्वेल्थ नाइट', 'एज यू लाइक इट' लिखे। मर्चेंट ऑफ वेनिस की हीरोइन पार्शिया शेक्सपियर की पहली वयस्क हीरोइन मानी जाती है, जिसने वेश बदलकर

अपना रोल किया था। उसके बाद 'ट्वेल्थ नाइट', 'एज यू लाइक इट' में भी शेक्सपियर ने इस तकनीक को अपनाया। 'एज यू लाइक इट' और 'ट्वेल्थ नाइट' शेक्सपियर के सबसे ज्यादा लोकप्रिय कॉमेडी नाटक माने जाते हैं। इनमें कहानियों की मुख्य हीरोइन अपना वेश बदल लेती है। 'ट्वेल्थ नाइट' में शेक्सपियर ने 'कॉमेडी ऑफ एरर्स' के कुछ एलीमेंट्स उठाए हैं। जैसे दो जुड़वाँ भाई होते हैं, जो आपस में शिपरैक के दौरान बिछड़ जाते हैं। 'द मैरी वाइफ ऑफ विंडरो' फिर 'ऑल इज वेल दैट एंड्स वेल' और 'मेजर फॉर मेजर' ये दोनों नाटक शेक्सपियर ने तब लिखे थे, जब वह अपनी ट्रेजडी भी लिख रहे थे। कुछ समीक्षक ने इन दोनों नाटकों को 'डार्क कॉमेडी' कहा है, क्योंकि 'मेजर फॉर मेजर' की कॉमेडी में किसी प्रकार का कोई भी ह्यूमर नहीं है। ये कुछ गंभीर प्रश्नों को बताता है, इसलिए इसे 'डार्क कॉमेडी' कहा जाता है।

8. ट्रेजेडी नाटक

'मेजर फॉर मेजर' को लिखने के बाद चार साल तक शेक्सपियर ने ट्रेजेडी लिखीं। फिर उन्होंने लिखा 'टाइटस एड्रॉनेकस' को। इसकी थीम शेक्सपियर ने ओविड से ली है। ओविड एक रोमन कवि थे। ये शेक्सपियर के सबसे पसंदीदा कवि थे। उनके अलावा एक दूसरे कवि थे सीनेका। उनके लगभग दस नाटकों को 1559 में इंग्लिश में अनुवादित किया गया। उनको पढ़कर शेक्सपियर ने अपनी रिवेंज की थीम को लिया। फिर 'जूलियस सीजर', 'रोमियो जूलियट' एक बुक थी, प्यूटाक्स लाइव वहाँ से शेक्सपियर ने 'जूलियस सीजर' के लिए सोर्स जमा किए। रिवेंज की थीम को शेक्सपियर ने 'जूलियस सीजर' और 'हैमलेट' में इस्तेमाल किया है।

शेक्स्पीयर का हैमलेट एक रिवेंज थीम नहीं है, बल्कि मानवता का दुःखद अंत है। यह नाटक जितना प्रभावी था, उतना प्रभाव किसी और नाटक ने नहीं डाला। हैमलेट का बेटा प्रिंस हेलमेट अपना मानसिक संतुलन खो बैठता है। वह जिन-जिन लोगों पर विश्वास करता है, सब उसके साथ विश्वासघात करते हैं। लोगों को लगता है कि वह सच में पागल हो चुका

है; लेकिन यह अपने पिता के कातिलों को सामने लाने की उसकी एक तकनीक है।

उसके बाद Troilus and Cressida एक स्ट्रेंज नाटक है, फिर उसी के जैसा सिमलर नाटक Timon of Athens के अंदर भी आयरनी प्रयोग किया गया है। इसके बाद शेक्सपियर ने लिखा 'ओथैलो' को। इससे पहले दो नाटक भी एक्सपेरिमेंट थे। 'ओथैलो' भी एक नए तरीके का प्रयोग था, जो सफल रहा। ये एक इटैलियन कहानी थी 'अनकैपिटानौमोरो', यह उस पर बेस्ड था। उसके बाद किंग लीयर, मैकबेथ और एंटोनी एंड क्लीयोपेट्रा तीनों में एक समानता है। इनमें एक आदमी और औरत के संबंध में जो मनोवैज्ञानिक आयाम हैं, उनको दिखाने की कोशिश की है। मैकबेथ और क्लीयोपेट्रा में दोनों औरतें अपने आदमी के व्यवहार को डायरेक्ट नियंत्रित करती हैं और फिर coriclanus. ये सारी शेक्सपियर की ट्रेजेडी हैं।

9. रोमांटिक नाटक

अपने कॅरियर के अंत में उन्होंने चार रोमांटिक नाटक लिखे। उन्होंने ट्रेजेडी और कॉमेडी को मिलाकर ट्रैजिकॉमेडी बना दिया था। Pericles, Cymbeline, The winter's Tale, The Tempest. इन चारों नाटकों में शेक्सपियर ने बाप-बेटियों की कहानी बताई है। विशेषकर उन बाप-बेटियों की, जो बिछड़ जाते हैं। इनमें से तीन नाटक ऐसे हैं, जिनमें बेटियाँ अपने बाप से बिछड़ जाती हैं और वापस वे लोग मिल जाते हैं। अंतिम वाला नाटक 'द टेंपेस्ट' चारों में से एकमात्र ऐसा नाटक है, जिसमें बाप और बेटी साथ में रहते हैं। यह नाटक शेक्सपियर का खुद से एक्टिवली लिखा हुआ आखिरी नाटक है। इस नाटक को खत्म करते-करते एक प्रोस्पेरो का एक डायलॉग है, जो शेक्सपियर ने लिखा है—"और हमारा आनंद अब खत्म हुआ।" समीक्षक यह मानते हैं कि प्रोस्पेरो के जरिए शेक्सपियर ने दुनिया को यह बता दिया कि अब मैं रिटायरमेंट ले रहा हूँ, लेकिन इसके बाद भी शेक्सपियर ने जॉन फ्लेजर के साथ मिलकर एक नाटक लिखा था—The two noble Kinsmen, जिसे उनका अंतिम नाटक माना जाता है और

1934 में यह दुनिया के सामने प्रकाशित हुआ।

इतने व्यस्त जीवन के अंदर हमें उनकी कविता भी पढ़ने को मिलती है। 1593 से 1594 के बीच में लंदन में प्लेग फैल गया था। उस समय थोड़े समय के लिए थिएटर को बंद कर दिया गया। उस वक्त उन्होंने कविता लिखी। यह दो भागों में बँटी है। इसी वक्त की शेक्सपियर की सोनिट्स भी मिलती हैं। वह अपनी सोनिट्स को अपनी प्राइवेट डायरी में लिखते थे। प्रकाशित करवाना तो दूर की बात है, वह तो यह भी नहीं चाहते थे कि कोई उन्हें पढ़े। ये 154 सोनिट्स हैं, उनको 'डार्क लेडी' और 'फेयर यूथ' में बाँटा गया है। नाटक तो नाटक शेक्सपियर अपनी कविताओं की वजह से भी अंग्रेजी साहित्य में ऑल टाइम फेवरेट हैं। उन्होंने आईएंबिक पेंटामीटर को भी अपनी कविता में इन्वेंट किया, जो आज सबसे ज्यादा इस्तेमाल किया जाता है। सबसे पहले शेक्सपियर ने ही इसका इस्तेमाल किया था। अपने पूरे जीवनकाल में वह कभी भी किसी भी विवाद में नहीं फँसे। उनको विवादों से डर लगता था। जिंदगी भर उन्हें तारीफ मिली और मृत्यु के बाद भी उन्हें सिर्फ तारीफ ही मिली।

10. आलोचना

वर्ष 1585 से1613 तक उन्होंने जो लेखन किया, उसके लिए उनकी आलोचना की जाती है कि उन्होंने बहुत सारे काम खुद से नहीं किए, बल्कि किसी और ने उनके काम को लिखा है और श्रेय शेक्सपियर को मिला। इसका कारण लोग देते हैं कि शेक्सपियर कभी यूनिवर्सिटी नहीं गए थे तो उन्होंने इतने बड़े-बड़े नाटक कैसे लिखे? दूसरा, शेक्सपियर ने जहाँ भी अपने हस्ताक्षर किए, कहीं भी अपने नाम की स्पेलिंग ठीक से नहीं लिखी है। आलोचक यह कारण देते हैं, उनको तो अपना नाम बोलना तक नहीं आता था! वह 'विलियम सकसपर' बोलते थे। डॉ. सैमुअल जॉनसन का एक लेख लैंडमार्क की तरह माना जाता है। डॉ. सैमुअल जॉनसन ने नौ साल तक शेक्सपियर के नाटकों का अध्ययन किया और अपना मत दिया है। वह प्रकाशित हुआ 10 अक्तूबर, 1765 को। इसे तीन पार्ट में बाँटा किया गया है—

1. जर्नल नेचर एक्सीलेंसी

शेक्सपियर के समय लोग ओल्ड को अच्छा मानते थे और वर्तमान का कोई मूल्य नहीं था। जॉनसन कहते हैं कि पीस ऑफ लिटरेचर अच्छा है, इस बात से निर्णय किया जाता है कि वह लंबे समय तक रहता है या नहीं? दूसरा, समय के साथ धीरे-धीरे उसकी पहचान बढ़ रही है या नहीं! तीसरा, दूसरे काम से अगर उसकी तुलना की जा रही है तो क्या कंडीशन है? ये तीन चीजें किसी भी लिटरेचर पीस को जज करने के लिए जरूरी हैं।

शेक्सपियर के नाटक ज्ञान का खजाना हैं। इनमें सिर्फ एक जुनून नहीं होता, बल्कि डिफरेंट-डिफरेंट टाइप के जुनून होते हैं, जैसे—गुस्सा, अभिमान, हँसी, ईर्ष्या, बदला। शेक्सपियर के नाटक जीवन का दर्पण होते हैं। उनके समय के लेखक उन्हें पसंद नहीं करते थे, क्योंकि उन्होंने ट्रेजेडी और कॉमेडी को मिलाकर ट्रेजकॉमेडी बना दी थी। यह चीज फॉल्ट मानी जाती थी, क्योंकि उस समय इसे क्लासिकल रूल के हिसाब से सही नहीं माना जाता था। ट्रेजेडी और कॉमेडी दोनों अलग-अलग होनी चाहिए, लेकिन जॉनसन ने यहाँ शेक्सपियर को परिभाषित किया है और कहा है कि अच्छा ही किया, उन्होंने दोनों चीजों को मिक्स कर दिया, क्योंकि हमारा नेचर भी एक जैसा नहीं होता। हम कभी दुःखी होते हैं, कभी बहुत खुश होते हैं और कभी बहुत गुस्सा होते हैं। भले ही यह चीज क्लासिक नियमों के खिलाफ है, लेकिन ऐसा करके शेक्सपियर ने नाटकों को वास्तविक जीवन के बहुत करीब ला दिया था। उनकी ट्रेजेडी और कॉमेडी दोनों बैलेंस होती थीं। एक साथ होते हुए भी उन दोनों ने एक-दूसरे को प्रभावित नहीं किया। शेक्सपियर जानते थे कि लोगों को खुश कैसे किया जाए! उन्हें बहुत सारी वैरायटी में मिलना चाहिए। शेक्सपियर को अच्छे से पता था कि कैसे लोगों को रुलाते-रुलाते हँसा देना है। कॉमेडी की बात की जाए तो शेक्सपियर जीनियस थे। कॉमेडी लिखने में उन्हें ज्यादा परिश्रम नहीं करना पड़ता था। यही कॉमेडी दृश्य समय के साथ जुड़े थे। समय के साथ ड्यूरेबल थे और समय के साथ उनकी लोकप्रियता पर कोई भी खास असर नहीं पड़ा है और

कॉमिकसेंस की भाषा भी वास्तविक जीवन वाली होती थी। उसको ज्यादा परिष्कृत करके नहीं लिखा गया। इसलिए ये अब तक भी पुराने नहीं हुए हैं। इतिहास और ट्रेजेडी को लिखने में उनको अध्ययन करना पड़ता होगा, लेकिन कॉमेडी नेचुरल आती थी।

2. यूनिटी ऑफ समय, स्थान और एक्शन

क्लासिकल रूल्स कहते हैं कि समय, प्लेस और एक्शन की यूनिटी होनी चाहिए। जॉनसन कहते हैं—शेक्सपियर की हिस्ट्री न ही कॉमेडी थी, न ही ट्रेजेडी थी तो फिर उनको उन्हें फॉलो करने की क्या जरूरत थी ? हिस्ट्री में समय, स्थान और एक्शन को फॉलो नहीं किया जा सकता। इतिहास व स्थान के अंदर बस, कैरेक्टर्स की वास्तविकता और उसकी गति को ध्यान में रखना था, जो उन्होंने बहुत अच्छे से किया है। अगर दूसरे नाटकों की बात की जाए तो वहाँ पर समय और स्थान को चाहे ढंग से मेंटेन नहीं किया हो, लेकिन एक्शन को उन्होंने अच्छे से मेंटेन किया है। वह एक्शन पर ज्यादा ध्यान देते थे, लेकिन समय और स्थान की यूनिटी पर शेक्सपियर ने ध्यान नहीं दिया। ऐसा माना जाता था कि समय और स्थान की यूनिटी को फॉलो करने से नाटक में विश्वास बना रहता है, लेकिन जॉनसन कहते हैं कि दर्शक अच्छे से यह बात जानते हैं कि फिक्शन कभी भी वास्तविक नहीं होता। नाटक देखनेवाले कुछ भी छविनि कर सकते हैं। नाटक की कोई सीमा नहीं होती। उसमें कुछ भी हो सकता है कि यह बात कहीं भी गलत नहीं है। जरूरी नहीं कि कैरेक्टर अगर डर रहा है तो चारों तरफ डर वाला माहौल रचा जाए। डर कहीं भी लग सकता है। शेक्सपियर फोकस करते थे कि एक्शन और इवेंट्स एक-दूसरे से संबद्ध हों। जॉनसन कहते हैं कि नाटक आगे लेकर जाता है, इसलिए नहीं कि जो हो रहा है, वह वास्तविक है, बल्कि इसलिए कि दर्शक महसूस कर सके कि नाटक में जो कुछ भी हो रहा है, वह हमारे साथ भी हो सकता है। नाटक हमारी असल जिंदगी से अगला एक कदम है। जॉनसन कहते हैं कि नाटक में यूनिटी ऑफ एक्शन हो, यही बहुत है। जरूरी नहीं है कि समय और स्थान की यूनिटी भी हो। अच्छा हुआ, उन्होंने उन पर ध्यान नहीं दिया।

3. त्रुटियाँ

जॉनसन बताते हैं, शेक्सपियर कभी भी नैतिक उद्‌देश्य के लिए नहीं लिखते थे। उनका उद्‌देश्य होता था दर्शकों को खुश करना, बजाय कुछ सिखाने के। यह उनके नाटकों के साथ न्याय नहीं हुआ। यह त्रुटि है। जिससे उनकी उनके ही समय में आलोचना की गई, जैसे—'मर्चेंट ऑफ वेनिस' में पोर्शिया वेश बदलकर वकील बनकर कोर्ट में जाती है। उस समय पर यह चीज मान्य नहीं थी कि औरत ऐसा कुछ करें, लेकिन शेक्सपियर ने इसके पीछे कोई भी अपना नैतिक उद्‌देश्य नहीं छोड़ा। अगर उस वक्त कोई कोर्ट में उसे पहचान लेता तो पूरा प्लॉट खराब हो जाता। दूसरी गलती वह अपने प्लॉट को बहुत ढीले तरीके से डिजाइन करते थे। कभी भी प्लॉट को इंप्रूव करने की कोशिश नहीं करते थे। गलती हो गई तो हो गई। उसको सुधारते नहीं थे। जैसे 'मर्चेंट ऑफ वेनिस, में एंटोनियो यह कहकर पैसे उधार दिलवाता है कि मेरे जहाज समुद्र में इधर-उधर फैले हुए हैं। जैसे ही वे वापस आ जाएँगे, मैं तुमको तुम्हारा सारा पैसा वापस कर दूँगा, लेकिन खबर आती है कि उसके जहाज डूब गए। अगर जहाज इधर-उधर फैले हुए थे तो सारे एक साथ कैसे डूब गए, एक साथ खो गए या एक साथ ही नहीं लौटे? शेक्सपियर ने इजिप्ट, इटली, डेनमार्क, इन सब देशों के कैरेक्टर्स दिखाए, लेकिन उनके कैरेक्टर से कहीं भी यह शो नहीं होता कि कैरेक्टर इटली से है या फिर डेनमार्क से है। उनके नाम के अलावा उनमें कोई अंतर नजर नहीं आता। कैरेक्टर का नेचर एकदम इंग्लिश वाला ही होता था। नाटक की स्पीच कभी-कभी बहुत कोल्ड और वीक हो जाती थी। यह रीजन और ट्रुथ से भी सैक्रिफाइस करते थे, जैसे किंग्लेर के अंदर किंग और फूल साथ में थे, लेकिन साथ में रहने के बावजूद ऐसा लगता है जैसे किंग कभी फूल की भाषा बोल रहा है और फूल कभी किंग की भाषा बोल रहा है। पता नहीं क्यों शेक्सपियर लोअर कैरेक्टर से हमेशा नोबेल भाषा बुलवाते थे। वह अपनी स्पीच को थोड़ा सा प्रभावी बना सकते थे। वह अपने वक्त के अंदर ग्रीक और इटालियन

कल्चर के क्लासिक उठाते थे, लेकिन वह ऐसे क्लासिकल रेफरेंस यह सोचकर उठाते थे कि इससे स्पीच मजबूत हो जाएगी। जैसे 'मर्चेंट ऑफ वेनिस' में पोर्शिया बोलती है, "ठीक है, तुम एंटोनियो का एक पाउंड मांस काट लो, लेकिन एक भी बूँद खून की बहाए बिना।" यह नाटक का सबसे महत्त्वपूर्ण हिस्सा है, लेकिन शेक्सपियर ने इसको सिर्फ एक लाइन में खत्म कर दिया। इसलिए यह चीज पावरलेस और अनप्राइसिंग लगती है। स्पीच को थोड़ा बड़ा करके और प्रभावी बनाया जा सकता था।

वह प्लॉट को थोड़ा लंबा खींचते थे, जैसे 'हैमलेट' के अंदर प्रिंस अपने चाचा को मारने से हिचक जाता है। यह चीज इतनी खींची गई कि उबाऊ लगने लगती है। 'मर्चेंट ऑफ वेनिस' में तीन लड़के पोर्शिया को देखने आते हैं। वहाँ एक लड़के से भी काम चल सकता था। कॉमेडी के अंदर जोक्स अकसर बहुत ज्यादा गंदे भी हो जाते थे। वह अजीब बातें बहुत ज्यादा हाइलाइट करके दिखाते थे। कभी-कभी संवाद उबाऊ भी होता था।

सैम्युअल जॉनसन ने जब अपनी 'डिक्शनरी ऑफ इंग्लिश लैंग्वेज' को लिखा था तो उसमें सबसे ज्यादा कोटेशन शेक्सपियर की ही थीं। शेक्सपियर ने अंग्रेजी भाषा को बहुत सारे शब्द दिए हैं—लगभग 17 हजार से 29 हजार शब्द।

11. शब्द हवा की तरह आसानी से बहते हैं

शेक्सपियर का थिएटर उस समय ऐसा थिएटर था, जहाँ पर सब तरह कि दर्शक आ सकते थे। जरूरी नहीं था कि उच्च श्रेणी के ही लोग वहाँ आएँ। उनका मानना था कि भीड़—भीड़ को खींचती है, तो वे भीड़ को आने से कभी मना नहीं करते थे। कहा जाता है कि कीट्स अपनी टेबल पर शेक्सपियर की फोटो रखते थे।

अंतिम तीन सालों तक वह एवन में रहे और वर्ष 1616 में उनकी मृत्यु हो गई। शेक्सपियर को वहीं पास के चर्च में कब्र में दफनाया गया और उसके ऊपर एक लाइन लिखी हुई है, जिसका मतलब है कि "मेरी हड्डियों

को हाथ लगाने की जरूरत नहीं है और अगर किसी ने भी इसको खोदने की या पत्थर को हाथ लगाने की कोशिश की तो उसको शाप लगेगा।" उन्होंने कहा था, "शब्द हवा की तरह आसानी से बहते हैं।" ऐसे ही उनके शब्द लंदन से चलकर पूरे विश्व में फैल गए।

□

सचिन तेंदुलकर

सचिन रमेश तेंदुलकर क्रिकेट के इतिहास में विश्व के सर्वश्रेष्ठ बल्लेबाजों में गिने जाते हैं। भारत के सर्वोच्च नागरिक सम्मान 'भारत रत्न' से सम्मानित होनेवाले वह पहले खिलाड़ी और सबसे कम उम्र के व्यक्ति हैं। 'राजीव गांधी खेल रत्न पुरस्कार' से पुरस्कृत होनेवाले वे पहले क्रिकेट खिलाड़ी हैं। वे 'पद्म विभूषण' से भी सम्मानित किए जा चुके हैं।

1. साहस सफलता के सारे रास्ते खोल देता है

साहस एक शानदार क्षमता है, जो हमारी तकदीर और तसवीर दोनों बदल सकता है। साहस एक वृक्ष की तरह है, जिसे जितना तराशा जाए, वह उतने ही फल देता है। लक्ष्य कभी हमारी शक्ति और साहस से बड़े नहीं होते। जब भी हम कुछ बड़ा करने की सोचते हैं, हमारे दिमाग में कई सवाल दौड़ते हैं, 'क्या मैं कर पाऊँगा ? मुझे सफलता मिलेगी या नहीं ?' अगर हम जीवन में कुछ पाना चाहते हैं तो हमें रिस्क लेने होते हैं।

न्यूजीलैंड के खिलाफ मैच चल रहा था। टीम का लगभग सबसे छोटा लड़का, मिडिल ऑर्डर बल्लेबाज, पहली बार ओपनिंग करने के लिए उतरा। अवसर मिलते नहीं हैं, ढूँढ़े जाते हैं और खुद को साबित किया जाता है। जब उन्होंने सुबह अपना बल्ला उठाया था और स्टेडियम की तरफ रुख किया था, तब उन्हें नहीं पता था कि वो पारी की शुरुआत करने वाले हैं। सभी मैदान में पहुँच गए थे। अजहर और वाडेकर ड्रेसिंग रूम में थे। सिद्धू

ओपनिंग करने वाले थे, लेकिन वे फिट नहीं थे। कैप्टन और मैनेजर दोनों के दिमाग में यह सवाल था कि ओपनिंग करने के लिए किसे भेजा जाए? तब एक लड़का सामने आया। उसने कहा, "मैं करूँगा। मैं गेंदबाजों पर अटैक कर सकता हूँ।" कैप्टन की पहली प्रतिक्रिया थी, "तुम ओपनिंग क्यों करना चाहते हो?" प्रश्न पूछते ही यह सिद्ध हो गया था कि वहाँ खड़े सभी लोग उसपर विश्वास नहीं कर पा रहे थे, लेकिन उसे स्वयं पर विश्वास था। चाहे भले ही कैप्टन को यह लगा हो कि वह स्लॉग शॉट खेलकर वापस आ जाएगा और आम खेल जारी रखेगा, क्योंकि अधिकतर ऐसा ही होता था। 15 ओवर आराम से खेले जाते थे। सबका मानना था कि जब नई गेंद मैदान में आती है तो उसकी चमक खत्म करनी होती है। फिर तेजी से रन बनाने होते हैं, लेकिन जो लीक से हटकर काम करते हैं, उन्हीं की अलग पहचान होती है। तब सिर्फ मार्क ग्रेटबैच ने सन् 1992 में ऐसा किया था; लेकिन उसके दिमाग में अपना लक्ष्य था। उसने कहा, "मैं 15 ओवर तेजी से रन बना सका तो विरोधी टीम पर भारी पड़ सकता हूँ।" और उसने अपने कैप्टन से एक मौका माँगा तथा कहा कि अगर वह फेल हुआ तो उनके पास वापस नहीं आएगा। उस मैच में तेंदुलकर ने 49 गेंदों पर 82 रन बनाए और उसके बाद हर बार उन्होंने ओपनिंग की।

साहस मन के अंदर होता है। उसका कोई रूप नहीं होता, उसकी आँखें नहीं होतीं। वह देख नहीं सकता कि आपकी उम्र क्या है, आपका कद कितना है? आप शारीरिक रूप से विरोधी से कम बलवान् हैं। दुनिया में ऐसे अनेक उदाहरण हैं, जिन लोगों ने शारीरिक अक्षमता, जीवन की कठिनाइयों, विपरीत परिस्थितियों में साहस के साथ काम किया और दुनिया में एक अलग मुकाम हासिल किया। हमें इस बात के लिए परेशान नहीं होना चाहिए कि जो भीड़ तमाशा देख रही है, वह क्या सोच रही है? जनमत की उपेक्षा करके खुद को सिद्ध करना ही सबसे बड़ी ताकत है। क्रांति करनेवाले लोग किसी से अपनी तुलना नहीं करते, न ही अपनी चाल किसी को देखकर बदलते हैं। वे जिंदगी की चुनौतियों को स्वीकार करते हैं। जीवन के अंत में

हम उतना ही पाते हैं, जितना हम उस पर खर्च कर पाते हैं। साहस मनुष्य को वीर और दृढ़ बनाता है। साहस से हम अपने भाग्य के निर्माता बन सकते हैं। सोच-समझकर उठाए गए कदम साहस के साथ पूरे किए जाएँ तो हम उन सभी लक्ष्यों तक पहुँच सकते हैं, जहाँ हम पहुँचना चाहते हैं। साहस जीवन के असंभव कार्यों को करने की कला और अभ्यास है। टेनिसन ने कहा है, "प्रयास करो। खोज करो। पता लगाओ। कभी हार न मानो।"

उस हॉल में खड़े लोगों ने यह कहते हुए लड़के को देखकर 'मैं दोबारा आपके पास वापस नहीं आऊँगा', सोचा नहीं होगा कि वह दुनिया का सर्वश्रेष्ठ बल्लेबाज बनेगा, कि जब वह मैदान में उतरेगा तो तालियों की गड़गड़ाहट से पूरा मैदान गूँज जाएगा। कभी पूरे विश्व में वह भारत की एक अलग पहचान बनेगा, लेकिन वह साहस के साथ आगे बढ़ता गया और रिकॉर्ड टूटते चले गए।

2. ध्यान हमेशा लक्ष्य पर केंद्रित होना चाहिए

क्रिकेट मेरा पहला प्यार है और मैं क्रिकेट में हार से बहुत नफरत करता हूँ। खेलने से पहले बस, जीत के बारे में सोचा जाना चाहिए। जीत को लेकर संशय हमें प्रतियोगिता से पहले ही हरा देता है। सामने कौन खेल रहा है, यह महत्त्वपूर्ण नहीं होता; विश्वास के साथ खेल रहे हैं, यही हमारी जीत सुनिश्चित करता है। मैदान के अंदर व बाहर हर किसी की खुद को पेश करने की शैली और तरीका अलग-अलग होता है। रास्ता चाहे जो हो, अगर लगन सच्ची है तो हम लक्ष्य तक पहुँचने के मार्ग खोज ही लेते हैं। मैंने कभी भी खुद को किसी भी लक्ष्य के लिए मजबूर नहीं किया और न ही कभी अपनी तुलना किसी और से की।

19 जनवरी, 1989 पंद्रह साल के लड़के की आँखें हिंदू जिमखाना, मुंबई में चमक रही थीं। एक बहुत बड़े फिल्म अभिनेता को उसका इंटरव्यू लेना था। लड़का अपने बड़े भाई के साथ आया था और खड़े होकर अपने इंटरव्यू का इंतजार कर रहा था। उसकी आँखों में झिझक थी, चेहरे पर मुसकान थी और वह इस असमंजस में था कि वह क्या बोलेगा? किस सवाल का कैसे

उत्तर देगा ? बहुत से सवाल उसके मन में कैद थे। उसने अपने इंटरव्यू में सिर्फ 'हाँ' या 'न' में और दो-तीन शब्दों में ही जवाब दिया। उसे शब्दों से खेलना नहीं आता था। आत्मविश्वास उसकी आँखों और बॉडीलैंग्वेज से छलक रहा था; लेकिन उसे देखकर कोई भी कह सकता था, उसने बड़ी मुश्किल से उसे बाँध रखा है, लेकिन तब भी उसके उत्तर इतने ही परिपक्व थे, जितने कि एक उम्रदराज व्यक्ति के किसी सपने के पक जाने पर होते हैं।

सचिन खुद कहते हैं कि उन्होंने क्रिकेट के अलावा कभी कुछ नहीं सोचा। टॉम ऑल्टर ने उनसे पूछा, "तुम तो इंटरव्यू देते-देते थक चुके होगे ?" तो सचिन ने कहा था, "नहीं, यह तो अभी शुरुआत है।" अंत तो सचिन भी नहीं जानते थे, लेकिन जरूर अंत कहीं उन्होंने अपने मन में तय कर लिया होगा, जिसके बारे में उन्होंने कभी किसी से नहीं कहा, बल्कि दुनिया को यह मानने पर मजबूर कर दिया कि सपने अगर देखे जाएँ तो उन्हें पूरा करने के लिए लगन होनी चाहिए और अगला सवाल किया, "अगर आप वेस्टइंडीज जाने के लिए चुन लिये गए तो खुश होओगे या फिर और तैयारी करोगे ?" सचिन ने इस सवाल का जवाब मुसकराते हुए नहीं दिया था, पूरे आत्मविश्वास के साथ दिया था कि "मैं खुश हो जाऊँगा।" इस उत्तर ने यह दरशा दिया कि आपकी उम्र मायने नहीं रखती, आपके सपने की उम्र मायने रखती है। पंद्रह साल के सचिन ने शायद अपने जीवन के छह साल इसी सपने को देखने में लगा दिए होंगे। जब से होश सँभाला, उन्होंने यही सपना देखा और पंद्रह साल का होते-होते वह इतना परिपक्व हो गया कि उसने सिर्फ एक जवाब दिया कि वह वेस्टइंडीज जाने के लिए इंतजार नहीं करेंगे। वह खुश हो जाएँगे कि उन्हें मौका मिला। टॉम ऑल्टर ने अगला सवाल पूछा, "मार्शल और एंब्रोस बहुत तेज हैं। आपको उनकी गेंदें फेस करने में दिक्कत आ सकती है! आपको क्या लगता है ?"

सचिन ने इसका जवाब भी पूरी शांति के साथ शांत भाव से दिया, "नहीं, मुझे दिक्कत नहीं होगी। मुझे हमेशा से तेज गेंदें खेलना पसंद है, क्योंकि गेंद सीधी बैट पर आती है।" यही होता है आत्मविश्वास और

यही होता है सपने को हकीकत में बदल देने का जज्बा! जब चारों तरफ से लोग कह रहे हों, आपके सामने जो प्रतियोगी है, वह आपसे उम्र, तजुरबे, अनुभव—सब में आगे है; लेकिन आप उसकी सलाह को हँसते हुए स्वीकार करते हैं और कहते हैं, आप सही कहते हैं, वे उम्र और तजुरबे में बेशक बड़े हैं, लेकिन मेरा सपना इतना मजबूत है कि उसके और जीत के बीच कोई तजुरबा या उम्र मायने नहीं रखती। ऑल्टर ने अगला सवाल पूछा, "सी.सी.आई. नेट प्रैक्टिस में कपिल देव ने भी आपको गेंदें फेंकी थीं, कैसा रहा? उनकी आउटस्विंग और इनस्विंग से कोई दिक्कत नहीं हुई?"

"मुझे बहुत अच्छा लगा। मुझे कोई दिक्कत नहीं हुई।" इस जवाब में कितना आत्मविश्वास है। कपिल देव, जो सचिन के लिए एक बहुत बड़ा नाम थे, उन्होंने कितना सधा हुआ जवाब दिया कि उन्हें कपिल देव से डर नहीं लगा। 5 फीट 4 इंच के सचिन को उनके साथ खेलना अच्छा लगा और उन्हें कोई दिक्कत नहीं हुई, जब वह सिर्फ पंद्रह साल के थे। अंतिम प्रश्न पूछा गया, "क्या आप हमेशा क्रिकेट प्लेयर बनना चाहते थे या किसी और खेल में भी हाथ आजमाया है?"

"नहीं, बस, क्रिकेट ही खेलना है।" और उन्होंने जीवन भर वही खेला। यह सचिन का पहला इंटरव्यू था। जो उन्होंने पहली बार कहा, वह आज तक दोहरा रहे हैं कि उन्हें सिर्फ क्रिकेटर बनना था। जिनके सपने दृढ़ और फोकस्ड होते हैं, वह खुली आँखों से भी अपने सपनों को सच होते हुए देखते हैं। हमें अपने लक्ष्य के प्रति समर्पित होना चाहिए। अगर हम समर्पित होते हैं तो कोई भी दीवार हमें वहाँ तक पहुँचने से नहीं रोक सकती, जहाँ हम पहुँचना चाहते हैं। हमारी मेहनत, हमारी लगन हमेशा हमें अपने लक्ष्य की तरफ बढ़ने के लिए प्रेरित करती है। अगर सचिन से कोई सबसे प्यारा शब्द बोलने के लिए कहा जाए तो शायद वह सिर्फ 'क्रिकेट' ही बोलेंगे।

3. सफलता के लिए तैयारी, अभ्यास और सुधार महत्त्वपूर्ण है

यदि आप वास्तव में विश्व स्तर पर ख्याति प्राप्त करना चाहते हैं, जितना हो सके, अपने आपको निखारना चाहते हैं तो यह सब आपकी

तैयारी और अभ्यास पर निर्भर करता है। हमेशा अपने आपको प्रेरित करते रहिए और आगे बढ़ते रहिए। अपनी पूरी शक्ति का उपयोग अपने सपने का विस्तार करने में कीजिए। केवल एक औसत दर्जे की जिंदगी को मत स्वीकार कीजिए। बस, अपने सपनों का विस्तार कीजिए। आपके मन के किले के भीतर अपार संभावनाएँ निहित हैं। बस, अपनी महानता का लाभ उठाने की हिम्मत करिए। याद रखिए, जो चीजें आपको पर्वत के शिखर पर ले जाती हैं, जिस क्षण आप उन चीजों को करना छोड़ देते हैं, आप घाटी में गिरना शुरू हो जाते हैं। चाहकर भी आपकी सारी योजनाएँ आपके अनुसार नहीं चल सकती हैं; लेकिन सभी पहलुओं पर पहले से ही विचार कर लिया जाए तो यह मंथन आपको आई मुसीबतों से बाहर निकालने में मदद करता है और जब आप यह कहना शुरू कर देते हैं कि आपको अपने जीवन को सुधारने का वक्त नहीं है, यह कहना ऐसे कहने के बराबर है कि आप इसलिए पेट्रोल नहीं भरवा सकते, क्योंकि आप गाड़ी चलाने में व्यस्त हैं।

4. असली ताकत हमारा दृढ़ संकल्प है

कहते हैं, इनसान का बाहरी व्यक्तित्व मायने रखता है। उसकी लंबाई-चौड़ाई, रंग-रूप उससे पहले उसके व्यक्तित्व को प्रस्तुत करते हैं। अगर बात खेल की हो तो वहाँ शारीरिक रूप से हृष्ट-पुष्ट व्यक्ति को अपने शारीरिक बल पर खेल में आसानी होती है, क्योंकि वहाँ सबसे अधिक शारीरिक क्षमता को दिखाने का अवसर होता है। चौदह वर्ष की उम्र में सचिन को रणजी ट्रॉफी के लिए चुना गया था; लेकिन जब वह मोतीबाग की पिच पर खेलने के लिए पहुँचे तो उनकी लंबाई देखते हुए चयनकर्ताओं ने उन्हें खेलने से रोक दिया। उन्हें लगा, सचिन खेल नहीं पाएँगे। उम्र कम थी, लेकिन वह अपने खेल को लेकर बहुत ज्यादा गंभीर थे। वे रात-रात भर प्रैक्टिस किया करते थे। वे आराम नहीं करते थे, बल्कि हर समय केवल अलग-अलग शॉट्स का अभ्यास करने में समय बिताते थे। सचिन की आँखों में जुनून था। उन्होंने कभी अपने और खेल के बीच अपनी लंबाई को नहीं आने दिया, हालाँकि लंबे बैट्समैन को अपनी लंबाई अच्छी होने पर

शॉट्स मारने में बहुत सुविधा होती है। सचिन ने इस बात को नकार दिया।

कभी-कभी उनकी ही टीम के या विरोधी टीम के लोग मजाक में उन्हें गोद में उठा लिया करते थे। सहारा की तरफ से लखनऊ में पार्टी थी। पार्टी में हिंदुस्तान और पाकिस्तान के क्रिकेट खिलाड़ी शामिल थे। रात के खाने के बाद अख्तर, सहवाग, युवराज और सचिन टहलने के लिए निकले। अख्तर ने मजाक में सचिन को गोद में उठा लिया। पर बैलेंस खराब हुआ और सचिन नीचे गिर गए। तब उन्होंने सचिन को उठाकर गले से लगाकर कहा था, "अगर इंडिया को पता चल गया कि मैंने आपको गिरा दिया तो मुझे जिंदा जला दिया जाएगा।"

सन् 1998 में सचिन ने शारजाह में ऑस्ट्रेलिया के खिलाफ यादगार पारी खेली थी। उन्होंने 143 रन बनाए थे, जो तब उनके कॅरियर का सर्वश्रेष्ठ स्कोर था। उस मैच में जब रेतीला तूफान आया, सचिन भी घबरा गए थे। वह तब मैदान पर थे और बल्लेबाजी छोर पर खड़े थे। तूफान इतना तेज था कि उन्हें डर था, कहीं वह अपने कम वजन के कारण तूफान के साथ न उड़ जाएँ! उन्होंने सोच लिया था कि वह विकेट के पीछे खड़े ऑस्ट्रेलियाई विकेटकीपर एडम गिलक्रिस्ट को पकड़ लेंगे।

भारतीय क्रिकेट टीम के सबसे धाकड़ बल्लेबाज सचिन तेंदुलकर, जिनकी लंबाई सिर्फ 5.4 फीट है, उनके नाम रिकॉर्ड सबसे ज्यादा हैं। सचिन ही इकलौते ऐसे बल्लेबाज हैं, जिनके नाम अंतरराष्ट्रीय क्रिकेट में 100 शतक हैं। कुछ चीजें हम नहीं बदल सकते। हमारा रंग-रूप उसी में से एक है; लेकिन दिल, दिमाग, हौसला ईश्वर ने सबको बराबर दिया है, जिसका भरपूर इस्तेमाल करके हम सफलता के लक्ष्य को पा सकते हैं।

5. सबसे अच्छा निवेश स्वयं में निवेश करना है

यह जिंदगी हमेशा बड़े सपने देखनेवालों और जोशीले क्रांतिकारियों की परीक्षा लेती है। बदलाव हमेशा प्रारंभ में कठिन या असंभव लगेगा, मध्य में सबसे बेकार, लेकिन अंत में सबसे अच्छा होगा। जो लोग दूसरों को पढ़ते हैं, वे बुद्धिमान होते हैं; लेकिन जो लोग खुद को पढ़ते हैं, वे प्रबुद्ध

होते हैं। किसी भी तरह की दबाव की स्थितियों से निपटने की कुंजी है अपने आपको स्थिर रखना, अपनी प्रवृत्ति का पालन करना और स्पष्ट रूप से सोचना। उद्देश्यपूर्ण जीवन ही आपके जीवन का मुख्य उद्देश्य होना चाहिए। मेरा कोई लक्ष्य नहीं था। मेरा तो सारा ध्यान सिर्फ क्रिकेट खेलने पर था और यही मेरा उद्देश्य भी था। किसी भी सक्रिय खिलाड़ी को अपना ध्यान अपने लक्ष्य पर केंद्रित करना होगा और अपने मन को सही दिशा में लगाना होगा; क्योंकि अगर आपका फोकस कहीं और होगा तो आपको अच्छा परिणाम प्राप्त नहीं हो सकता। सबसे अच्छा निवेश स्वयं में निवेश करना होता है। जब भी आप ऐसा निवेश करेंगे, यह सिर्फ आपका जीवन ही नहीं सुधारेगा, बल्कि यह आपके आसपास के लोगों का जीवन भी सुधारेगा।

6. चीजें योजना अनुसार नहीं होतीं, पर हम निर्णय बदल सकते हैं

वर्ष 2007 में ऑस्ट्रेलियाई टीम भारत के दौरे पर थी। वनडे में ऑस्ट्रेलियाई 2–0 से आगे चल रही थी। तीसरे वनडे के लिए भारतीय टीम हैदराबाद पहुँची थी। राजीव गांधी अंतरराष्ट्रीय स्टेडियम में ऑस्ट्रेलिया ने पहले टॉस जीता और बल्लेबाजी की। उन्होंने 50 ओवर में 7 विकेट के नुकसान पर 290 रन बनाए। भारत के सामने 291 रनों का लक्ष्य था। शुरुआत निराशाजनक थी। 3 विकेट 13 रन पर ही चले गए थे। सचिन पर बहुत दबाव था। लोगों को उनसे उम्मीद थी, लेकिन उनके 43 रन के स्कोर पर आउट होते ही भारत की जीत की उम्मीद निराशा में बदल गई। सचिन को ऑस्ट्रेलियाई स्पिनर ब्रैड हॉग ने क्लीन बोल्ड करके आउट कर दिया था। ऑस्ट्रेलियाई टीम खुश थी कि वह मैच जीत चुके हैं और ऐसा हुआ भी। पूरी भारतीय टीम 243 रन बनाकर ऑल आउट हो गई। ऑस्ट्रेलिया ने वह मैच 45 रनों से जीता। सचिन का विकेट लेनेवाले ब्रैड हॉग मैच खत्म होने के बाद सचिन के पास एक फोटोग्राफ लेकर आए। वह फोटो वही था, जिसमें उसने सचिन को क्लीन बोल्ड किया था, सचिन ने उस फोटो पर अपना ऑटोग्राफ देते हुए लिखा था—“Never again mate।” वह जिंदगी में कभी उन्हें दोबारा आउट नहीं

कर पाएँगे। इस मैच के बाद उनका कई बार आमना-सामना हुआ, लेकिन उन्हें कभी भी आउट नहीं कर पाए। आज सचिन संन्यास ले चुके हैं और ब्रैड हॉग की इच्छा अधूरी रह गई है।

सब खिलाड़ी जीत के लिए अपना पूरा योगदान देते हैं, जिस कारण जीत हमेशा महान् मिलती है। मैं क्रिकेट को बड़ी आसानी से लेता हूँ—गेंद पर नजर बनाए रखो और उसे अपनी पूरी योग्यता से खेलो। मैं जब भी क्रिकेट खेल रहा होता हूँ तो क्रिकेट के अलावा और कुछ नहीं सोचता। मैं कभी भी बहुत दूर की नहीं सोचता। मैं एक वक्त पर एक ही चीज के बारे में सोचता हूँ। एक बार जब मैं क्षेत्र में पहुँच जाता हूँ तो वह मेरे लिए एक अलग क्षेत्र होता है और मेरी जीतने की भूख हमेशा वहाँ होती है। मैं एक खिलाड़ी हूँ। क्रिकेट मेरा जीवन है और मैं हमेशा उसी के साथ रहूँगा। अगर कोई व्यक्ति क्रिकेट में भारत का प्रतिनिधित्व कर रहा हो तो कोई बात बिगड़ने पर उस व्यक्ति को दोषी ठहराया जाना चाहिए। मैं सौ प्रतिशत देते हुए कभी आलोचना से नहीं डरता। आलोचकों को मेरे शरीर और मन के बारे में कुछ भी पता नहीं। उन्होंने मुझे मेरा क्रिकेट खेलना नहीं सिखाया। मैंने हमेशा से भारत के लिए खेलने का सपना देखा था; किंतु यह मुझ पर कभी दबाव नहीं डाल सका। विश्व कप हमेशा अलग खेल है और यहाँ परफॉर्म करने का अपना अलग महत्त्व होता है। मेरे साथ मैच वास्तविक मैच की तुलना में बहुत पहले शुरू हो जाता है। मेरे हिसाब से यह हमारा चेतन मन होता है, जो चीजों को खराब कर देता है। चेतन मन लगातार कहता है कि यह हो सकता है या यह हुआ है और पहले भी ऐसा हुआ है। आपका चेतन मन कहता है, अगली गेंद एक आउट स्विंगर हो सकती है; लेकिन वह इन स्विंगर होती है। हमेशा हमारी योजनानुसार चीजें नहीं होतीं, लेकिन मुझे लगता है कि यदि ज्यादातर पहलुओं को कवर कर दिया तो यह हमें कई मुसीबतों से बाहर निकलने में मदद करता है। मैं तुलना में कभी विश्वास नहीं करता, चाहे वह विभिन्न युग के बारे में हो, खिलाड़ी या कोच के बारे में हो। जब मैं क्रिकेट खेलता हूँ तो क्रिकेट के बारे में ही सोचता हूँ।

शायद यही वजह है कि ब्रैड हॉग सचिन के एक बार किए गए वादे—जिसे ब्रैड हॉग मजाक समझ रहे थे—जो सभी को एक मजाक लगेगा, पर सचिन ने वह मजाक भी कभी दोबारा नहीं दोहराया।

7. रिकॉड्‌र्स और सचिन

भारत सरकार ने सचिन के लिए एक खास डाक टिकट जारी किया। सचिन दूसरे ऐसे जीवित व्यक्ति हैं, जिनके लिए यह टिकट जारी किया गया है। इससे पहले मदर टेरेसा को यह सम्मान हासिल था। सचिन दुनिया के एकमात्र ऐसे क्रिकेटर हैं, जिनके नाम 11,000 टेस्ट रनों के अलावा 40 विकेट भी दर्ज हैं। सचिन ने अपने खेल में विश्व कप मैचों में 2,560 रन बनाए, जो कि किसी भी बल्लेबाज द्वारा बनाए गए सर्वोत्तम रन हैं। सचिन को सबसे ज्यादा बार 'मैन ऑफ द मैच' अवॉर्ड के लिए चुना गया—कुल 62 बार। अपने पूरे कॅरियर के दौरान सचिन 90 से 100 रन के बीच 27 बार आउट हुए हैं। सचिन के नाम दो खास विश्व रिकॉर्ड दर्ज हैं। एक कैलेंडर वर्ष में सबसे ज्यादा एकदिवसीय मैचों में रन बनाने का रिकॉर्ड उन्होंने वर्ष 1998 में 1894 रन बनाए और एक कैलेंडर वर्ष में सबसे ज्यादा शतक लगाने। का उन्होंने 1998 में नौ शतक लगाए। सचिन पहले ऐसे खिलाड़ी थे, जिन्होंने एकदिवसीय मैचों के इतिहास में 10,000, 11,000, 12,000, 13,000, 14,000, 15,000, 16,000, 17,000, 18,000 रन बनाए। सचिन ने वर्ष 2003 के विश्व कप में 673 रन बनाए, जो किसी एक विश्व कप में किसी एक खिलाड़ी के बनाए गए सबसे ज्यादा रन हैं। उन्होंने इस क्रम में अपना ही रिकॉर्ड तोड़ा, जिन्होंने 1996 के विश्व कप में 593 रन बनाए थे। 2003 में उन्हें 'सार्वकालिक महानतम एकदिवसीय खिलाड़ी' के रूप में चुना गया। सचिन तीसरे ऐसे बल्लेबाज हैं, जिन्होंने टेस्ट खेलनेवाले सभी दस देशों के खिलाफ शतक लगाए हैं। सचिन 25 साल की उम्र से पहले ही 16 टेस्ट शतक लगा चुके थे। ऐसे कीर्तिमान और रिकॉड्‌र्स की एक लंबी शृंखला है, जो सचिन ने अपने नाम की है, शायद ही कोई उनके बाद उनकी ऊँचाई को छू सकेगा।

जैसे उनका जन्म रिकॉर्ड बनाने और रिकॉर्ड तोड़ने के लिए ही हुआ है।

वर्ष 1998 में भारत के ऑस्ट्रेलिया दौरे पर पूर्व ऑस्ट्रेलियाई क्रिकेटर मैथ्यू हेडन ने सचिन के बारे में कहा था, "मैंने भगवान् को देखा है। वह भारत के लिए नंबर चार पर बैटिंग करता है।"

8. ईमानदार और देशभक्त

जब आप देश का प्रतिनिधित्व कर रहे होते हैं तो आपको उसकी जिम्मेदारी भी लेनी चाहिए। ऐसी बहुत सी अदृश्य आँखें हर वक्त आप पर टिकी होती हैं, जिन्हें आपसे उम्मीदें होती हैं। सचिन ने अपनी देशभक्ति को पूरी ईमानदारी के साथ निभाया है। शुरू से ही अगर मुझे किसी चीज से प्रेम था तो वह था भारत के लिए खेलने का जुनून। अपने पहले ही मैच से, जब मैं 16 साल का था और पाकिस्तान के खिलाफ अंतरराष्ट्रीय मैच खेल रहा था, मैच से पहले राष्ट्रगान गाए जाने के दौरान मेरे अंदर गुदगुदी-सी होने लगती है और उसके बाद हर बार एक अलग तरह की ऊर्जा का संचार शुरू हो जाता था। हर बार जब मैं स्टेडियम में खेलने के लिए उतरा, मैं बस, बात को गहराई से समझता था कि मेरे कंधे पर एक अरब लोगों की उम्मीदें टिकी हुई हैं।

9. वास्तविक शक्ति सादगी में है

"जीवन एक पुस्तक की तरह है। इसमें ढेर सारे अध्याय होते हैं, काफी सारी सीखनेवाली बातें होती हैं। यह विविधताओं भरे हुए अनुभव में तैयार होता है और एक पेंडुलम की तरह काम करता है, जिसमें सफलता और विफलता, खुशी और गम, दोनों असली किनारे होते हैं। सफलता और विफलता से मिली सीख भी जीवन में बराबर महत्त्व रखती है। जीवन के बड़े हिस्से में विफलता और दुःख ज्यादा अच्छी तरह से सीखनेवाले गुरुओं के समान होते हैं और सफलता व खुशी की अपेक्षा ज्यादा सिखाते हैं। तुम एक क्रिकेटर हो, एक खिलाड़ी हो। तुम सौभाग्यशाली हो कि देश का प्रतिनिधित्व कर रहे हो। यह बहुत बड़ा सम्मान है; लेकिन कभी मत

भूलना कि यह भी जीवन का एक अध्याय ही है। मैं तुमसे कहना चाहता हूँ कि एक संतुलित प्रकृति बरकरार रखते हुए एक सौम्य जीवन बिताना। सफलता को अपने सिर पर न चढ़ने देना, जो तुम्हें बेअदब बना सकती है। अगर तुम विनम्र बने रहे तो लोग तुम्हें तुम्हारे खेल जीवन के बाद भी प्यार और सम्मान देते रहेंगे। एक अभिभावक होने के नाते मुझे कभी भी लोगों से यह सुनना हमेशा खुशी देता रहेगा कि सचिन एक अच्छा इनसान है, बजाय कि सचिन एक महान् क्रिकेटर है।"

यह सचिन से सचिन के पिता के कहे गए शब्द थे। माता-पिता हमारे जीवन की धुरी होते हैं, जिनके शब्द हमारे जीवन का आधार होते हैं। सचिन ने जीवन भर इन शब्दों का पीछा किया है। एक संतुलित जीवन बिताते हुए उन्होंने कभी अपनी छवि को धुँधला नहीं होने दिया। क्रिकेट खेलते हुए और क्रिकेट के बाद भी लोग उनका नाम बहुत सम्मान से लेते हैं।

"आपकी वास्तविक शक्ति सादगी में है, न कि बनावटीपन में। बड़े लोग वही हैं, जो लोगों को छोटा महसूस नहीं कराते।"

10. विश्व कप

वर्ष 2011 विश्व कप भारत, श्रीलंका और बँगलादेश ने संयुक्त रूप से आयोजित किया था। जब भारत की टीम अभ्यास के लिए जाती थी तो 50,000 लोग क्रिकेटरों की एक झलक पाने के लिए स्टेडियम के बाहर खड़े रहते थे, जिनके पास मैच देखने के लिए टिकट नहीं होता था। क्रिकेट का सबसे बड़ा पुरस्कार हासिल करने का यह भारत की टीम के पास बेहतरीन मौका था। पूरा देश टीम के समर्थन में था। गैरी कर्स्टन, मेंटल कंडीशनिंग कोच पैडी अपटन, माइक हॉर्न हमारे साथ थे।

पहला मैच। हमने टॉस जीता और हम शुरुआत करने के लिए मैदान पर उतरे। मैं मात्र 28 रन बनाकर आउट हो गया; लेकिन सहवाग एवं विराट कोहली ने शानदार पारी खेली और इस तरह 87 रन से जीतकर बँगलादेश से 2007 का बदला पूरा हुआ। अगला मैच इंग्लैंड से बेंगलुरु में था। मैंने

120 रन बनाए। हमने इंग्लैंड के सामने 338 रन का स्कोर खड़ा किया। मैच टाई पर खत्म हुआ। हमने अपने बाकी दो मैच भी जीत लिये—आयरलैंड और नीदरलैंड से। दक्षिण अफ्रीका के साथ 12 मार्च, 2011 को नागपुर में मैच हुआ। मैंने अपने कॅरियर का 99वाँ शतक लगाया। दक्षिण अफ्रीका हमसे जीत गई; लेकिन वेस्टइंडीज के खिलाफ हमें सफलता मिली।

नॉकआउट फेज शुरू होने वाला था और क्वार्टर फाइनल में ऑस्ट्रेलिया से भिड़ने को मुकाबले का ड्रॉ निकला। यह मैच अहमदाबाद में होना था। ऑस्ट्रेलिया लगातार चौथी बार विश्व कप जीतने का सपना लेकर आया था और वर्ष 2003 के विश्व कप फाइनल में दक्षिण अफ्रीका में हमें हराने के बाद इस टूर्नामेंट में पहली बार अहमदाबाद में हमारी भिड़ंत होने जा रही थी। ऑस्ट्रेलिया ने पहले खेलते हुए 260 रन बनाए। वीरू और मैं सरदार पटेल स्टेडियम के कानफोड़ू शोर के बीच मैदान पर बैटिंग करने उतरे। हम जानते थे, अभी नहीं तो कभी नहीं। सहवाग 15 रन बनाकर आउट हुए। हमारा स्कोर 44 रन था। गौतम और मैंने 50 रन जोड़े ही थे कि मैं अर्ध शतक पूरा करके आउट हो गया। हमने गौतम व धोनी को भी गँवा दिया। तब सुरेश रैना और युवराज मैदान पर उतरे। जीतने के लिए 74 रन चाहिए थे। युवराज और रैना ने धीरे-धीरे हालत सँभालनी शुरू की। युवराज ने जब आखिरी चौका मारा तो ड्रेसिंग रूम में बैठे हम सब खुशी के मारे पागल हो उठे। ऐसा लगा था, मानो पूरे शहर में जश्न मनाया जा रहा हो। हम जब बस में बैठकर होटल की तरफ निकले तो हजारों लोग सड़कों पर खुशी से झूमते हुए दिखाई दिए।

हर दिन यह टूर्नामेंट बड़ा होता जा रहा था और सेमीफाइनल में चरम पर पहुँच गया, जब पाकिस्तान से हमारी भिड़ंत हुई। 30 मार्च को महरौली में सेमीफाइनल खेला गया। शुरुआत में सहवाग ने 40 रन बनाकर नींव रखी। मैंने 85 रन बनाए। जहीर, मुनाफ, युवराज, हरभजन ने अपना काम अच्छे से पूरा किया। हम विश्व कप के फाइनल में जा पहुँचे। मुझे 'प्लेयर ऑफ द मैच' चुना गया। वह ऐसी रात थी, जिसे कोई क्रिकेट प्रशंसक नहीं भूल पाएगा।

श्रीलंका से फाइनल खेलने के लिए हम मुंबई पहुँचे तो वहाँ हर तरफ लोग उमड़े हुए थे। मैं 40 किलोमीटर प्रति घंटे की रफ्तार से ज्यादा तेज गाड़ी नहीं चला पा रहा था। ऐसा लग रहा था मानो हम धीरे-धीरे एक देश की परियों वाली कहानी लिख रहे हों! 2 अप्रैल, वानखेड़े स्टेडियम में तिल रखने की जगह नहीं बची थी। मैच शुरू होने के घंटों पहले लोगों ने जहाँ भी जगह मिली, खुद को जमा लिया था। हमने मैच में अच्छी शुरुआत पाई। जहीर की शानदार गेंदबाजी और युवराज व रैना के शानदार क्षेत्ररक्षण की बदौलत हमने श्रीलंका को 274 रन पर रोक लिया था, लेकिन हमारी शुरुआत अच्छी नहीं रही और सहवाग शून्य पर आउट हो गए। मैं भी 18 रन बनाकर निराशाजनक तरीके से आउट हो गया। विराट कोहली ने 35 रन बनाकर अच्छी साझेदारी की थी। विराट के बाद गंभीर व धोनी ने 109 रनों की साझेदारी निभाई और इस तरह हम विश्व कप जीत गए।

मैंने पहले कभी भारतीयों को इतना खुश नहीं देखा था। उस रात करोड़ों भारतीयों के दिलों में जो भावनाएँ उठी होंगी, मैं उन्हें शब्दों में बयान नहीं कर सकता। नवंबर 1989 में अंतरराष्ट्रीय क्रिकेट की दुनिया में कदम रखने के बाद से मैंने ऐसा पल कभी नहीं देखा था। मैंने जिसको हकीकत में बदलने का अरमान पाल रखा था, वह उस दिन जाकर पूरा हो सका। धोनी जिस पल वानखेड़े स्टेडियम में छक्का मार रहे थे, मैं उस समय सहवाग के साथ ड्रेसिंग रूम में खड़े होकर प्रार्थना कर रहा था। मैं ईश्वर से जीतने में मदद नहीं माँग रहा था, बल्कि ईश्वर से विनती कर रहा था कि हमारे लिए, भारतीय क्रिकेट के लिए और भारतीय क्रिकेट टीम के पक्ष में जो सर्वश्रेष्ठ हो, वह मिले। धोनी ने शॉट के जवाब में बाउंड्री लाइन पार कर ली तो मैं बाहर निकला और मैंने युवराज को गले लगा लिया। वे पल जीवन बदल देनेवाले थे। विराट व यूसुफ पठान ने मुझे अपने कंधों पर बिठा लिया और मुझे तिरंगा झंडा दिया, जिसे मैं स्टेडियम में लहराता रहा। उन्होंने मुझे अपने कंधे पर बिठाकर पूरे मैदान में चक्कर लगाया। मुझे इससे ज्यादा जीवन में

और क्या चाहिए था! ईमानदारी से कहूँ तो जीवन संपूर्ण हो चुका था। मेरे क्रिकेट के सफर का यह सबसे बड़ा पल था।

11. अलविदा

24 साल के लंबे कॅरियर के बाद सचिन ने संन्यास ले लिया; लेकिन वह हमेशा आनेवाली पीढ़ियों का मार्गदर्शन करते रहेंगे। 11 साल का एक बच्चा, जिसने अपने जीवन में बस, एक ही सपना देखा कि उसे क्रिकेटर बनना है। बच्चे जिस उम्र में अपना विषय नहीं चुन पाते, उस उम्र में सचिन अपने सपने को लेकर फोकस थे। यही बात उन्हें महान् और सबसे अलग बनाती है कि उन्होंने हमेशा अपने सपने का पीछा किया।

"मैं महसूस करता हूँ कि भारतीय क्रिकेट टीम का हिस्सा बनकर हमें देश की सेवा करने का अवसर मिला। इसलिए हम सब इतने ज्यादा सौभाग्यशाली और गौरवान्वित हैं। मैं आशा करता हूँ कि भारतीय टीम का हिस्सा होकर नौजवान उसी भावना और उन्हीं मूल्यों के साथ देश-सेवा में आगे भी अपना सर्वश्रेष्ठ प्रदान करते रहेंगे। मेरा भरोसा है कि हम खुशकिस्मत हैं कि सर्वशक्तिमान ने हमें शानदार खेल की सेवा के लिए चुना है। हर पीढ़ी को इस खेल की देखभाल करने का अवसर मिलता है और हमें अपनी क्षमता से इसकी बेहतरीन सेवा करनी चाहिए। मुझे आप सब में पूरा विश्वास है कि आप पूरी निष्ठा और पूरी क्षमता से आगे भी खेलते रहेंगे।

मैं उन सभी लोगों का शुक्रिया अदा करना चाहता हूँ, जो देश व दुनिया के तमाम हिस्सों से यहाँ मेरे लिए आए। उन्होंने हमेशा मुझे सपोर्ट किया, चाहे मैं शून्य पर आउट हुआ या मैंने 100 से ज्यादा रन बनाए। जिन्होंने मेरे लिए व्रत रखे, मेरे लिए प्रार्थनाएँ कीं। इस तरह की तमाम चीजें मुझसे जुड़ी हुई हैं, इसके बिना मेरे लिए जीवन इतना शानदार नहीं होता। मैं दिल की गहराइयों से आपका शुक्रिया अदा करना चाहता हूँ और यह भी कहना चाहता हूँ कि समय तेजी से पंख लगाकर उड़ रहा है; लेकिन आपने जो यादें मेरे अंदर छोड़ी हैं, हमेशा-हमेशा के लिए मेरे साथ हो गई हैं, खासकर 'सचिन, सचिन' की आवाज! मेरी साँस रुकने तक यह आवाज मेरे कानों में

यों ही गूँजती रहेगी। आप सब का बहुत–बहुत शुक्रिया! अगर मैं कुछ कहने से रह गया हूँ या गलती से किसी का नाम भूल गया हूँ तो मैं समझता हूँ कि आप मेरी हालत समझ सकेंगे। अलविदा।"

वानखेडे स्टेडियम, मुंबई

16 नवंबर, 2013

□

सैम मानेकशॉ

सैम होर्मुसजी फ्रेमजी जमशेदजी मानेकशॉ भारतीय सेना के अध्यक्ष थे। सैम मानेकशॉ को उनकी सेवाओं तथा वीरता के लिए सैन्य क्रॉस, 'पद्म भूषण' तथा 'पद्म विभूषण' से सम्मानित किया गया था।

1. कभी-कभी उससे बेहतर होता है, जो हमने सोचा होता है

अमृतसर में सैम मानेकशॉ के पिताजी डॉक्टर थे। वह एक पारसी परिवार से थे। इनके पिताजी एक जाने-माने डॉक्टर थे। प्रथम विश्व युद्ध में भी उनका अच्छा रोल था। उनको सम्मानित भी किया गया था। उस समय पढ़े-लिखे लोग बहुत कम होते थे। साक्षरता नहीं थी। उनके छह बच्चे थे। सैम मानेकशॉ पाँचवीं संतान थे। शुरुआत में वह बोर्डिंग स्कूल में पढ़े। उस समय यह रिवाज था। सैम मानेकशॉ डॉक्टर बनना चाहते थे। वह लंदन जाकर पढ़ाई करना चाहते थे। उन्होंने अपने पिताजी से कहा कि मुझे इंग्लैंड जाना है। उनके पिताजी ने कहा कि मैं तुमको कैंब्रिज भेजूँगा, लेकिन अपने स्कूल में अच्छे मार्क्स लेकर आना। उन्होंने परीक्षा दी। उस समय वे 15 साल के थे। उनके बहुत अच्छे मार्क्स आए। उन्हें जूनियर कैंब्रिज सर्टिफिकेट मिल गया। सीनियर सर्टिफिकेट भी मिल गया। कुल मिलाकर तैयारी पूरी हो चुकी थी। उन्होंने अपने पिताजी को दिखाया कि मेरे बहुत अच्छे नंबर आए हैं, मुझे लंदन भेजिए। उनके पिताजी ने कहा कि तुम अभी 15 साल के हो, 3 साल बाद 18 साल के हो जाओगे तो मैं तुम्हें भेजूँगा।

उन्होंने बगावत कर दी। 18 महीने तक उन्होंने अपने पिताजी से बात नहीं की। इसी गुस्से में वे दिल्ली चले गए। वहाँ इंडियन मिलिट्री के एग्जाम शुरू हो गए थे। भारत सरकार ने एक नोटिफिकेशन जारी की थी कि हम इंडियन मिलिट्री एकेडमी को सेटअप करेंगे और वहाँ पर भारतीय फौज को बनाना शुरू करेंगे।

कभी-कभी हमें लगता है, जो चीज हो रही है, हमारे लिए गलत है; लेकिन ईश्वर की क्या योजनाएँ हैं और उसने क्या सोचा है, हम नहीं समझ सकते। कभी-कभी जो होता है, वह बहुत अच्छा होता है। अगर सैम मानेकशॉ डाक्टर बन गए होते तो हम शायद उनकी बात न कर पाते, उनकी बायोग्राफी नहीं पढ़ रहे होते, उनकी बहादुरी के किस्से न सुन पाते। वह इतने बड़े पद पर नहीं पहुँचे होते, क्योंकि वह डॉक्टर नहीं थे। उन्होंने इतिहास में नाम कमा लिया।

2. भारत-पाक युद्ध, 1971

सन् 1970 में पाकिस्तान में आम चुनाव हुए थे। उससे पहले वहाँ सैन्य शासन था। जब से विभाजन हुआ था, तब से पूर्वी पाकिस्तान पर बहुत जुल्म ढाए जाते थे। पाकिस्ताी सेना उन्हें टॉर्चर करती थी, लेकिन जब चुनाव हुए 1970 में, 310 में से 298 सीटें आवामी लीग को मिलीं। यह एक ऐतिहासिक जीत थी। शेख मुजिबर रहमान जीत गए और वहाँ पर पाकिस्तान को यह नागवार गुजरा। पाकिस्तान ने जनरल टिक्का खान को बुलाया और उसने लोगों को मारना शुरू कर दिया। सेना ने बलात्कार करने शुरू किए। जिस भी गाँव में जाते, वहाँ बस, मारते-काटते और बलात्कार करते, जलाते। इसलिए पूर्वी पाकिस्तान से भर-भरकर लोग भारत आ रहे थे। पाकिस्तानी फौजी इतने हद तक ब्रूटल हो गई थी कि एक-एक साल के बच्चों को मारना शुरू कर दिया था। माँ के सामने नवजात बच्चों को बीच से फाड़ दिया जाता था। ऐसी बहुत सी कहानियाँ थीं। इसको 'एज ए वेपन' इस्तेमाल किया गया। जब वहाँ से ढेर सारे लोग भारत आने लगे तो शरणार्थियों के लिए क्या किया जाए, यह तत्कालीन प्रधानमंत्री इंदिरा गांधी के लिए बहुत बड़ी समस्या बन गई थी।

29 अप्रैल, 1971 को प्रधानमंत्री इंदिरा गांधी ने अपने मंत्रिमंडल की आपात बैठक बुलाई, जिसमें वित्त मंत्री यशवंत चव्हाण, रक्षा मंत्री बाबू जगजीवन राम, कृषि मंत्री फखरुद्दीन अली अहमद, विदेश मंत्री सरदार स्वर्ण सिंह और इन राजनेताओं से अलग एक खास आदमी, सेनाध्यक्ष जनरल सैम मानेकशॉ शामिल थे।

"क्या कर रहे हो, सैम?" इंदिरा गांधी ने पश्चिम बंगाल के तत्कालीन मुख्यमंत्री की एक रिपोर्ट के बारे में सैम से पूछा। उसमें पूर्वी पाकिस्तान के शरणार्थियों की बढ़ती समस्या पर गहरी चिंता जताई गई थी।

सैम बोले, "इसमें मैं क्या कर सकता हूँ?"

इंदिरा गांधी ने कहा, "आई वांट यू टू मार्च इन पूर्वी पाकिस्तान।"

जनरल ने जवाब दिया, "इसका मतलब तो जंग है, मैडम।"

प्रधानमंत्री ने भी बड़े जोश से कहा, "जो भी है, मुझे इस समस्या का तुरंत हल चाहिए।"

मानेकशॉ मुसकराए और कहा, "आपने बाइबिल पढ़ी है?"

इस सवाल पर सरदार स्वर्ण सिंह बोले, "इसका बाइबिल से क्या मतलब है, जनरल?"

मानेकशॉ ने कहा, "पहले अँधेरा था। ईसा ने कहा कि उन्हें रोशनी चाहिए और रोशनी हो गई, लेकिन यह सब बाइबिल के जितना आसान नहीं है कि आप कहें, मुझे जंग चाहिए और जंग हो जाए!"

"क्या तुम डर गए, जनरल?" यशवंत चव्हाण ने कहा।

"मैं एक फौजी हूँ।"

इंदिरा गांधी ने कहा, "आप इसी वक्त पाकिस्तान से युद्ध छेड़ दीजिए। मुझे कुछ नहीं सुनना। पाकिस्तान को हराइए और पूर्वी पाकिस्तान को अलग करिए।"

तब सैम मानेकशॉ ने कहा, "अगर हमने अभी युद्ध किया तो हम सौ प्रतिशत हार जाएँगे। यह मैं गारंटी के साथ कह सकता हूँ।"

जगजीवन राम ने कहा, "कर दीजिए युद्ध, क्या दिक्कत है?"

सैम मानेकशॉ ने कहा, "यह कोई मजाक नहीं है। ठीक है! मैं कर दूँगा युद्ध। हमें हथियार इकट्ठे करने हैं। इसमें हमें कम-से-कम तीन-चार महीने लगेंगे। यहाँ पर सबकुछ सेना के हाथ में होगा और जनजीवन अस्त-व्यस्त हो जाएगा। सारी रेलें हमारे लिए चलेंगी। अगर आप इसके लिए तैयार हैं तो हम वॉर करेंगे।"

तब इंदिरा गांधी ने पूछा, "हम अभी क्यों नहीं जा सकते?"

सैम मानेकशॉ ने कहा कि "पहली बात यह है कि चाइना अटैक कर सकता है। चाइना अटैक करेगा तो बहुत बड़ी समस्या हो जाएगी। हमें दो मोरचों पर लड़ना पड़ेगा। दूसरी बात कि मार्च का सीजन है। मार्च के सीजन में मॉनसून आने वाला है। जब बारिश होती है बांग्लादेश में जमीन भी नहीं दिखती, इतना पानी होता है। पश्चिमी सेक्टर में बर्फ पिघलने लग गई है। हिमालय के दर्रे खुलने वाले हैं। गंगा को पार पाने में मुश्किल होगी। ऐसे में मेरे पास सिर्फ सड़क के जरिए वहाँ तक पहुँच पाने का रास्ता बचेगा। आप चाहती हैं कि मैं 30 टैंक और 2 बख्तरबंद डिवीजन लेकर हमला बोल दूँ! यह नामुमकिन है। हम हार जाएँगे।"

इंदिरा गांधी ने कहा, "कोई बात नहीं, 4 बजे हम दोबारा मिलेंगे।" जब सब जाने लगे, तब इंदिरा गांधी ने कहा, "सैम, आप यहीं रुकिए।"

सैम मानेकशॉ ने इंदिरा गांधी से कहा, "इससे पहले आप कुछ भी बोलें, मैं आपको अपना इस्तीफा दे सकता हूँ। मैं बोल दूँगा कि मेरी तबीयत ठीक नहीं है। खराब तबीयत की वजह से मैं इस्तीफा दे रहा हूँ।"

तब इंदिरा गांधी ने कहा, "तुम यह बताओ कि तुम्हें कितना वक्त चाहिए?"

तब सैम मानेकशॉ ने कहा कि "मुझे अपनी सेना को इकट्ठा करने के लिए समय दीजिए। मैं आपको गारंटी देता हूँ, अगर आपने मुझे कुछ वक्त दिया तो मैं पाकिस्तान को हरा दूँगा।" जब उनके यह शब्द सुने तो इंदिरा गांधी ने कहा, "तुम्हें वक्त दिया।"

और उसके बाद 13 दिन के अंदर युद्ध खत्म हो गया। 3 दिसंबर को

युद्ध शुरू हुआ, 16 दिसंबर को पाकिस्तान की पूरी सेना ने आत्मसमर्पण कर दिया था। सैम मानेकशॉ अपनी जबान के पक्के थे। भारतीय जनता ने सेना का साथ दिया। 'मुक्ति वाहिनी' भारतीय सेना के साथ थी। वह पाकिस्तान से प्रत्यक्ष युद्ध में शामिल थी, तो वह लगातार भारतीय सेना को सपोर्ट कर रहे थे। पाकिस्तानी एयरक्राफ्ट ने भारतीय एयरवेज पर बमबारी शुरू कर दी। उसके बाद भारत ने उस पर पलटवार किया। यहाँ भारतीय सेना, एयरफोर्स और नेवी का कमाल का तालमेल था। भारत-सोवियत संधि भारत ने हाल में ही साइन की थी। अमेरिका पाकिस्तान को सपोर्ट कर रहा था। चीन भी पाकिस्तान को सपोर्ट कर रहा था, लेकिन सोवियत संघ का सपोर्ट भारत के साथ था। हमने हाल में ही संधि साइन की थी। सोवियत संघ के सपोर्ट की पूरी संभावना हमें नहीं थी, लेकिन संयुक्त राष्ट्र में सोवियत ने वीटो कर दिया था। जो भी इस युद्ध के खिलाफ प्रस्ताव पास होते थे, सोवियत हमेशा वीटो कर देता था।

भारत ने युद्ध को जीता। 93,000 सैनिकों ने आत्मसमर्पण किया। एक नए देश का निर्माण हुआ। बांग्लादेश का निर्माण होना भारत और वहाँ के नागरिकों की संयुक्त सफलता थी। हमारी सबसे बड़ी उपलब्धि थी—पाकिस्तान का हमारी शर्तों पर आत्मसमर्पण करना। भारतीय सेना ने पाकिस्तान के लेफ्टिनेंट जनरल नियाजी को सरेआम ढाका में आत्समर्पण करवाया था। पाकिस्तान के 26,000 सैनिकों ने हमारे मात्र 3,000 सैनिकों के सामने हथियार डाल दिए थे।

यह एक ऐतिहासिक जीत थी और जरूरी भी थी। 1857 के स्वतंत्रता संग्राम से लेकर 1947 के बीच भारतीय जनता हताश थी। जवाहरलाल नेहरू की पंचवर्षीय योजना कुछ खास कमाल नहीं दिखा पाई थी। सामाजिक समस्याएँ दिनोदिन बढ़ती जा रही थीं तथा स्थिति और खराब होती जा रही थी। हम चीन से लड़ाई हार चुके थे। दूसरी तरफ पाकिस्तान के साथ सन् 1948 और 1965 की लड़ाइयों के नतीजों पर तो आज भी बहस जारी है। सन् 1971 की जंग पाकिस्तान के साथ तीसरी लड़ाई थी। इसके पहले तक देश एक तरह से जूझना और जीतना तकरीबन भूल चुका था। यही वह दौर

था, जब भारत एक बड़े खाद्यान्न संकट का सामना कर रहा था।

तब देश को इस जीत ने खुद में विश्वास करने का साहस दिया और इसके केंद्र में थे सैम मानेकशॉ और यही वजह थी कि जनता को उनमें अपना नायक नजर आया। हमने यह साबित किया कि हमारी सेना किसी से कम नहीं। अमेरिका और चीन के सपोर्ट के बाद भी पाकिस्तान असफल रहा। एक अमेरिकी नेता ने इंदिरा गांधी को बहुत गालियाँ दी थीं, लेकिन यह युद्ध हुआ और हम जीते। अगले 29 सालों तक पाकिस्तान ने भारत को पलटकर नहीं देखा। यह मानेकशॉ की बदौलत ही हो पाया था।

3. डर का सामना करना सीखो

डर को जीतने के लिए आपके पास हिम्मत होनी चाहिए। अगर कोई बात सही है तो उसको कहने की हिम्मत रखिए। सही चीज को कहने से या करने से कभी मत डरिए। डर स्वाभाविक है। अगर कोई यह कह रहा है कि मैं नहीं डरता, तो या तो वह झूठ बोल रहा है या फिर गोरखा है। सैम मानेकशॉ को 'सैम बहादुर' भी नाम मिला हुआ है। एक बार एक गोरखा से उन्होंने पूछा कि तुम्हारा नाम क्या है? उसने अपना नाम बताया तो सैम मानेकशॉ ने पूछा, "तुमको पता है, मेरा नाम क्या है?" तो उसने कहा कि "सैम बहादुर।" तब से उन्हें 'बहादुर' भी बोला जाता है और वह सच में बहादुर ही थे।

जब आप डर रहे हों, जब आपके दाँत कँपकँपा रहे हैं, तभी एक असली लीडर सामने आता है। डर को छुपाना नहीं चाहिए, उसका सामना करना चाहिए। सैम मानेकशॉ जिस रेजिमेंट में कमांडर थे, वहाँ एक बहुत लंबा-चौड़ा सिपाही था, जिसका नाम था सोहन सिंह। वह कम-से-कम 6 फीट 4 इंच बहुत लंबे-चौड़े दानव शरीरवाला था, लेकिन उसके बावजूद सैम मानेकशॉ ने उसे प्रमोट नहीं किया। क्यों? क्योंकि शरीर से काम नहीं चलता और भी क्वालिटीज होनी चाहिए—मैनेज करने की, लीडरशिप की।

वहाँ पर जो सूबेदार था, उसने सैम से आकर कहा, "सर, खबर मिली है कि आपको सोहन सिंह गोली मारेगा। हमने उसे कैद कर लिया है।"

सैम मानेकशॉ ने पूछा, "क्यों?"

उसने बताया, "क्योंकि आपने उसे प्रमोट नहीं किया।"

मानेकशॉ ने उसे अपने टेंट में बुलाया और सोहन सिंह से कहा, "चलो, इधर आओ।"

उसे कुरसी पर बैठाया और खुद खड़े हो गए। उन्होंने कहा, "सुना है, तुम मुझे गोली मारोगे?" तो उसने कहा कि "नहीं साहब, ऐसा कुछ नहीं है।" सैम मानेकशॉ के बगल में ही बंदूक रखी थी, जिसमें गोलियाँ भरी थीं और उन्होंने कहा कि "चलो, चलाओ। मैं तुम्हारे सामने खड़ा हूँ।" उसने गोली नहीं चलाई। एक चाँटा सैम मानेकशॉ ने उसे मारा और कहा, "चलो, तुम्हारा केस रफा-दफा।"

उसके बाद शाम को जब वह डिनर कर रहे थे, फिर सूबेदार आया और उसने कहा, "सर, वह कह रहा है, आपको रात में गोली मारेगा।"

उन्होंने फिर से सोहन सिंह को बुलाया और कहा कि "आज तुम पहरेदारी करो। मैं सोऊँगा।" सोहन सिंह ने सैम मानेकशॉ की पूरी रात पहरेदारी की और सोते हुए उन्हें कुछ नहीं हुआ। वही सोहन सिंह सुबह चाय लेकर आया, गरम पानी लेकर आया। जहाँ मानेकशॉ जा रहे थे, वहाँ सोहन सिंह जा रहा था। मानेकशॉ कहते हैं कि मैं बहुत डरा हुआ था। आपको लगता है, मुझे डर नहीं लगा? मेरी बहुत हालत खराब थी; लेकिन मैंने उसे नहीं दिखाया। डर को छुपाने से कोई फायदा नहीं है। उसका सामना करिए। उसको हराइए और तभी आप अच्छे लीडर बनकर सामने आते हैं।

4. ऊपर हमेशा जगह खाली होती है

वह पहले ग्रेजुएट थे, जिन्होंने गोरखा रेजीमेंट ज्वॉइन की। वह पहले फील्ड मार्शल थे। जब उनका चयन सेना में हुआ तो उन्हें बहुत जल्दी-जल्दी प्रमोशन मिले, एक के बाद एक। जैसे इनसान कपड़े बदलता है, वैसे ही उन्हें प्रमोशन मिलते गए। 1 मई, 1938 को उनको 'क्वार्टर मास्टर ऑफ द कंपनी' बना दिया गया। उस समय उच्च शिक्षित ऑफिसर नहीं थे। सन् 1939 में द्वितीय विश्व युद्ध शुरू हुआ था। द्वितीय विश्व युद्ध में जर्मनी ने पूरे

यूरोप को जीत लिया था और शायद पूरी दुनिया ही जीत लेता। ब्रिटेन अकेला था, जो खड़ा था। हालाँकि वह बैसाखी पर खड़ा था। ब्रिटेन को ऑफिसर चाहिए थे। भारत की सेना ब्रिटिश के अंदर थी। वहाँ क्वालिफाइड ऑफिसर नहीं थे तो सैम मानेकशॉ को आगे किया गया। यहाँ पर जापान भी अटैक कर रहा था। जर्मनी, इटली और जापान एक तरफ थे। बर्मा में जापानियों से भारतीय फौज लड़ रही थी। उसमें सैम मानेकशॉ का बहुत जबरदस्त योगदान था। वहाँ से जापानियों को खदेड़ दिया गया; लेकिन वहाँ उन्हें पेट में गोली लगी थी। तब वह बहुत छोटे थे।

सैम मानेकशॉ को बचा लिया गया। उनको लेफ्टिनेंट कर्नल बनाया गया। जापान ने समर्पण कर दिया। जापानी 60,000 'प्रिजनर्स ऑफ वॉर' थे। उनको भी सैम मानेकशॉ ने बहुत अच्छे से रखा। वहाँ जितने भी मिलिट्री ऑफिसर थे, वे बोलने लगे थे कि हिंदू सबसे अच्छे होते हैं। जैसे उन्होंने बाद में पाकिस्तानी फौजियों को ट्रीट किया, हिंदुस्तानी अफसर और हिंदुस्तानी सैनिकों की छवि अंतरराष्ट्रीय स्तर पर बदल दी। जब यह खबर आई कि पाकिस्तान के सैनिकों को इतना अच्छा ट्रीटमेंट मिल रहा है। बहुत लोगों ने सवाल भी उठाए। उन्हें यह कहा गया था कि तुम पाकिस्तान के सैनिकों को इतना अच्छा ट्रीटमेंट क्यों दे रहे हो? तुम्हारी बारात में आए हैं? वहाँ मानेकशॉ ने कहा था, "यह मेरी ड्यूटी है। वे भी सैनिक हैं, हम भी सैनिक हैं। यहाँ पर देश की बात नहीं है। हर कोई अपने देश के लिए लड़ता है। चूँकि वे हार गए हैं, इसलिए उनका सिर कलम कर दिया जाए, ऐसा नहीं हो सकता।"

60,000 जापानियों को उन्होंने ऐसे ही रखा। उन्हें इतने अच्छे से ट्रीट और मैनेज किया कि सेना इतनी खुश हो गई कि दोबारा उन्हें प्रमोट किया गया और 1946 में उन्हें लेफ्टिनेंट कर्नल बना दिया गया।

अकसर हम सोचते हैं, हम अकेले कुछ नहीं कर सकते, लेकिन कुछ करने के लिए साथ नहीं, विश्वास की आवश्यकता होती है। मानेकशॉ को अपने फैसलों पर हमेशा अटूट विश्वास रहा, तब भी, जब लोग उनके विपरीत सोचते थे। उनकी इसी सोच ने उन्हें सबसे बेहतर बनाया और आगे

बढ़ने में मदद की। नीचे बहुत भीड़ होती है, लेकिन ऊपर हमेशा जगह खाली होती है। वहाँ पहुँचने के लिए हमें आत्मविश्वास, धैर्य, साहस और मेहनत की आवश्यकता होती है।

5. हाजिरजवाब और दरियादिल इनसान सबके दिलों पर राज करता है

सन् 1947 में बँटवारा हो गया और सैम मानेकशॉ को यह च्वाइस मिली थी कि आप पाकिस्तान जा सकते हैं, लेकिन सैम मानेकशॉ ने कहा, "मैं पाकिस्तान नहीं जाऊँगा।" याह्या खाँ उस समय पाकिस्तान के राष्ट्रपति थे। आजादी से पहले सेना में याह्या खाँ और सैम मानेकशॉ दोनों की तैनाती थी। याह्या खाँ और मानेकशॉ दोस्त थे। मानेकशॉ के पास एक मोटरसाइकिल थी। वह याह्या खान को बहुत पसंद थी। उन्होंने मानेकशॉ को बोला, यह हजार रुपए में मुझे दे दो। मानेकशॉ मान गए। बाद में जब 'शिमला समझौता' हुआ और भारत ने युद्ध जीता, तब 1972 के बाद मानेकशॉ ने यह कहा था कि "याह्या खान ने मुझे हजार रुपए नहीं दिए, लेकिन बदले में आधा मुल्क दे दिया।"

6. बिगड़ते हालात पर काबू पाने की कला

बँटवारा होने के बाद हैदराबाद और कश्मीर में परेशानी बढ़ती जा रही थी। भारत को एक करना था। यहाँ मानेकशॉ का बहुत बड़ा रोल है। इससे पहले ग्रेट कलकत्ता किलिंग्स भी हुई थी। मानेकशॉ सरदार वल्लभभाई पटेल के बहुत करीब थे। सरदार वल्लभ भाई पटेल ने कहा था, "तुम कलकत्ता जाओ।" चूँकि वहाँ हालात बिगड़ते जा रहे थे, इसलिए सेना को भेजना जरूरी था। बंगाल के जो नेता थे, उन्होंने कहा कि कुछ भी करके, चाहे कितने भी लोगों को मारो, स्थिति को नियंत्रण में करो, लेकिन मानेकशॉ ने किसी को नहीं मारा और सारी स्थिति नियंत्रण में कर ली। तब गुजराती में सरदार वल्लभ भाई पटेल ने उनसे कहा था, "कमाल है, तुमने तो बहुत अच्छे से स्थिति को नियंत्रण में किया और एक भी व्यक्ति नहीं मारा गया!"

उन्होंने ही उन्हें कश्मीर भेजा था। कश्मीर में जवाहरलाल नेहरू नहीं चाहते थे कि सेना जाए, लेकिन सरदार वल्लभभाई पटेल ने गुस्से में कहा कि नेहरूजी आपको कश्मीर चाहिए कि नहीं चाहिए? जवाहरलाल नेहरू ने कहा कि चाहिए, बिल्कुल चाहिए। तब सेना भेजी गई। उसके बाद सैम मानेकशॉ पूरी सेना लेकर वहाँ गए। महाराजा हरि सिंह पर पाकिस्तानियों ने हमला कर दिया था। पाकिस्तानी सेना ने लूट-खसोट शुरू कर दी है। वे किसी के नियंत्रण में नहीं थे। वे सिर्फ जिहादी थे, जो कत्लेआम मचा रहे थे। जब सैम मानेकशॉ अपनी पूरी सेना लेकर गए। जैसे ही महाराजा हरि सिंह ने 'इंस्ट्रूमेंट ऑफ एक्सेशन' साइन किया, इसके बाद जितना क्षेत्र उन्होंने अधिकृत कर लिया था, वह उन्हीं के पास रहा, लेकिन बाकी सारी जगह से उन्होंने उन्हें खदेड़ दिया। हैदराबाद में भी उनका रोल था। वर्ष 1950 तक आते-आते एक से एक बड़ी रैंक उनको दी गई। उनको डी.जी.एम.ओ. बना दिया गया। इसके बाद उनको इन्फैंट्री ब्रिगेड कमांडर बनाया गया। उनको हायर स्किल सीखने के लिए बाहर भी भेजा गया।

7. हम उस समय मर जाते हैं, जिस समय खुद को मरा हुआ मान लेते हैं

दूसरे विश्व युद्ध में बतौर कैप्टन उनकी तैनाती बर्मा के मोरचे पर हुई। उन्हें सित्तंग पुल को जापानियों से बचाने की जिम्मेदारी दी गई थी। उन्होंने वहाँ बड़ी बहादुरी से अपनी कंपनी का नेतृत्व किया था। उस लड़ाई में उनके पेट में सात गोलियाँ लगी थीं और वे गंभीर रूप से घायल हो गए थे।

सैम के बचने की संभावना कम ही थी। उनकी बहादुरी से प्रभावित होकर डिवीजन के कमांडर मेजर जनरल डी.टी. कवन ने अपना 'मिलिट्री क्रॉस' (एक सम्मान चिह्न) उन्हें देते हुए कहा, "...मरने पर मिलिट्री क्रॉस नहीं मिलता।" इसमें कोई दो राय नहीं कि सैम अपनी बहादुरी साबित कर चुके थे और इस सम्मान के हकदार थे।

सभी ने उनका इलाज करने के लिए मना कर दिया था, क्योंकि लोगों को लगता था कि वह बच नहीं पाएँगे, फिर उनको हॉस्पिटल ले जाया

गया। वहाँ एक ऑस्ट्रेलियन सर्जन था। उसने पूछा कि ये गोलियाँ तुम्हें कैसे लगीं? तो उन्होंने कहा कि "कुछ नहीं, बस, एक गधे ने लात मार दी।" वह ऑस्ट्रेलियन सर्जन बहुत हँसा और उसने कहा कि "तुम्हारे पास सेंस ऑफ ह्यूमर है। तुम्हें तो बचाना ही पड़ेगा।"

फील्ड मार्शल सैम मानेकशॉ की इतनी सारी कहानियाँ हैं, जिन्हें सुनकर कोई भी इनसान साहस से भर सकता है तो वह खुद कितने साहसी रहे होंगे! दुश्मन के छक्के छुड़ानेवाले भारत के पहले फील्ड मार्शल! जब हम घबराते हैं तो परिस्थितियाँ हम पर हावी होती हैं; लेकिन परिस्थितियाँ कैसी भी हों, जब हम अपना मानसिक संतुलन बनाए रखते हैं तो परिस्थितियाँ कभी भी हमारे हाथों से बाहर नहीं होतीं और सफलता के रास्ते खुले होते हैं। एक दृढ़ निश्चय और आत्मविश्वास हमेशा हमारे साथ बना रहता है। वही आत्मविश्वास हमारे व्यवहार में भी झलकता है। चाहे लोगों ने मान लिया था कि सैम मानेकशॉ नहीं बचेंगे, लेकिन यह बात उन्होंने कभी नहीं मानी थी। तभी वह अपने ऑपरेशन के समय भी यह बात कह पाए और इतनी गंभीर परिस्थितियों में भी उन्होंने पूरे माहौल को हलका कर दिया। इतना ही, जितना वह अपने अंदर हलका महसूस कर रहे थे। हमारे आसपास के माहौल का निर्माण हमारी सोच से ही निर्मित होता है। अगर हम हताश और दुःखी होते हैं तो आसपास की सभी चीजें हमें दुःख व हताशा ही देती हैं। हम उस समय मर जाते हैं, जब हम खुद को मरा हुआ मान लेते हैं। तब कितना भी अच्छा डॉक्टर क्यों न हो, हमें कोई नहीं बचा सकता।

8. हमारी प्रतिभा से हमारी पहचान बनती है

जब आप आगे बढ़ रहे होते हैं और कोई आपको पकड़ नहीं पाता या आपके कद तक नहीं पहुँच पाता तो सबसे अच्छा तरीका होता है आपको हराने का, आपका पैर पकड़कर आपको नीचे गिरा दिया जाए। ऐसा ही मानेकशॉ के साथ भी हुआ।

बहुत सारे राजनेताओं और नौकरशाहों की नजर में वे थे। उनके खिलाफ बहुत षड्यंत्र हो रहे थे। वे बहुत मजबूत कैरेक्टर थे। वह बहुत

लोगों के लिए खतरा थे। उनका ऊँचा कद, जो हर साल बढ़ता जा रहा था, बहुत लोगों की नजर में चुभता था। मेजर जनरल बृजमोहन कौल को बनाया गया और उसके बाद सैम को चीफ ऑफ जनरल स्टाफ बना दिया गया। सन् 1961 में वी.के. कृष्ण मेनन ने उनके खिलाफ 'कोर्ट ऑफ इन्क्वायरी' बिठा दी थी।

सन् 1962 की लड़ाई में बृजमोहन कौल चीफ ऑफ जनरल स्टाफ नियुक्त थे और उन्हें 4 कोर, मुख्यालय तेजपुर, असम का कमांडर बनाया गया। इनको बहुत बड़ी पोस्ट दे दी गई और बृजमोहन कौल ने उनके पीछे जासूस छोड़ दिए। सैम मानेकशॉ के खिलाफ बहुत सारे नौकरशाह और राजनेताओं ने उनके ऊपर जाँच बिठा दी। वह जाँच थी कि उनके काम करने का तरीका अंग्रेजों जैसा है, भारतीय जैसा नहीं है। बेबुनियाद आरोप उनके ऊपर लगाए गए। प्रोफेशनल नहीं हैं और बेबुनियादी चीजें पास करते हैं। सैम मानेकशॉ को इससे कोई फर्क नहीं पड़ा। उन्हें पता था कि उन्हें जो काम करना है, वह करना है। यह सब चीजें चलती रहेंगी, लेकिन इसका खामियाजा भारत को भुगतना पड़ा। अक्तूबर 1962 में जब चीन ने आक्रमण किया, सैम मानेकशॉ नहीं थे, क्योंकि उनके ऊपर इन्क्वायरी चल रही थी। बृजमोहन कौल परिस्थितियों को सँभाल नहीं पाए थे और उन्होंने इस्तीफा दे दिया। जब भारत चीन से हार रहा था, तब सैम मानेकशॉ को बुलाया गया। उन पर लगे सारे आरोप हटा दिए गए और उसके बाद वह आए और आते ही उन्होंने पूछा कि हमारी सेना कहाँ तक पहुँच गई है? हमारे पास कितनी सप्लाई है? ऐसा लगा, जैसे उनके आने से सेना में नया जोश आ गया, लेकिन उसी समय युद्ध समाप्त हो चुका था। युद्ध-विराम की घोषणा हो चुकी थी और चीन भारत का एक हिस्सा छीन चुका था। मानेकशॉ कुछ नहीं कर पाए थे। उन्हें इस बात का दुःख था, लेकिन उनके खिलाफ सारे आरोप वापस ले लिये गए।

असत्य का अंधकार कितना भी गहरा क्यों न हो, लेकिन वह सत्य के सूरज को छुपा नहीं सकता। दुनिया हमें हमारी प्रतिभा के कारण ही याद

रखती है और हमारा सम्मान भी करती है। प्रतिभा एक ऐसी चीज है, जिसे कोई नहीं छीन सकता। अंततः उसी के बल पर आप अपनी पहचान दोबारा पा लेते हैं, चाहे आपके खिलाफ कितनी ही साजिशें क्यों न हों। अपनी प्रतिभा को निखारना और दृढ़ता के साथ उस पर डटे रहना हमें एक दिन सबसे अलग खड़ा कर देता है। प्रतिभा कभी पहचान से नहीं बनती, लेकिन पहचान हमेशा प्रतिभा से बनती है। ऐसा ही सैम मानेकशॉ के साथ हुआ। उन्होंने एक बार सबकुछ खोकर दोबारा सबकुछ उससे बेहतर पा लिया।

9. उच्च नैतिकता

हमारे मूल्य हमारी ताकत होते हैं और हमारे व्यक्तित्व की पहचान भी। नैतिक मूल्यों की कोई सूची तैयार नहीं की जा सकती, जो हमारा विकास करें, हमारा कल्याण करें और सभी के विकास एवं कल्याण में योगदान दें तथा किसी को कभी हानि न पहुँचाएँ। संक्षेप में, उन्हें नैतिक मूल्य कहा जा सकता है। वास्तव में नैतिक मूल्य हमारे आचरण को निर्धारित करते हैं। ये हमेशा व्यक्तिगत होते हैं, लेकिन व्यक्तिगत होते हुए भी हमारे आसपास सभी को प्रभावित करते हैं। यह कर्तव्य की आंतरिक भावना है और उन आचरण के प्रतिमानों का समन्वित रूप है, जिसके आधार पर सत्य-असत्य, अच्छा-बुरा, उचित-अनुचित का निर्णय किया जा सकता है और यह विवेक के बल से संचालित होती है।

सेना में युद्धबंदियों के साथ बहुत गलत व्यवहार किया जाता है, लेकिन ऐसा नहीं होना चाहिए। मानेकशॉ ने हमेशा एक सिपाही के साथ एक सिपाही की तरह ही सुलूक किया, चाहे वह पाकिस्तान का सिपाही था या फिर भारत का। 1971 के युद्ध में जब पाकिस्तानी सैनिकों ने समर्पण किया, पाकिस्तान के 1,00,000 सैनिकों को बंदी बनाया गया। यहाँ पर पाकिस्तान कैदियों को बहुत अच्छे से रखा गया था। मानेकशॉ ने उन्हें पक्के घर दिए थे। भारत के जवान बाहर सोते थे, लेकिन पाकिस्तान के सैनिक अंदर सोते थे। भारत के जवान जमीन पर सोते थे, लेकिन पाकिस्तान के सैनिक बेड पर सोते थे। जब भारत-पाकिस्तान युद्ध के बाद सैम मानेकशॉ पाकिस्तान गए तो वहाँ के

गवर्नर ने उन्हें रात्रिभोज पर आमंत्रित किया था। उसके बाद गवर्नर का निवेदन था कि बाहर हमारे कुछ सिपाही आपसे मिलना चाहते हैं। जब मानेकशॉ उनसे मिले, सिपाहियों ने अपनी पगड़ी उनके पैरों पर रख दी। सैम मानेकशॉ ने पूछा कि आपने ऐसा क्यों किया ? उन्होंने कहा कि आपने जो हमारे भाइयों के साथ इतना अच्छा व्यवहार किया, इसीलिए आज हम यहाँ पर आए हैं।

10. देशभक्त फील्ड मार्शल

वे इंदिरा गांधी को 'स्वीटी' व 'डार्लिंग' कहकर बुलाते थे। सरकारों को फौजी जनरलों से बहुत डर लगता है और जब जनरल मानेकशॉ जैसे बहादुर व बेबाक हों तो यह डर कई गुना बढ़ जाता है। वर्ष 1971 के बाद ये अफवाह जोर पकड़ने लगी थी कि वे सरकार का तख्ता-पलट करने वाले हैं। यह किस्सा खुद मानेकशॉ ने एक साक्षात्कार में बताया था। इंदिरा गांधी ने उन्हें फोन किया और पूछा, "सैम, व्यस्त हो ?" उन्होंने जवाब दिया, "देश का जनरल हमेशा व्यस्त होता है; पर इतना भी नहीं कि प्राइम मिनिस्टर से बात न कर सके।"

"क्या कर रहे हो ?"

वह चाय पी रहे थे। इंदिरा गांधी ने कहा, "घर आ जाओ।"

सैम मानेकशॉ बोले, "चाय पी रहा हूँ, अभी कैसे आ सकता हूँ ?"

इंदिरा गांधी ने कहा, "अभी आओ। मैं तुम्हें चाय पिलाऊँगी।"

उन्होंने कहा, "आपकी चाय बहुत बेकार होती है। वह कीचड़ की तरह होती है। मुझे नहीं पीनी।"

मानेकशॉ ने फिर फोन रखकर अपने ए.डी.सी. से कहा, "गर्ल वांट्स टू मीट मी।"

सैम कुछ देर में प्रधानमंत्री कार्यालय पहुँच गए। वे बताते हैं कि इंदिराजी बहुत परेशान बैठी हुई थीं। सैम ने पूछा, "क्या हुआ, मैडम प्राइम मिनिस्टर ?"

इंदिरा गांधी ने उनकी तरफ सवालिया नजरों से देखा और पूछा, "मैं यह क्या सुन रही हूँ ?"

"मुझे क्या मालूम, आप क्या सुन रही हैं? और अगर मेरे बारे में है तो अब क्या कर दिया मैंने, जिसने आपको परेशान कर दिया?"

"आजकल बड़ी चर्चाएँ हो रही हैं कि तुम तख्ता-पलट कर सकते हो मेरा। क्या तुम तख्ता-पलट करोगे?" सैम मानेकशॉ ने कहा कि "क्या मैं ऐसा कर सकता हूँ? मैं एक मिलिट्री ऑफिसर हूँ। मैं कभी यह नहीं करूँगा। मुझे पॉलिटिक्स में कोई रुचि नहीं है।"

"तुम नहीं करोगे। तुम बिल्कुल नहीं करोगे।"

"बिल्कुल भी नहीं करूँगा। मुझे पॉलिटिक्स में रुचि नहीं है। देखिए, प्राइम मिनिस्टर, हम दोनों में कुछ तो समानताएँ है। हम दोनों की नाक लंबी है, पर मेरी नाक कुछ ज्यादा लंबी है आपसे। ऐसे लोग अपने काम में किसी का टाँग अड़ाना पसंद नहीं करते। जब तक आप मुझे मेरा काम आजादी से करने देंगी, मैं आपके काम में अपनी नाक नहीं अड़ाऊँगा।"

भारत की सेना भारत के लिए काम करती है। वह जब चाहे तब तख्ता-पलट कर सकती है, लेकिन सैम मानेकशॉ ने मना कर दिया। वह भारत के लोगों के लिए काम करते थे। भारत के लोग सेना के लिए काम नहीं करते हैं, लेकिन हमारी सेना में ऐसे संस्कार हैं। हमारी सेना को शुरू से ही ऐसे संस्कार दिए जाते हैं। जो चुनकर आते हैं हम और आप जैसे लोग हैं, उनको पता है कि लोकतंत्र यहाँ पर कई साल से चल रहा है। सैम ने कहा कि मेरी कोई भी रुचि नहीं है, राजनीति में आने का। मुझे राजनीति में नहीं आना है। ऐसे ही थे सैम मानेकशॉ! किसी पद का कोई लालच नहीं। उन्होंने केवल देश-सेवा को ही उन्होंने अपना पहला कर्तव्य माना और हमेशा उसकी शान के लिए काम किया। एक सच्चा सिपाही और देशभक्त, जो आज भी सेना ही नहीं, भारतीय लोगों के दिलों पर भी राज करता है।

11. लीडर को कैसा होना चाहिए?

हमारे यहाँ शॉर्टेज ऑफ लीडर्स है। सबसे पहले तो एक लीडर के पास बहुत बड़ी एजुकेशन हो न हो, कॉमन सेंस जरूर होना चाहिए। अगर

यह किसी के पास है तो इससे इनसान मैनेज कर सकता है। कितने भी लोग आ जाएँ, सबको मैनेज किया जा सकता है। दूसरी चीज, उसे प्रोफेशनल जानकारी होनी चाहिए। सैम मानेकशॉ कहते हैं कि यह पैदा होते ही किसी को नहीं मिलती, इसे प्राप्त करना पड़ता है। इसको धीरे-धीरे सीखना पड़ता है। यह आप कैसे सीखेंगे? मेहनत से। अगर आप निर्णय ले लेते हैं तो उससे फिर मत हटो, फिर सवाल मत उठाओ। पीछे मुड़कर मत देखो। फैसला किया था, तो उसकी जिम्मेदारी लो। असफल भी हो रहे हो तो तुम्हारी जिम्मेदारी और पास हो रहे हो तो यह बहुत अच्छा है, लेकिन फैसले का सम्मान करो, जो तुमने सोच-समझकर फैसला लिया है, उससे पीछे मत हटो। यह लीडर्स की एक बहुत बड़ी क्वालिटी होती है। चौथी, आपको न्याय करना आना चाहिए। एक नेता का बेटा है, एक गाँव का लड़का है, अगर मान लो, दोनों को मौका मिले तो ऐसा नहीं होना चाहिए कि नेता के लड़के को आगे बढ़ाया जाए। योग्यता के हिसाब से न्याय होना चाहिए। उसी को मौका मिलना चाहिए जो डिसर्व करता है। यह एक अच्छे लीडर की बहुत बड़ी क्वालिटी होती है।

हमेशा हाँ में हाँ मिलानेवाला इनसान काफी खतरनाक होता है। वह काफी दूर तक जाता है। वह एक नेता बन सकता है, एक सचिव या फिर फील्ड मार्शल भी बन सकता है; लेकिन वह लीडर कभी नहीं बन पाएगा और न ही कभी लोगों का सम्मान पा सकेगा। ऐसा इनसान अपने वरिष्ठों द्वारा इस्तेमाल किया जाएगा, सहयोगियों द्वारा नापसंद और अधीनस्थों द्वारा अपमानित किया जाएगा। इसलिए हाँ में हाँ मिलानेवाले व्यक्ति को छोड़ें।

एक लीडर में पंक्चुअलिटी होनी चाहिए, अनुशासन होना चाहिए। जब लीडर में पंक्चुअलिटी होगी तो पूरे राष्ट्र में अनुशासन होगा, संगठन में अनुशासन होगा। हर एक लीडर को इनसानों को कैसे मैनेज करना है, यह आना चाहिए। समस्याओं को मैनेज करके, हर किसी को आप कैसे मैनेज करते हैं, तभी एक संगठन फलता-फूलता है।

□□□